"一带一路"大型系列丛书

总策划　戴佩丽
主　编　孙春光

张新荃 ◎ 著

新疆是个好地方

城外有片石头地

图书在版编目（CIP）数据

城外有片石头地 / 张新荃著 . —北京：中央民族大学出版社，2021.4（2023.5重印）
（"一带一路"大型系列丛书 . 新疆是个好地方 . 第三辑）
ISBN 978-7-5660-1889-2

Ⅰ . ①城… Ⅱ . ①张… Ⅲ . ①散文集—中国—当代 Ⅳ . ①I267

中国版本图书馆 CIP 数据核字（2021）第 025571 号

城外有片石头地

著　　者	张新荃	
责任编辑	戴佩丽	
责任校对	赵　静	
封面设计	舒刚卫	
出版发行	中央民族大学出版社	
	北京市海淀区中关村南大街 27 号　　邮编：100081	
	电话：（010）68472815（发行部）　　传真：（010）68933757（发行部）	
	（010）68932218（总编室）　　　　　　（010）68932447（办公室）	
经 销 者	全国各地新华书店	
印 刷 厂	北京鑫宇图源印刷科技有限公司	
开　　本	787×1092　1/16　印张：14.5	
字　　数	193 千字	
版　　次	2021 年 4 月第 1 版　2023 年 5 月第 2 次印刷	
书　　号	ISBN 978-7-5660-1889-2	
定　　价	58.00 元	

目 录

"一带一路" 大型系列丛书
——新疆是个好地方

城外有片石头地

城里的人都知道，城外有片石头地。

站在楼房的窗户前，我看到了一片楼群。楼群像密密匝匝的森林，挡住了我的视线。

我没法透过楼群看到城外，看到那片石头地。

我知道城市是立在石头地上的一座雕塑，是历史和现代的融合，是西部开发建设者奉献精神的凝固。

我只有思念，思念我心中的石头地。尽管城市的下面是石头地，但我看不到。鳞次栉比的楼房和绿毯一样的草地模糊了我的双眼。

于是，我向往并憧憬城外的那片石头地。我想，城外的那片石头地一定很辽阔、很壮观。

我决定走出城市这堵围墙，看一看我心中的石头地。因为石头地在我的梦里困扰了很久，在我的心里磨砺了很久。假如我不去看一看石头地，我的心就会成碎片，我的梦就会成僵硬的石头。

有一天，我离开了楼房，走出了城市，来到了城外的石头地。

我没有选择冬天，因为冬天四野太干净，白雪皑皑，掩盖了一切，看不到我心中的石头地。我没有选择春暖花开的季节，害怕青青的草、五颜六色的鲜花诱惑我，歪曲了我对石头地的理解。我没有选择金色的秋天，因为秋色是浓烈的老酒，它和丰收的歌儿让我陶醉。酒醉的人，眼睛是浑浊的，看不到真实。

我有我的选择。

我选择了冬天和春天瞬间的交接。这个季节没有美丽的白雪，也没有绚丽的花草，只有满眼的沧桑和丑陋，像一位百岁老人赤裸的躯体。

这是真实的石头地。我相信，因为它没有打扮和修饰。

没有粉饰的石头地，我可以看到它的灵魂。

当我伫立在风中的石头地，我的心也随着风在运动。

石头地果然很大，像我心中的海，一眼望不到边。

站在石头地上，我看到了天上的山。山很遥远，在云海中飘飘摇摇。山是天山，在我眼里，就是那海中的帆，如一艘航母在乘风破浪。

既然是石头地，石头就很多，大大小小拥挤在一起，像逛庙会，水泄不通，一直铺展到遥远的天山。我站在石头地，就有了一种站在天山上的高大。因为石头地和天山血脉相连。

站在石头地上，心里就有了别样的感受和思索。

城市里的束缚，在这里得到了狂放和张扬。我的思绪很寥廓，我的感受在成长。我的视野在扩展、延伸，延伸到天上的太阳。

太阳让我感受到冬天过后的温暖。我不能不激动，不能不对着我的石头地呐喊：石头地，伟大的石头地！

感受是深刻的，有历史的记忆，有岁月的沧桑。

感受像石头。石头是一个坚硬的固体，因而感受也是一个坚硬的固体，固体的感受就有了永恒。

思索是辽阔的。因为在石头地上思索，你不能不辽阔、不真实、不和天山连在一起。

石头地上有条奎屯河。河水是从天山上流淌下来的。天山是石头地的象征，奎屯河就是石头地的血脉。

看着奎屯河里的石头，在浪花里翻滚，你能不思索？

假如岁月是水，人是水中的石头，尽管你奇形怪状、坚硬无比，但是，滴水穿石，更何况一河波浪滔天的长流水。最终的结局无非就是鹅卵石、河床里的粉末。

你可以有固体的感受，千万不要有固体的思索。

因为岁月是变化的，河水是残酷的。

石头地的野草极少。草少就凸显石头地的壮观。石头大小不一，大的比我大，但没有我高。比我高的叫"山"，不叫"石头"。奇形怪状的石头和圆滑的石头挤在一起，就表现出它的性格张力。爱石的人喜欢这种石头，是因为它有收藏的价值和观赏的美感，还有什么？我想大概是它的性格魅力在诱惑着石迷们吧。假如怪石上再有千姿百态的纹路，那就更是美姿千秋。黄金有价石无价，大概就是这种魅力驱动人们在石林中探宝。

我在石头地寻找美石、奇石的时候，也在倾听着石头地的述说。

石头地有故事，它不说，而让风去说。风是个急性子，话语短促而又匆忙，我听不清。我只有感悟。可以感悟的故事有灵性。

石头地有灵魂，它不说。我唯有独自徜徉在石头地，静静地领悟。灵魂是不能说的，只有去领悟。可以领悟到的灵魂才是真实的灵魂。

我悟到了但不能说，我只能说它的一种风采。

石头的风采是忍辱负重、与世无争、默默奉献。

假如人们具备了这些风采，我想就足够了。

站在石头地上，我想了很多。

站在石头地上，我想说很多。

你记住：偷空去石头地，你会得到很多很多……

海的旋律

没有见过大海，是我一生的遗憾。

感悟大海，聆听大海的波涛，又是我一生的幸福。

生活在北方的我，虽已年过半百，却没有见过大海，不能不说是一种遗憾。我眼中的大海，只停留在影视上和图片上，而真正的大海，怕是和我无缘了。于是，想看真正的大海便成了我的梦想和追求。

为了去看我心中的大海，我去过赛里木湖。夏季的赛里木湖，湖光山色，蓝色的湖水映照着湛蓝的天空，浑然一体，分不出哪儿是天，也辨不出哪儿是湖。轻舟荡漾，击波拍浪，便也心旷神怡，但游玩之后，心底终有一丝遗憾。海阔天空，在赛里木湖感觉不到，因为湖畔的山梁遮住了我的视线，使我看不到辽阔的海岸线。我知道，我不能自己欺骗自己。尽管赛里木湖很大、很美，但它毕竟是湖，而不是海。再小的海也是海，再大的湖还是湖，这是永远不能改变的。除非有质的变化，就像水变成气体一样。为了寻找海，我去过天池。天池的狭小，犹如一盆清水放在高山上，没有我心里海的模样。听说福海很大，像海。我又去了福海，畅游在海水里，但还是找不到海的感觉。因为我看到了遥远的山，看到了朦胧的树。我感觉到不是海，准确地说，只是一个很大的湖而已。于是，我失望，难道新疆没有海？还是我没有找到？

我苦苦寻觅，寻觅我心中的海，憧憬我梦中的海。

新疆过去是海，还是很大的海。这是历史，是戈壁上螺壳的见证诉说。

在新疆，看不到大海，那就感悟吧。感悟的大海比看到的大海还美。

真实往往让人失望，梦幻常常使人充满憧憬和向往。

找不到海的时候，我便来到了苍茫的戈壁荒原上，寻找我心中的海洋。

当我伫立在荒漠戈壁上的时候，当我徜徉在亘古荒原上的时候，当我飞翔在戈壁沙漠上的时候，我看到了大海。准确地说，是我感受到了大海，并亲耳聆听到了大海的美妙旋律。

烈日炎炎的荒漠戈壁上，热气在袅袅升腾，我看到了荒原海洋般的辽阔和宽广。缥缈的热雾恍惚成了奔腾的海水在流淌，遥远的地平线上那朦朦胧胧的海市蜃楼在热雾里忽隐忽现、忽大忽小地随风移动。晚霞飘飞的时候，夕阳在沉重地坠落，苍茫的荒原上就流动着红色的云雾，我看到了云雾里的森林就像千帆竞发、万舟击浪的壮观场面。

于是，我看到了大海。由感悟转变成看到，是心灵到视觉的飞跃和转变。

缺水久旱的荒漠戈壁上，我看到了大海，这是我没有想到的。我不知道自己是不是对大海的渴望太深，还是自己让大海变幻了思绪。我知道自己确实把戈壁荒漠看成了大海。

人一旦把一个物体看成了另一个物体，那这个物体就发生了质的变化。是是非，非是是，非非是是难以辨别。

站在辽阔的戈壁荒原上，心里想着无垠的大海，那感觉是不一样的。

漫行在绵延起伏的荒漠，我仿佛看到了波涛奔涌的海水，层层叠叠，一浪紧追一浪，蓬勃而来。于是我的耳畔似乎响起了波涛澎湃的巨响，滚雷一般从我的头上轰然而过。那旋律高亢、激昂，富有男人的阳刚和雄浑。起伏叠连的峰嶂，犹如腾空而起的深海蛟龙在舞动，在天地之间划出一道彩虹，横空出世，气势磅礴，撼天动地，奏响着天地融合的交响乐章。夜深人静的时候，微风习习，荒原上被风吹动了小草哗啦哗啦的清脆悦耳，犹如动听的歌谣在温馨低吟。

身处浩瀚的绿洲，宛如航船泊在平静的港湾，看那田野上的拖拉机在犁浪游弋、雄壮的轰鸣声在天地间震荡。望那康拜因在麦海里航行，宛如捕鱼船在高唱着丰收的凯歌。绿海里鳞次栉比的楼群，更像那游弋的航母，奏着英雄交响曲。绿洲上空银燕在穿梭，犹如美丽的海鸥在鸣唱着缠绵、缱绻的童谣。

感受着大海，不能不说是感动荒原的奇迹。

聆听着旋律，不能不说是人造自然的辉煌。

没有见过大海的我，迎风挺立在荒原上，漫步行走在花园绿洲上，寻觅着心中的大海，聆听着人和自然和谐的旋律，是一种没有过的愉悦和享受。

想看大海的人们，还是去荒原绿洲吧！在那里，你会找到心中的海洋。

迷人的古尔图

古尔图，蒙古语为"桥"之意，因该地有一座木桥而得名。古尔图镇地处新疆北部，是乌苏市最大的农牧场镇。古尔图镇风光无限，旅游景点满目皆是，拥有全国著名的甘家湖梭梭林自然保护区、胡杨林、天鹅湖、克孜加尔湖等独特的大漠自然风光，是一个令人迷恋、向往的地方。

风中胡杨王

古尔图甘家湖梭梭林是国家级自然保护区，处于盆地地带，地处欧亚大陆桥的腹地，是低洼地中的一片沙海，是远离海洋的戈壁荒漠。进入自然保护区，要经过3个关卡，过了关卡，就进入了梭梭林的腹地。汽车在盐碱荒漠中行驶，也是在茂密的梭梭林中穿行。盐碱荒漠地比较松软，汽车过后，荡起了漫天的土雾。土雾被夏风吹走，我们就来到了胡杨王的面前。

胡杨王是百年胡杨，树身很粗，三四个人手拉手才能把树身围住。大家围着胡杨王留影，我却静静地站在那里，凝望着胡杨王。望着望着，思绪飞翔，恍惚进入了梦中。

我看胡杨王，胡杨王在动；胡杨王看我，我在动。原来我俩相立在风中。

风，变幻无常。忽而漫天盖地，飞沙走石，天地一片迷蒙，大有吞没

世界之势。忽而清风习习，悄然流淌，潺潺中溢满了温馨，犹如一杯浓香的美酒在陶醉着天地。

风中的我看胡杨王，胡杨王很老，是千年古树。在黄沙滚滚的戈壁大漠中，它傲然挺立着，默然迎风而舞。它的舞姿别有一番风韵，每一个动作都挥洒着诗意，张扬着力的韵律。风是天籁的旋律，胡杨王是舞的使者。在辽阔的大漠舞台上，胡杨王的美妙独舞展示着历史的沧桑、现代的时尚。古老的肢体，微微而动；粗壮的臂膀，挥动着力的弧形；新发的修长枝条，翩翩起舞，舒展着婀娜多姿的彩虹。狂风中，胡杨王跳的是粗犷的刀郎力舞；微风里，胡杨王舞动着细腻的温情。我在风中，领悟着胡杨王的雄壮、沧桑、温情、秀美，同时我也在和胡杨王进行着心灵的交流。

交流是无声的传接和互动，是彼此的心灵碰撞。

风中的我，看胡杨王痴迷而入神。站着三千年不倒，倒了三千年不死，死了三千年不朽。这就是胡杨王的刚强灵魂，也是它永存的风采和魅力，任何人都无法和它比拟。站在胡杨树下，仰视它那高大、古老的身躯，我被淹没在年轮的漩涡里，久久不能自拔。

风中的我，看到了胡杨王的历程。百年沧桑，千年风雨，它依然默默无言地挺立在荒漠大地，关注着人间时空变迁，目睹着大地创造奇迹。当垦荒第一犁划开亘古荒原处女地的时候，沉寂千万年的戈壁从此出现了生机，喧闹、繁荣起来了。文明驱走了野蛮，先进代替了落后。历史的沧桑岁月里，大漠孤烟直的茫茫荒原上，乌苏这个古老的驿站，随着改革开放的时代发展，变成了一座现代化城市，唯一的见证人就是绿洲上的胡杨王。它不说，而是用风在传送，用雨在书写，用日月在记载。

我迎风伫立在胡杨树下，仰视着风中傲然挺立的胡杨王。我看到了真正的胡杨王，看到了风中胡杨王性格的光芒。面对四面八方狂风暴雨的侵袭，它威武不屈，昂然挺直了腰板，摇动着身体，挥动着双臂，我看到了它指挥千军万马的大将风度。同胡杨王相比，同在戈壁的红柳却表现出媚态和卑俗。它，见风挣脱友谊，四分五裂，低下高傲的头，左右摇摆，追随风势，匍匐在地，极力表现出奴仆特有的"忠诚"。风中的野草，更是唯唯诺诺，丢失了骨气，像祈祷的教徒，长跪不起，膜拜风的神威。只有胡杨王，傲然挺立着，轻蔑地面对世间的一切，表现出无私无畏的超然、自豪和优越。

这就是胡杨王傲骨的魅力。同松柏相比，胡杨王多了傲骨，少了傲气。松柏迎合媚俗，可以离开它的高山峻岭，站在城市的街道旁、花园里，显摆着自己的傲气。而胡杨王不愿趋炎附势，坚守着自己的唯一阵地，世世代代站立在荒原戈壁的岗位上，忍受百年孤独、千年寂寞，守望着脚下的土地。它刚正不阿的性格，来源于眷恋生它、养它的荒原。尽管荒原贫瘠，没有公园肥沃，尽管荒原寂寥，没有城市繁华，尽管荒原单调，没有霓虹灯美丽，但荒原给了它生命，塑造了它坚强不屈的性格魅力。

当然，胡杨王也有落泪的时候。正像男儿有泪不轻弹，作为大漠荒原上的英雄壮士，看到不该发生的事，它落泪了。当一棵棵胡杨树在乱砍滥伐中倒下的时候，胡杨王落泪了；当沙尘暴肆无忌惮地侵害绿洲的时候，胡杨王落泪了；当盗猎者捕猎野生动物时，胡杨王落泪了；当不法分子挖掘大芸、毁坏梭梭林时，胡杨王落泪了。胡杨王的泪，是对命运抗争的泪，是同情弱势群体的泪，是维护大自然环境的泪，是心灵的呼唤，是爱的慰藉。

我在风中没有看到胡杨王的泪。因为胡杨王面对暴风雨是没有泪的，只有坚强和勇敢。由此我顿悟，一种精神只能在坎坷、困难中凝固，一种惰性容易在享受、安逸中养成，一种软弱滋生在鲜花和赞扬声中。自然界是公平的，选择是自由的，但是它会决定你的一生。

我看到了胡杨王的笑，那是在赞扬乌苏人民为保护自然，默默奉献的精神。胡杨王的笑声很爽朗，如雷声在荒漠上滚动，响彻大地，传扬了很远很远。

荒漠天鹅湖

荒漠中的天鹅湖水是很清澈的，在阳光的照射下，泛着青绿的光。湖面平静得宛如一面镜子，湖畔浓密翠绿的芦苇倒映在湖面镜子上，有了水上有芦苇、水下也有芦苇的错觉。我看到了洁白的天鹅，几只白天鹅被我们惊动，飞离湖面，盘旋了一圈，又落入了芦苇深处的湖水。野鸭和不知名的水鸟，好像不在意我们的到来，在湖面上游动，远远望去就像几叶小舟在滑行。野鸭的身后是几条很长的水线，在阳光下滚动着粼光。寂静的芦苇丛中，突然传出"扑啦啦"的响声。我随声望去，一只白色的水鸟飞出了茂密的芦苇，在湖面上盘旋了几圈，又扎入了水中。过一会儿，水波未平，湖面上就出现了洋洋得意的白色水鸟。水鸟比天鹅小，但比野鸭大，像白色的豪华游轮在湖面上游弋，多少有些霸道。野鸭见了水鸟纷纷躲避，就像渔船见了游轮一般主动让出水域。白色的水鸟游行了一段后，突然停下来，扬起了双翅，拍打着湖面，于是我看到了水鸟无与伦比的精彩舞姿。恍惚中，我的眼前跳跃着白天鹅。一只白天鹅独舞，那是芭蕾舞剧《天鹅湖》经典的一幕。我看到的不是舞台上的白天鹅，而是天鹅湖湖面上的白天鹅的舞蹈。一只，两只，白天鹅来到了湖面上，翩翩起舞，美轮美奂，把天鹅舞表演到了极致。水鸟心里明白自己的舞蹈虽然很美，但和白天鹅的舞蹈有天壤之差，很委屈地远离白天鹅，收起了双翅，动也不动，停留在湖面上小憩，就像一只白瓷鸟在漂浮。我被眼前白天鹅的惊艳舞蹈陶醉了。我无法用准确的语言和词汇来形容白天鹅的婀娜多姿的美妙舞姿，但我第一次领略了真正的水上芭蕾舞，还是白天鹅原生态的经典芭蕾舞。它是白天鹅自己的舞蹈，而不是人类创作并表演的舞蹈，这就是我的奇遇，心灵被震撼了。

望着荒漠上的天鹅湖水，我想到了敦煌的月牙泉。月牙泉的四面是沙山，这里是大漠戈壁；月牙泉是一钩弯月，这里是饱满的圆月。相比之下，我更爱这里的圆月，它给人带来的是花好月圆的祝愿和美好意境。

夏阳下，放眼观望天鹅湖，真是浩浩荡荡的绿水！绿水很平静，宛如一个很大的广场。湖水中站立着众志成城的一片片芦苇，浓密而厚实，就像等着检阅的方阵。芦苇把宽阔的湖面划成了曲径通幽的小路，湖水绕着芦苇墙不知何处是源头、到底流向何处。

望着密不透风的芦苇墙，望着一片片翠绿的芦苇海洋，我禁不住在心里吟诵："蒹葭苍苍，白露为霜。所谓伊人，在水一方。"这是《诗经》中的《蒹葭》。芦苇，古人称之为"蒹葭"。因为芦苇朴实无华、生命力强，即使荒漠盐碱土地上，别的植物无法生存，芦苇也是枝繁叶茂、郁郁葱葱，张扬着无限的生命力。而且，芦苇的性格就得到了文人墨客的青睐，成为古代文人墨客抒怀咏志的尤物。文人以芦苇抒怀，写相思之情；墨客以芦苇为题，挥毫泼墨，画出了芦苇的风采和神韵。于是，"古之写相思，未有过蒹葭者"，月下"蒹葭泛舟"也就成了一大景观。历代诗人曾以芦苇寄托山水野趣，留下无数名诗佳作。在我少年时代，就读到了孙犁老先生的《荷花淀》，还看了有关白洋淀和沙家浜的电影，那上面的芦花荡给我留下了刻骨铭心的革命年代的记忆。当我站在天鹅湖的岸边，望着密密麻麻的芦苇墙和深深的湖水，我的眼前就会浮现梁山好汉杀富济贫、张嘎子在湖中捉鱼、洪湖赤卫队打击土匪恶霸、抗日战士在湖水苇荡里消灭日寇等很多场景画面。当然，我也会想到自己的少年时代。少年时代的我，也常常在芦苇丛中捉迷藏，和伙伴们玩得很开心，常常忘了回家吃饭，经常是满头芦花、身披芦絮回家。

白天鹅又飞走了，大概游客的拍照惊扰了它们；湖中的野鸭游了过来。野鸭很悠闲，几只像城里逛街的年轻女人，穿着华丽的时尚服装，迈

着轻盈的脚步，一路闲聊着慢悠悠地走了过来。河中的芦苇就像城市里的大商场和超市，野鸭游进了芦苇，过了一会儿又出来了，不像购物，倒像进了大酒店，腆着饱满的肚子，晃悠悠地出了芦苇荡，在湖面上游来游去，没有目的，没有方向，悠闲得让人嫉妒，自在得让人羡慕。

天鹅湖没有被开发，自然就没有小船。假如有小船，我坐在小船上，目光因夕阳的波光而迷离，满眼是绿的水、绿的芦苇，还有闪动的湖光斑点。小船晃悠悠进了芦苇深处，我扑进了芦苇的怀抱。起风了，秋风送爽，湖水湿润，我的心肺被沁透了，心旷神怡。夕阳把最后的一抹霞光抹在了茂密的芦苇头上，泛白的芦苇花被镶上了金黄的光边。在秋风的摇动下，早熟的芦花絮离开了苇秆，随风飘飞起来。小船在慢慢划行，芦絮逐渐增多，不一会儿，芦絮漫天飞舞，犹如飞扬的白雪，飘飘洒洒弥漫了湖面。晚霞中的芦絮，犹如千万只蝴蝶铺天盖地飞舞。我伸手去抓，没有抓住一片飞絮；然而我的头上、身上落满了芦絮。我被飞舞的芦絮包围着，我的目光陶醉了，我的心灵沉醉了，我的诗兴大发："秋阳晚霞登叶舟，秋风摇飞芦花稠。漫天白雪天地小，大漠湖水乐悠悠。"

离开天鹅湖的时候，我在想冬天的天鹅湖。冬天的天鹅湖是最有诗意的北国大漠戈壁风光了。你想呀，天空飘飞着鹅毛雪花，湖中的芦苇摇动着芦花，天地之间雪花与芦花共舞齐飞，这美丽的场面，让人目眩神摇，难以分辨哪片是雪花，哪片是芦花。当风起云涌的时候，湖中花絮漫天飞舞，芦苇波浪翻滚，涛声阵阵，在天山山脉茫茫雪域的辉映下，芦花与荒漠大地浑然一体，湖光山色美不胜收。雪后初霁，苍茫大地银装素裹，芦花在冰雪的映衬下，迎着凛冽的寒风，沐浴着和煦的冬日暖阳，晶莹剔透、熠熠生辉，坚强而高贵地挺立着，不畏艰难，傲霜迎雪。走近她，扑面而来的是一种清新、淡雅的幽香，大有芦花香雪的神奇魅力。

芦花是传播爱情的花絮。秋熟的芦花就像出嫁的新娘，离开了娘家天鹅湖，随着秋风寻找自己的爱情和白马王子。秋风就是热情的媒人，四处给芦花寻找"婆家"。芦花落在哪里，哪里就是芦花的新家。经过一个冬天的温馨和缠绵，春暖花开的时候，芦花的小宝宝就出生了。于是，一片嫩绿的新芦苇就掩埋了大漠的荒凉，焕发出绿色的生命朝气。晚"出嫁"的芦花就更华贵了，还要带着"伴娘"雪花，常常让"认亲"的荒漠新郎辨不出真伪，不知道哪个是芦花"新娘"，哪个是雪花"伴娘"，只有在阳光下，"伴娘"雪花才藏起来，显露出芦花"新娘"的娇美面容和轻盈的身影。

芦花"出嫁"了，但天鹅湖还在，湖中的芦苇还在，一年四季，日夜守在湖水身边，就像痴情的男人厮守在自己心爱的女人身边一样，守到自己的头发白了，还不愿离去。

天鹅湖，你就是一支爱情的童谣、一片爱情的港湾。

克孜加尔湖

克孜加尔湖常被人们误认为是欧洲的湖泊。在我们游览克孜加尔湖时，有位朋友拍了照片，发了微信，于是他的朋友问他，你去欧洲了？克孜加尔湖太美了。

克孜加尔湖不在欧洲，而在新疆的乌苏市古尔图镇，当地人称"怪湖"，素有"平原出峡谷，峡谷现平湖"的美传。其实，克孜加尔湖不是一个独立的湖泊，它是几十年前兴修的一座水库，是甘家湖白梭梭自然保护区的一部分。

克孜加尔湖被周围茂密的芦苇、胡杨、白杨、沙枣、红柳等紧紧包裹着，茂密的芦苇、沧桑的胡杨、高大的白杨、婆娑的沙枣、婀娜的红柳在微风的吹拂下左右摇摆，犹如一条彩带漂浮在水面上。湖光色影交融，镜中倒影相连，景色无比迷人。

假如你漫步在克孜加尔湖畔，就会看到湖边的芦苇、胡杨、红柳在微

风中左右轻摇，倒映在湖中，湖光山色交相辉映，整个湖面犹如一幅天然绝伦的油画。你会听到芦苇丛中不时传来鸟的鸣唱，平时浮躁、忙乱的心就会在这里走向平和和宁静。在湖畔移动脚步的时候，你会被湖景陶醉，仿佛置身于人间仙境、世外桃源。尤其是夕阳晚照的时候，满目的落日余晖、层林尽染的晚霞，会使你感受到生命的静美。荡漾的湖水映照着波动的蓝天和白云，让你遐思万千，思绪飞翔。

我们来到克孜加尔湖，首先映入眼帘的是垂钓的人们。有个青年男子穿着短袖T恤衫，将裤腿卷到了膝盖上，站在湖畔的浅水中，举着一根鱼竿，目不转睛地盯着平静的水面，一动也不动，好像一座雕塑。当然，炎热的夏季里，更多的垂钓者是躲在湖畔的白杨树和沙枣树下，自立着一把蘑菇大伞，坐在折叠椅上，跷着二郎腿，端着一把紫砂壶或者精美的玻璃钢茶杯，盯着面前的七八根鱼竿，不时地呷一口茗茶，品着美妙的茶香，那闲情逸致，好像不是在钓鱼，而是在观摩一场精彩的演出。

我真的很羡慕甚至嫉妒这些垂钓者，他们的姿态和神情，好像在等待着丰收后的喜悦，在期盼着一条条大鱼上钩，在感受着胜利的喜悦。

我问当向导的王主任：这些钓鱼的人，每天可以钓多少鱼？

王主任笑了：说不准，但很难钓上。

为什么呢？我有些纳闷了。

王主任说，原来这里有很多白鲢鱼，后来人们在湖里投放了乔尔泰鱼，结果白鲢鱼被乔尔泰鱼吃光了。当年在这里捕鱼，捕了一条20多公斤的鱼，像羊那么重，不得了。

我很遗憾。我知道，假如这里没有乔尔泰鱼，那么这个湖里白鲢、鲫鱼、草鱼、泥鳅会很多的，因为乔尔泰鱼是凶猛的鱼种，横行霸道而又独裁，它生活的地方，很难容纳其他的鱼类。

虽然垂钓其乐无穷，但最美的乐趣是乘快艇游览克孜加尔湖的瑰丽风光。坐上快艇，凭窗而望，湖畔的美景尽收眼底。开快艇的司机很懂游客的心理，快艇不快，倒像游艇，缓缓地在湖面上行驶，船尾划出了翻滚的波浪，打破了湖面的宁静。碧绿的湖水很干净，看不到野鸭，唯有青绿色的芦苇站立在湖中。偶尔有只水鸟，只在湖畔和芦苇边点缀一下，又飞走了。

王主任告诉我们，原来这里有很多野鸭子，后来内地来了一伙人，在湖面上布下了天网，野鸭子全部被捕捉光了。于是，野鸭子在这里绝迹了。听到这里，游客们纷纷谴责那些不法分子的可恶行径，也为野鸭子的悲惨遭遇扼腕叹息。

克孜加尔湖湖面有一千亩，乘快艇游览，需要30分钟的时间。快艇驶向湖心的时候，宛如在海洋上航行的感觉。快艇是平稳的，坐在上面，随着快艇的游弋，便看到了水中密集的芦苇方阵，湖畔沿岸的白杨树、沙枣树，远处层叠的绿色庄稼、灰白的房屋，还有水中的各种倒影。湖是不规则的湖，自然就有了湖湾。一个湖湾连着一个湖湾，每个湖湾的景致是不一样的。在开始的湖湾，看到的是浓密的芦苇丛；接着，我看到了稀疏的白杨树和沙枣树下的几个垂钓者；后来，映入眼帘的是茂密的胡杨林，还有土山和孤岛。陡峭的悬崖和残破的土墙犹如古老的城堡，在阳光的照耀下，在蓝天白云的陪衬下，有一种欧洲风光的浪漫之旅的韵味。

克孜加尔湖最美的瞬间是每天的早晨和傍晚，因为这里没有人的干扰，只有湖面的宁静。初升的阳光洒在平静的湖面上，和湖面升起的乳白色的云雾交融在一起，有了珠光宝气的风韵。湛蓝的天空和艳红的云霞倒映在碧蓝的湖面上，水天一色，分不出哪里是天，哪里是湖。湖畔的芦苇、树木的倒影清晰可见，好似一幅印象派的油画，让人陶醉。傍晚的湖面也是安静的，滚圆的夕阳落在湖面上，给湖畔的各种景物镀上了金边，好似进入了一座金碧辉煌的宫殿。当然，金秋的时候来到克孜加尔湖，你会感受到另外一种风情：湖蓝的水面犹如一面巨大的屏幕，闪现的是金黄的芦苇、摇曳的洁白的芦花絮、高耸的白杨、婆娑的沙枣树、鲜红的胡杨

林、绿荫掩映的农家小屋等精美绝伦的画面。当你沉醉在这些戈壁大漠的奇幻仙境中，你会想什么？你会说什么？你肯定会说，这是我的家乡，美丽的古尔图，一个令人魂牵梦绕的地方。

神游大峡谷

　　乌苏人最自豪和骄傲的是拥有两条神秘的大峡谷，这在世界地理上实属罕见，成为乌苏人引以为傲的独特地理风光。这两条大峡谷中，一条是乌苏河大峡谷，还有一条是乌苏巴音沟大峡谷。两条大峡谷站在乌苏的土地上，这就是乌苏人自豪和骄傲的资本。

低吟的乌苏河大峡谷

　　6月，阳光灿烂的日子里，我们受乌苏市旅游局的热情邀请，神游大峡谷。

　　我们乘车出了乌苏市，驶上高速公路，路的两边便是浩瀚的绿色草原。草原犹如苍茫的大海，翠绿的野草似海水在流淌着，五彩的野花好像朵朵浪花在海水上跳跃。平坦、宽阔的高速路宛如一条灰褐色的飘带，在绿色的海洋上飞舞、飘扬。在大漠的清风的吹拂下，草原上掀起了一道道绿色的波浪，波浪追逐着，追逐着，就奔涌到了巍峨的天山。

　　天山很高，雄峻而又陡峭，似一条巨龙伏在那里，龙脊蜿蜒起伏，绵延几百公里。天山巨龙的躯体是绿色的，那是浓郁、苍翠的山松，层层叠叠的松树宛如坚硬的盔甲，保护着天山，也装饰着天山。天山的高峰在白云缭绕中若隐若现，看不到绿色，唯有雪白，那是洁白的雪冠，是常年积雪的馈赠。湛蓝的碧空上苍鹰翱翔，忽而高，忽而低，俯瞰着绿色草原上

的波浪翻滚。突然，苍鹰一声惊鸣，似一股电流击穿了草原上的宁静。它看到绿色的海洋上箭一般地划出一股白色的浪花，那是一匹奔驰的枣红的骏马荡起的乳白色尘雾。"嘚嘚"的轻快的马蹄声敲击着绿色的草地，惊醒了草丛中栖息的百灵。百灵鸣唱着飞向了空中，一串婉转的旋律在空中飘荡。飞翔的骏马上是一位貌美的姑娘，这位美丽的姑娘就是驻扎在乌苏的玉大人的公主玉娇龙。玉娇龙忍耐不住乌苏家园的寂寞和孤独，骑马来到了乌苏的草原上。辽阔的草原让这位年轻、靓丽的公主愉悦万分、心神惬意、放马松缰。白色的尘雾好似云朵在流动，玉娇龙的马"马踏飞燕"般地在绿色的草原上驰骋。

忽然，骏马一声嘶鸣，高扬前蹄站立，险些使玉娇龙摔下马。她定神一看，她和马正停在悬崖边上，眼前是深不可测的峡谷 —— 大峡谷。玉娇龙惊吓得出了一身冷汗，下马站在悬崖峭壁前，观望眼前的大峡谷。

峡谷很深，谷底有蠕动的黑点和白点，仔细望去，原来黑点是牛，白点是羊。牛如家鸡，羊如鸟雀，在缓缓移动着。玉娇龙放眼望去，峡谷的源头通向天山，犹如一条巨蟒由南向北弯曲游动着，很远，很远，游进了遥远的绿洲深处。

峡谷是水神的杰作。千万年前，一股清泉从天山流出，来到了平坦的草原上，好似一匹脱缰的野马，肆无忌惮地在草原上狂奔。于是，草原上出现了弯曲的河道。开始河道很狭窄，也很浅；随着年复一年，暴发的山洪奔腾着狂泻，就如同千军万马倾巢出动，狭窄的河道被拓展了，低浅的河谷加深了。于是，弯曲的河道因千万年来天山雪水自然冲刷形成了大峡谷。

据有关资料，当年玉娇龙看到的大峡谷，就是今日的乌苏河大峡谷。乌苏河大峡谷距乌苏市大约有18公里，在乌苏大桥的南部。峡谷南北走向，长约20公里，谷底宽100—400米，谷肩宽800—1000米，从谷底到谷肩的高度可达200多米。

俯视峡谷，峡谷两壁垂直而陡峭，千万年的雨水将峡谷的两壁冲成一道道非常深的沟壑，沟壑细部造型奇特，千姿百态，仿佛巧夺天工，鬼斧神工地将谷壁雕琢成石林状，奇特而险峻。夏日的阳光照射在峡谷中，犹如黑白木刻版画，棱角分外鲜明、逼真。谷底的河水好像游动的几条白蛇，在大小各异的卵石间跳跃、舞蹈着，阳光中闪动着银色的粼粼光斑。偶尔有几棵河杨，宛如墨绿的菊花绽放在灰白的沙砾中。一阵夏风吹过，峡谷里便有了轰鸣般的巨响，仿佛千百匹骏马在奔腾、嘶鸣。峡谷两面的石壁上，沟壑层叠、错落有致的刀剑般的石林变成了一排巨大的箫，演奏着美妙的旋律。天山上的松涛声顺着峡谷奔走，俨如击鼓传花，又如行军战鼓，一路高歌猛进。于是，峡谷里就有山呼海啸的气势、排山倒海的轰鸣，震撼人心。

峡谷就是一幅壮观而瑰丽的版画，遥遥望去，它那蜿蜒曲折、陡峭而幽深的地层，像亿万卷图书，层层叠叠地堆放在一起，记录着千万年来地质的变化，诉说着历史的变迁。峡谷两面的石壁上，交错排列的石柱如刀剑，酷似古战场上武士们高举着森林般的长矛，仿佛一幅激烈的战争画面。

最早发现大峡谷的不是玉娇龙公主，因为这是一个传说。真正发现大峡谷的是苍鹰。每天旭日东升，苍鹰从天山上飞来，盘旋在草原上，就看到了大峡谷，因为它太神奇了。朝霞中的大峡谷一片金黄，好似铜塑的浮雕。湛蓝的天空、高耸的雪山、翠绿的松林、金黄的峡谷、青绿的草原、游动的羊群……它们相映成趣，融合、协调，组合成一幅绝美的油画。正午的阳光下，峡谷变成了冷色调，仿佛雕刻家把山壁砍成了一片密林，成了一幅冷峻的黑白版画。夕阳晚照，峡谷中淡雾游动、缥缈，犹如天河降临人间，倒有了仙境的意象。苍鹰沉醉在神秘、魔幻的大峡谷，年复一年地翱翔在大峡谷的上空，俯望着大峡谷的美丽瞬间。

当然，草原上的哈萨克牧民也是最早发现大峡谷的。牧民发现大峡谷是因为一次偶然事故的发生。那天，一个牧民赶着羊群，骑着马儿，弹着冬不拉，唱着相思的情歌在草原上漫行。洁白的羊群如成团的云朵，在绿色的草原上流动。牧羊犬就像维持秩序的警察，在羊群的外围巡逻着。宁静的草原上，牧民的歌声在荡漾，还有羊儿移动着吃草的伴奏声。甜蜜的歌声让牧民陶醉。突然，牧羊犬狂叫，羊群骚动牧民停止了粗犷的歌唱，以为草原上出现了饿狼，做好了战斗的准备。没想到骚动的羊群瞬间又恢复了平静。他有些纳闷，骑马朝羊群骚动的地方奔去。他惊呆了，面前的万丈沟壑让他一阵眩晕。他看到了一只贪吃的绵羊忽视了危险，失足跌下了深渊。于是，他急忙离开了大峡谷，赶着羊群朝远处走去。

后来，一位地理摄影家从牧羊人那里听说了大峡谷，于是来到了这里，发现了大峡谷的奇妙和神奇，他拍了很多的照片，寄给了报社然后刊登出来。于是，很多摄影家慕名而来，神妙的大峡谷成了摄影家的艺术摄影创作的天堂。

当然，乌苏河大峡谷也是在户外捡石头的乐园。每年的春天、盛夏、秋季，你会发现在峡谷下游的河道里，有三三两两的石头酷爱者在峡谷的河道里寻觅喜爱的奇石。他们被称为"石友"，来自大峡谷附近的乌苏、独山子、奎屯等地。大峡谷是宽容而大度的，不但给了摄影家展示艺术摄影创作的激情空间，还给户外旅游、探险的人增添、设置了惊险、刺激的历险情趣，更给酷爱石头的石友馈赠了大自然的杰作。宽阔的河道挤满了各类奇形怪状的泥石、鹅卵石，走进大峡谷的谷底河道，就进入了石头的世界。有的石友炫耀捡到了酷似阿凡提的形象石，有的石友展示捡到的山水国画石。我也曾经去过大峡谷的河滩，当然，每次都受到了大峡谷的"奖励"，不但捡到了子宫中胎儿的图案石、波涛汹涌的线条石，还感受到了精神和心灵的洗礼。

每次站在大峡谷的河床石头地上，我都感慨万千：石头很多，大大小小挤在一起，像逛庙会，水泄不通，一直铺展到遥远的天山。我站在石头地，就有了一种站在天山上的高大。因为石头地和天山血脉相连。没有粉饰的石头地，我可以看到它的灵魂。当我伫立在风中的石头地，我的心也随着风在运动。感受是深刻的，有历史的记忆，有岁月的沧桑。感受像石头，石头是一个坚硬的固体，因而感受也是一个坚硬的固体，固体的感受就有了永恒。思索是辽阔的，因为在石头地上思索，你不能不辽阔、不真实、不和天山连在一起。奇形怪状的石头和圆滑的石头挤在一起，就表现出了它的性格张力。爱石的人之所以喜欢这种石头，是因为它有收藏的价值和观赏的美感，还是因为别的什么？我想，大概是它的"性格魅力"在诱惑着石迷们吧。假如怪石上再有千姿百态的纹路，那就更是美姿千秋。黄金有价石无价，大概就是这种魅力驱动着人们在大峡谷的石滩上探宝。

这就是大峡谷石头地给我的启迪。迎风立在大峡谷的河滩上，心胸豁然开朗，一切烦恼和忧愁都会随着峡谷的风而飘逝，随着奔腾的河水而流向远方。心情是愉悦的，头顶的一线蓝天，白云飞渡，苍鹰飞翔，人的灵魂也会自由飞翔。

望着峡谷两畔的草原，就像看到了天上的草原，看到了白云般的羊群在绿色和蓝色间移动。乌苏河大峡谷是草原上的大峡谷，潜伏在绿色的草原深处。站在草原大峡谷的面前，你会想很多。一位内地诗人曾经写道：

在大峡谷的腹中穿行

你完全可以感觉到

那一次又一次的造山运动

是何等的刚烈而悲壮

数亿年的修补和再生

至今无法弥合当初的创伤

或许就是那从不停歇的磨炼

才让这里的阳刚之美

达到无与伦比的极致

点燃峡谷那一炷巨香

不为乞求上苍的庇佑和恩赐

但愿照亮求索、奋进的心路

走进大峡谷

不单为一声惊叹和一种折服

留给你的

说不定就是终生向上的理性

——《重回巴音沟大峡谷》

据有关资料：巴音沟大峡谷位于新疆乌苏市巴音沟牧场的草原上，长为20—30公里，峡谷最深处为400米。峡谷两岸地貌各异：西岸是戈壁，较平坦，东岸则是绵延起伏的山峦，形成了鲜明的对比。

我们坐车在草原上奔驰，没有尘雾，也没有颠簸。草原上的路是新修的柏油路。柏油路就像一条黑色的飘带，飞舞在绿色的草原上，飘向了草原深处。驶下草原柏油路，我们走向草原深处，遥望天山脚下，一座血红的山脉在阳光下分外耀眼、醒目，红色山脉下面，就是怪异而奇特的大峡谷。

巴音沟大峡谷和乌苏河大峡谷各有千秋，巴音沟大峡谷没有乌苏河大峡谷一泻千里的宽敞流淌，而是蜿蜒起伏、层叠交错、千回百转。峡谷像一个人，躺在大地上，头枕北方，两条腿叉开伸向南方的天山峻岭。峡谷的"左腿"千姿百态，沟壑纵横交错，从峡谷边缘一直延伸至谷底，形成险峻丛生的一座座山峰。山峰均由砂石和泥土组成，高则百米，矮则数十米，色彩各异，有红色的、黄色的、黑色的、灰白色的，仿佛一座座军帐坐落在那里。峡谷的"右腿"是一望无际的深壑，九曲十八弯，峡谷石壁犹如一把把利剑，锋芒直指苍穹，犹如整装待发、等待出征的武士，整齐地聚集在那里。

伫立在大峡谷前，凝视着凶险、瑰奇的河谷，刀削、斧劈般的崖壁，蜿蜒、曲折的河水，气势磅礴的深谷时，我的心就飞翔起来，重回故地的情感潮水在翻滚，让我迷醉，往事的记忆如影视画面一幕幕地浮现在我的眼前，久久温暖着我的心。

美丽的玉娇龙公主没有来过这里，我却在这里生活、工作过。那是20世纪80年代的中期，这里有座国有煤矿，我在煤矿的机关工作。机关办公室在大峡谷的右岸，产煤的矿井却在大峡谷的左岸。因为要下基层，所以我经常横渡大峡谷，跋涉于两岸之间。横渡大峡谷很艰难，虽然两岸相距不足3公里，可要从右岸到左岸就要经过9公里的"之"字形山路的徒步行走。山路刻在峡谷的悬崖峭壁上，由上而下，狭窄而弯道多，布满了死亡的陷阱。

那一年的夏天，我突然接到了命令，让我和保卫科的干事带上枪，拦截从峡谷右岸监狱劫持了汽车而又越狱的逃犯。我和保卫科的干事乘上一辆拉煤的卡车，冲下了峡谷。山路是砂砾戈壁石路，弯道极多，短短9公里路程，却有50多个弯道。坐在颠簸的卡车上，司机不停地踩刹车，刚转过一个弯道，迎面而来的又是一个弯道。路面狭窄，两车难以相让，唯一的会车机会就是一辆车停在弯道的一处峡谷峭壁的凹处，另一辆车才能勉强擦肩而过。山路上经常有拉煤的卡车坠入谷底，奔腾的河水里歪躺着几辆车的残骸，远远望去，让人毛骨悚然。我紧紧地抓住驾驶室的把手，心中叨念：安全行驶，千万不要翻车。身旁的保卫科干事双眼紧紧地盯着前面，手枪攥在手里，有些颤抖。我想，不但我明白，他也明白，我们执行的是一次生死的较量，走上了一条不归之路。这条山路是唯一的通往外面世界的道路。逃犯要驾车从这条道路上逃出去，我们要把逃犯堵在这条山路上，可想而知，不能会车的山路上，亡命的逃犯肯定孤注一掷和我们的卡车相撞了。

　　卡车在峡谷的山路上一个弯道一个弯道地行驶，下到了谷底，驶过河坝大桥，然后又爬上了对面峡谷的弯道山路，没有和逃犯的卡车相遇。当我们的卡车来到峡谷山路的最后两个弯道时，看到山路上站满了带着真枪实弹的武警和监狱警察，他们正在打捞坠下深谷的越狱罪犯的尸体。原来越狱逃犯劫持了一辆拉煤的卡车，仓皇出逃，来到了大峡谷。因不熟悉山路情况，在第二个拐弯处，卡车冲出山路跌入了死亡的深渊。望着深谷里坠毁的卡车和逃犯的尸体，我和保卫科干事深深地舒出了一口气，同时对大峡谷行了一个敬佩的注目礼。大峡谷俨然一个威严、正义的保护神，惩恶扬善，毫不留情地制止了一场逃犯越狱案件的发生。

　　大峡谷也有欢乐、幸福的日子。那是1987年的夏季，广西电影制片厂拍摄电影《强盗与黑天鹅》，外景拍摄地选中了巴音沟大峡谷。电影《强盗与黑天鹅》讲述的是1949年秋，在新疆和平解放的过程中，国民党新疆驻军姜司令见大势已去，密令团副冯子乔将其夫人 —— 中俄混血女郎吉娜和一批珍宝送往国外。吉娜找到白俄军官瓦西里，商定途中夺取这批珍宝。庄园主肉孜巴依令打手哈思木追击商队，妄图夺取珍宝。解放军某部张连长率4名战士奉命前去堵截商队，防止他们逃出境外。经过激烈的战斗，张连长夺回了珍宝，保护了国家的文物，使它们没有流失的惊险的战争故事。

　　大峡谷来了拍电影的摄制组，还有北京来的演员张光北等人，这是天大的喜讯。消息像风一样吹遍了大峡谷两岸，使煤矿的每一个男女老少的心像烈火一样燃烧，沸腾了大峡谷两岸的草原和群山。人们或乘车，或徒步来到大峡谷的河滩上，争相观赏摄制组的拍摄和演员的高超演技。我当时负责剧组的接待工作，陪着导演吴荫循挑选群众演员，陪着美工选择拍摄场地。我的心情和大家是一样的，第一次亲临电影拍摄现场，第一次观看演员的表演，那种心情是愉悦的，那种感受是奇特的。一周的拍摄，让峡谷两岸的人们激动、兴奋了几天，成为他们茶余饭后的主要话题。唯一遗憾的是，第二年，也就是1988年，电影《强盗与黑天鹅》在全国公映了，而我住在深山大峡谷没有机会欣赏。可给我安慰的是，摄制组在大峡谷的河坝沙滩上拍摄解放军追寻商队的蛛丝马迹，在大峡谷的峭壁石林中拍摄解放军和国民党、土匪的激战，在大峡谷的悬崖陡壁上拍摄黑天鹅吉娜被杀害而坠落深谷的惊险画面等，都在我的脑海里留下了不可磨灭的记忆。

望着巴音沟大峡谷，我心潮起伏，思绪万千。那些年在大峡谷发生的很多事——浮现在我的眼前，点燃了我30年前的记忆火焰，燃烧着我对巴音沟大峡谷的深深的、浓浓的眷恋。30年后，我又来到了这里，当年我工作、生活的办公室、住宅房屋已消失得没有了踪迹，成了草原哈萨克牧民的定居点，但唯有大峡谷依然存在，丝毫没有改变当年的风采。它还是那样的雄浑、瑰丽、神奇、气势恢宏，震撼着每一个来到大峡谷的游客的心灵，讲述着千万年来发生的神秘故事。

离开巴音沟大峡谷，我频频回首遥望。渐渐远去的山脉、峡谷，还有往昔工作、生活的情景，已经成为我心中的记忆。它将铭刻在我的心中。

北屯的湖

成吉思汗与湖

1219年的夏天，铁木真率领的西征10万大军在阿尔泰荒原上艰难地蠕动。太阳像一个火球在燃烧着，燃烧着荒野戈壁。被烤焦的土地冒着热气，热浪滚滚的荒原上，将士们脚步缓慢，汗水似小溪流了下来，带着咸味的汗水折磨着将士们的眼睛。将士们不停地擦着汗水，揉着有些时不时被灼痛而变得模糊的眼睛，迈着沉重的步子。走过滚烫的戈壁砾石，将士们望着一座座秃子头一样的荒山，荒山上看不见一棵小草，哪怕是头发丝一样的草都看不见。看不见绿色，将士们的心沉甸甸的，好像没有了尽头，没有了希望。热辣辣的太阳把白色的山包烤成了焦黄色，把将士们干裂的嘴唇烤出了鲜血。铁木真想让将士们停下来，但是这个念头刚露出来，就被他狠狠地压了下去。如果停下来，他的将士们就会死在荒郊野外。不能停下来，继续走！没有铁木真的命令，大军不能停下脚步，尽管水囊已经干瘪，只能伸出干枯的舌头润润嘴唇。

突然，荒原上起风了。铁木真闻到了风中的湿气。他一阵惊喜，心里明白，前面，就在前面，将有水的出现。他指着风来的方向，下令：向水前进！

将士们听到命令，眼前出现了汪洋大海。大海淹没了干枯的戈壁，海浪扑向将士们。水的信息注入了每一个干渴的将士，就像血液一样在每个疲惫的将士身上流淌。整支队伍顿时士气大振，脚步迈大，马蹄声脆，大地发出了滚地雷般的巨响。

登上一座被太阳烤焦的土山，将士们欢呼起来：水，水……

铁木真登上了山顶，望着荒原戈壁上的一泓碧蓝的湖水，水面上游动着天鹅、野鸭等水鸟，心里念叨：天助我也！

水是草原的生命。铁木真大军是草原民族。在西征的激烈鏖战中，水给了将士们无穷的力量，水铺平了胜利的征途。在西征大军陷入困境的时候，天降湖水，就是长生天给铁木真的赐福。

将士们的欢呼声惊动了沉睡百年的湖水，湖水掀起了波浪。欢呼声惊动了天鹅，天鹅飞起，盘旋在湖面的上空叫着"来啦，来啦!"；欢呼声惊动了湖边的芦苇，芦苇摇动着翠绿的长裙，发出"欢迎欢迎!"的热情声音。

大军驻扎下来。将士们扑向了湖水。连日来的劳累和疲惫被湖水洗得荡然无存，将士们在湖畔入睡了。这一夜，将士们头枕着湖水的涛声，披着明媚的月光酣然入睡了。

清晨的凉风吹醒了酣睡的将士们，初升的朝阳增添了将士们新的生命力。铁木真率领着西征的将士们告别湖水，跃马挥戈奔向新的疆场。西征的大军走了，他们不知道，也可能想不到，在他们的身后，荒原大漠上又出现了几面湖水。这也许是大自然的赐福，铁木真西征大军驻扎过的这片土地山清水秀、生机盎然、郁郁葱葱起来了。

倾心留恋将军池

新疆北屯市188团的将军池最早不叫"将军池"，而是叫"无名湖"。因为来了一位将军，他不是骑马来的，而是坐着车来的。毕竟历史在发展，将军来的年代已经不是铁木真西征的那个年代，而是中华人民共和国

成立后的和平年代，不需要再骑马奔波了。散去了战争的硝烟，进入了开发、建设的时代。将军没有像铁木真那样率领一个庞大的集团军去西征打仗，而是带着几个勘察、设计人员来到了这里。

将军来到这里时，已经是傍晚。西边的晚霞燃烧着半个天空，戈壁上的湖水中，乳白的水雾缥缈，水鸟的叫声在湖面上荡漾。将军看到湖水在夕阳下波光粼粼，一轮彤红的夕阳在湖面上跳跃，几百公里的辛苦和劳累顿时就消失了。将军心情很好，有些振奋，就提议不走了。将军是个儒将，很有文采，有了写诗的念头，但也只是一瞬间就消失了。将军不是来游玩的，而是肩负着设计、规划、建设新疆兵团美好家园的重任。所以将军没有拿出笔，而是举起了望远镜，望着面前的戈壁荒原。

望着，望着，将军心里就有了想法。将军是从石河子、奎屯一路走来的。站在这片广袤的土地上，将军看到了绵延、游动的中苏边境线，看到了荒原上的野草、红柳眨眼间就变成了玉米和麦子，看到了草原上牧民的毡房和荒原上站立的一排排兵团战士的新房，看到了牧民毡房的炊烟和战士们新房的炊烟交相辉映，袅袅升腾，弥漫草原和田野，夏季的晚风里吹来了青纱帐的芬芳和瓜果的甜香。因为是站在这片湖水前，在将军的眼里，湖水是大地的灵气，湖水是大地的生命。虽然这里是亘古的荒原戈壁，但是将军看到了戈壁荒原上的希望，看到了戈壁荒原的未来，看到了这片未开垦的处女地上的奇迹。将军说，这里有水，有灵气，将来一定是个鱼米之乡。将军说这句话的时候，是1958年8月的一天。当时晚霞披在了他的身上，夕阳映红了他英俊、帅气的脸庞。

警卫员提着一条刚从湖里捉到的野鱼兴致勃勃跑来了，说将军，今晚就吃鱼，野鱼味儿香。将军接过野鱼仔细看了看，来到湖边，把手中的鱼放入了湖水。野鱼回头望了将军一眼，吐了个水泡，表示感谢，然后摇着尾巴游入湖水深处。将军笑了。将军心里说，你的肉很香，我知道，但是现在我舍不得吃你。看着远去的野鱼，望着偌大的湖面，将军在想，要不了多久，我的愿望就能实现。他离开了湖水，第二天登上了得仁山，选定了新疆兵团农十师屯垦戍边的地址 —— 北屯。

后来，这里的人民为了纪念将军，把这片湖水命名为"将军池"。当地人民在湖畔的公路边上竖起了一座雕塑，雕塑很高，是英俊而又威风凛凛的将军。他站在这里，背对南方，面朝祖国的西北大门，举着望远镜眺望着辽阔而广袤的边疆土地。他的后面是一座山，山上有一幅石刻的浮雕，画面是兵团战士屯垦戍边的群像，并附有碑文：十万雄师到天山，且守边疆且屯田。塞外江南一样好，何须争返玉门关？

我瞻仰了将军的塑像，知道了这位人民怀念的将军是镇边将军张仲翰。

我循着张仲翰将军的足迹，在将军池畔漫步。将军池的湖水是很清澈的，在下午的阳光的照射下泛着青绿的光。湖面平静得宛如一面镜子，湖畔浓密、翠绿的芦苇倒映在湖面上，有了水上有芦苇，水下也有芦苇的错觉。我没有看到天鹅，大概不到季节，天鹅去了其他的地方，只看到了野鸭和不知名的水鸟。宁静的湖面出现了涟漪，不是鱼在调皮，而是野鸭在戏耍。几只野鸭在湖面上游动，远远望去就像几叶小舟在滑行。野鸭的身后是几条很长的水线，在阳光下滚动着粼光。寂静的芦苇丛中突然传出"扑啦啦"的响声。我随声望去，一只白色的水鸟飞出了茂密的芦苇，在湖面上盘旋了几圈，又扎入了水中。过了一会儿，水波未平，湖面上就出现了洋洋得意的白色水鸟。

湖边有凉亭，坐在凉亭下，望着湖中新架的"之"字形走廊，它有些像迷宫。几个作家跑上了木制的走廊，边走边欢呼雀跃，60多岁的人了，竟有了少年的兴奋和激动。我没有去，而是目光跟随着他们，看他们游玩，看他们拍照，看他们愉悦、欢乐。我的心被感染了，我也想去，但还是忍住了。我不想破坏湖水的宁静。我看到湖面上的木制走廊，还有那架弓形的木桥，在湖面上映现了清晰的倒影，很美，美得让我目不暇接，久

久地望着，望着，禁不住拿出了相机，按下了快门。

湖畔有块很大的石头，不注意很难看到。它站立在芦苇丛中，芦苇遮住了它的腰身。绿茵茵的芦苇中，我看到了它。石头很大，上面刻着三个大字："将军池"。"将军"二字显露着，"池"却被芦苇掩住了，到了跟前仔细看才能看到。我在想，石头是不会长的，芦苇却在长，会越长越高。说不定哪一天，芦苇就会完全遮住了石头。假如写有"将军池"的石头被掩盖了，将是很悲哀的。"将军池"的石头不是一种标牌，而是一个柱石。是柱石，就应该醒目，让游人观瞻。也可能我是杞人忧天。秋天的时候，芦苇枯了，黄了，白白的芦花在"将军池"石碑前摇动，说不定是另一种景色呢！

八月的湖水，我把手放进去，水温有些凉。我没有看到野鱼。我想看一看，50多年了将军放生的野鱼是不是长得很大了。人，50多岁就接近退休的年龄；鱼是不会退休的，也没有退休的规定。但是，50多岁的鱼是很苍老的，可能像乌龟那样卧在水的深处，一动也不动，享受晚年的惬意生活。湖水清澈，但很深，我是看不到鱼的。看不到鱼，就多了些想象。我想，当年将军见它的时候，也不会知道这条野鱼的年龄。将军放生野鱼，是一种对野鱼的呵护，也是对自然环境的保护。湖里是有鱼的，肯定很多。50多年了，将军放生的野鱼肯定繁衍了很多的子孙后代。我看不到它们，除了湖水很深的缘故，还有一个原因就是我们来了，野鱼们受到了惊吓，纷纷躲藏了起来。将军池里不但有很多的野生鱼，还有江南的大闸蟹。这是当地人告诉我的。晚饭的时候，我见到了桌子上的红烧野鱼和清蒸大闸蟹。大闸蟹是舶来品，人工喂养的。江南的大闸蟹来到这里一儿点也不陌生，好像仍在江南水乡一样，活得很滋润，蟹黄也很饱满，就是蟹腿里面，也是胖嘟嘟的细肉，比内地空运来的大闸蟹味道好多了，别有一番香味。

我没有看到野鱼，捕鱼的时候我还没来，是早晨。晚宴上的野鱼我仔细看了，嘴很长，也很坚硬，让我想起了鳄鱼的嘴。当地人告诉我，这种野鱼叫"狗鱼"，肉很香。我尝了，果然很香。鱼肉白嫩，嚼在嘴里，一股香味儿在口腔里回荡，不忍下咽。吃着野鱼，我心里突生惭愧。当年将军来到这里，放生了野鱼；如今我们来到这里，却在贪婪野鱼的香味儿。主人大概看出了我的愧意，热情地安慰我：没有将军的放生，就没有今天狗鱼的丰收。是呀，丰收了，也就放肆一次吧。

晚饭后出来的时候，月亮已经爬上了夜空，群星闪烁，好像点亮了夜明灯。皎洁的月光铺洒下来，给大地披上了温润的夜纱。湖畔的红色木屋灯光亮了，从窗口泄了出来，照亮了门前的路面。路面上是晶莹的戈壁石，闪耀着宝石般的光点。晚风带着湖水的湿润抚在脸上，凉爽而又舒畅。夜色中的湖面灰蒙蒙的一片，偶尔有月光在湖面上跳跃，一闪一闪，好似走马灯在跨栏。野鸭被我们惊动了，虽然看不到它们在哪里游动，但嘎嘎的叫声在湖面上萦绕。车灯亮了，一束强光照射着青青的芦苇丛，惊扰了休息的水鸟，扑啦啦的响声中，水鸟箭一般地射向夜幕，远去了。

夜色的月光里，我望着将军池湖面，很久很久。

迷人的将军池，我想，你的秋天、你的冬季一定很美丽。

大漠深山丰庆湖

出了北屯市东大门，路过187团团部，就进入了戈壁荒漠深处。路是柏油路，很平坦，但弯道很多，有了起伏，恍如骑在马上摇晃。路是灰白色戈壁滩上的一条黑飘带，很长，也很醒目。路的两边开始有庄稼，庄稼慢慢少了，就看见了红柳和野草。红柳有一人高，站在戈壁上，就像一只只孔雀开着屏，榴红一片。野草很低，顶多有膝盖那么高。越走，红柳便越是寥寥无几，野草也稀薄了。进入一片开阔的戈壁滩，红柳跑得没有了踪影，野草也趴在了地上，就像稀疏的头发，大片灰白的头皮裸露着，格

外荒凉。车再往前走，路就像一条黑绷带绑在了光秃秃的头上，格外显眼。阳光很灿烂，坐在车里吹着空调，感觉不到外面的温度，远处的山坡上冒着热气，就像打开了蒸笼的盖子一样。

望着光秃秃的山越来越高，就想起了西征的铁木真和他的将士们。我不知道他们是不是也走过这里，但我想，也许他们走过这里。要不然北屯的东大门的山坡上有一个金马鞍，还是基尼斯纪录之最呢。铁木真，也就是后来的成吉思汗，他是蒙古人的领袖，也就是蒙古人的骄傲和自豪。蒙古人善骑马，骑马就离不开马鞍子。成吉思汗的马鞍子，就是一个图腾。从金马鞍子下面走过，就意味着走向幸福和成功，这是导游小姐说的，信不信由你。金马鞍下面有个很大的铜铃，走过的人都要摇响铜铃，三六九下不同，各有一定的说法，我没记住，就看到每一个走过去的人都摇铜铃，祈祷幸福，渴望成功。

车还在路上快速行驶着，窗外的大漠没有草，没有野草，也就没有牛羊，只有大小不一的戈壁卵石躺在那里晒太阳。我们来了，车来了，它们也懒得动一下，好像睡得很死，谁也惊醒不了它们。车轮碾过路面，前面出现了很高的土山，柏油路像把利剑，把灰黄的土山拦腰切断，出现了峡口。进了峡口，突然就看到了满眼的土黄山沟里的一抹浓绿，还有橘黄的斑点在闪动，宛如一河滚动的清水，上面跳动着阳光的亮点。我心里猛然惊喜，荒凉无草的戈壁带来的视觉疲劳霎时消失了，绿色的生命在我的眼前伸展。我凝望着一线的浓绿在土黄的山沟里流动，就像一条绿色的河流在顺坡流淌。到近处一看，却发现绿色的河流不是水，是一沟的向日葵。跟着向日葵的河流往远处看，就看到了高山下的平湖，碧波蓝天，四面环山。旅游局局长介绍说，这个湖叫"丰庆湖"，最早也是无名湖，因离187团很近，187团在丰庆镇，因而这湖也就有了名字，叫"丰庆湖"。湖的面积近3万亩，水深17米，属于高山冷水湖泊，水里有野生的鱼类，狗鱼、草鱼、白鲢很多。

　　听着旅游局局长的介绍，望着雅丹地貌山梁环绕的一湖碧水，还有湖畔的向日葵、一条环绕湖水的公路，我在想，丰庆湖，他们用这个名字的寓意大概就是"丰收""庆祝"。假如换成"风情湖"，是不是更有了丰富的意境？因为这个想法来源于眼中的画面。同车来的作家和摄影家们纷纷跑进向日葵中拍照，身边的向日葵、身后的湖水、远处的高山，成就了一幅油画，一幅很美的印象派油画。

　　湖水很远，因时间关系，我们没有走到湖水的面前，只能远远地观望。湖面很大，在四周的高山下，就如一面镶嵌在峡谷中的宝石镜子，在阳光的照耀下，闪动着或绿或蓝的光点。很远的湖面上出现了一只渔船，上面有两个黑点在晃动。黑点一定是捕鱼的人，他们的举动看不清楚，只能猜想：他们一定是在撒网。湖面看不清楚鸟儿，只能听到鸟儿的叫声在空中飞扬。能看到鸟儿的是自己头顶上的蓝天，蓝天上翱翔着苍鹰，几只，像侦察机在头顶上的空中盘旋。

　　望着峡谷中的湖水，我想到了敦煌的月牙泉。月牙泉的四面是沙山，这里是土山，月牙泉是一钩弯月，这里是饱满的圆月。相比之下，我更爱这里的圆月，它给人带来的是花好月圆的美好祝愿和意境。

　　旅游局局长说，这里盛产宝石光。我知道宝石光是当地人对"戈壁宝石"的俗称，是戈壁玉的极品，属于玉髓。几个爱好石头的同事便低头四处寻觅，我也是其中之一。不一会儿，就有了惊呼声传来，有人捡到了奇石，是图案花纹石。我也捡到了一块奇石，格外喜欢。一面是一个字，"杰"分外醒目；背面是一个图案，乌龟爬行。临上车的时候，我看到了一个亮点，闪烁在石头里。我捡了起来，是宝石光，粉红色的。粉红色是一种浪漫的色彩，捡到粉红色的宝石光，就预示着这里是一个浪漫的地方。

　　坐在车上，透过车窗回望丰庆湖，湖水就成了天空下的一面椭圆形宝石镜，湖畔的向日葵就成了宝石镜的底座，高山峡谷中流动的绿色河流宛

如一条飘带在飞扬。那飘带风情万种，在召唤着人们。丰庆湖，是一个浪漫的湖，那山，那水，那绿色的丰收的向日葵和一沟流淌的绿色河流，都充满了浪漫的色彩，在高山峡湖中倾满了遐想和深情的留恋。

秋阳夕照芦花湖

去芦花湖的路很平坦，是新修的柏油路，路边是林带和条田。林带是白杨树，很整齐，就如一列列哨兵站立在路边。条田里是庄稼，有丰收在望的玉米青纱帐，还有枯黄的已经收割过的麦茬地，成熟的打瓜、油葵、甜菜。轿车奔驰在柏油路上，路边的白杨就一片片向后闪去，阳光被树林切割成了碎片，在林间树叶中跳跃。条田的庄稼就变成了绿色的模糊版块在飞翔。

车停在了北屯市183团8连的连部，我下了车。到了连部，就到了芦花湖，因为连部的办公室就在芦花湖的岸边。站在连部的办公室前，我观察了地形，发现连部的设址是很讲究的，是很有灵气的。大地有水，就有了地的灵气。连部建在芦花湖的岸边，就有了地青水秀之美了。

我踏着8连办公室房后的小路，来到了芦花湖畔。秋天的阳光比之夏日，多了些温柔，不那么强烈了，铺洒下来，湖面的水就格外清幽，秋阳下的湖中芦苇翠绿而宁静。来到湖边，第一眼看到的是湖畔的睡莲。睡莲很多，连成了一道长线，在湖畔，在芦苇的脚下。莲叶似绿盘，一个紧挨着一个，平平展展躺在寂静的湖面上。莲花站立在莲叶之间，叶瓣形如令箭，白的凝脂，红的桃艳，在夕阳的晚照下分外妖娆。秋阳下，放眼观望芦花湖，真是浩浩荡荡的绿水，绿水很平静，宛如一个很大的广场。湖水中站立着众志成城的一片片芦苇，浓密而厚实，就像等着检阅的方阵。芦苇把宽阔的湖面划成了曲径通幽的小路，湖水绕着芦苇墙不知何处是源头、到底流向何处。

我问陪我来的连队指导员范永卿：湖水是泉水吗？

范永卿30多岁的年纪，看着很年轻。他说：不是泉水，是额尔齐斯河的水。你看！

我顺着他指的方向向北望去。于是，我看到了秋天的阳光下，风光旖旎的额尔齐斯河像条绿色的长廊，浓彩重墨，深不可测，还有蜿蜒游动的阿勒泰山脉。

范永卿指导员告诉我，芦花湖面积300余亩，平均水深3米，最深处距湖面8米以上。芦花湖盛产芦苇，尤其是深秋和冬季，这里满眼都是芦花在飞舞，于是就得名"芦花湖"。

我来的时候是初秋，芦花还没有成熟，但花果已经形成，就像一只只灰白的火炬排列着、被高举着。秋风拂过，芦花摇曳，远远望去，看似波浪翻滚，层层叠叠，后浪追逐前浪。

望着密不透风的芦苇墙，望着一片片芦花的海洋，我禁不住在心里念叨着："蒹葭苍苍，白露为霜。所谓伊人，在水一方。"这是《诗经》的《蒹葭》中的名句。芦苇，古人称之为"蒹葭"。因为芦苇朴实无华，生命力强，即使在盐碱土地上，别的植物无法生存，芦苇也是枝繁叶茂、郁郁葱葱，张扬着无限的旺盛的生命。芦苇的性格得到了文人墨客的青睐，成了古代文人墨客抒怀咏志的尤物。文人以芦苇抒怀，写相思之情；墨客以芦苇为题，挥毫泼墨，画出芦苇的风采和神韵。于是，"古之写相思，未有过蒹葭者"，月下"蒹葭泛舟"也就成了一大景观。历代诗人曾以芦苇寄托山水野趣，留下无数名诗佳作。我在少年时代就读过孙犁老先生的《荷花淀》，还看过有关白洋淀和沙家浜的电影，里面的芦花荡给我留下了刻骨铭心的革命年代的记忆。当我站在芦花湖的岸边，望着密密麻麻的芦苇墙和深深的湖水，我的眼前就会浮现梁山好汉杀富济贫，张嘎子在湖中捉鱼，洪湖赤卫队打击土匪恶霸，抗日战士在湖水苇荡里消灭日寇等很多场景的画面。当然，我也会想到我自己的少年时代。少年时代的我，也常常

在芦苇丛中捉迷藏，和伙伴们玩得很开心，常常忘了回家吃饭，经常是满头芦花、身披芦絮回家。

我忘不了我的芦笛，即使几十年过去了，芦笛早已不见了，但是我自己制作的芦笛成了我美好的回忆，这种回忆充满了欢乐和幸福。那是我16岁的时候，在连队跟着别人学吹笛子。因为家里穷，没钱买笛子，就学着别人的样子，去奎屯河边搞到了拇指粗的芦苇，取了一节，用烧红的铁钩子在芦苇秆上烫了7个洞，就做成了芦笛。我吹芦笛的声音很脆，尖尖的，很是刺耳。尽管不好听，可是，毕竟我是第一次接触乐器，吹出了音乐的旋律。这种欢乐和兴奋是我终生难忘的。

范永卿指导员的介绍，打断了我的回忆。他说：湖里有很多野鱼，白斑狗鱼、鲫鱼、五道黑鱼……今年我们又投放了20万只蟹苗。等大闸蟹丰收了，我们就办旅游农庄。去年哈尔滨青年协会的来我们这里搞联欢，50多人呢。黑龙江援疆的干部说，来到新疆阿勒泰感受最深的是两个湖——喀纳斯湖和芦花湖。

我说，喀纳斯湖和这个芦花湖各有千秋，风情不一样。喀纳斯湖是高山湖，芦花湖是戈壁大漠湖。看了喀纳斯湖，再来看看芦花湖，就明白边疆的山水是多么的优美了。

闲谈中，我看到了湖中的野鸭游了过来，很是悠闲。没有目的，没有方向，休闲得让人嫉妒，自在得让人羡慕。

范永卿指导员继续给我介绍说：这里不但有野鸭，还有白鹭、大雁、鸬鹚。早晨的时候，三四百只白鹭在湖面上飞来飞去。

因为是傍晚，我没有看到白鹭。但是听着他的描绘，我的眼前就浮现了几百只白鹭在湖面上飞来飞去、玩耍、嬉闹的壮观画面。我不由得想起了李清照的《如梦令》："常记溪亭日暮，沉醉不知归路。兴尽晚回舟，误入藕花深处。争渡，争渡，惊起一滩鸥鹭。"女诗人李清照写的是南方的风景，我站在北屯的土地上，目睹的是大漠荒野的独特风光。假如李清照来到这里，我想，她就会重写这首诗，因为大漠秋天的阳光下，清凌凌的湖水、郁郁葱葱的芦苇荡、漫天飞舞的白鹭，会让她忘了江南，写出"北屯处处赛江南"的诗句。

天空中传来了一声大雁的鸣叫。我循声望去，晚霞中，一行大雁披着霞光从远方飞来，来到了湖水的上空，缓缓地落了下来。落下来的大雁显得很兴奋、很激动，鸣叫声此起彼伏，连成一片，有了离家多日，归来团聚的热闹景观。我望着喧闹的大雁，静静地站在离大雁很远的湖畔，唯恐惊扰了它们。我知道它们飞行得很累，要回南方的故乡，这里是它们歇息的驿站。它们能选定这里，就说明这里是它们理想的"宿营地"。

这里的人好，水好，风光优美。为了保护这片美好的宝地，8连的兵团职工们心里有个规定：不打猎，不钓鱼。有时外来的人带着渔网来到了这里，还没有张开渔网，就被这里的职工赶走了。今年4月份，35岁的张良从地里回来，遇到了受伤的小野鸭。他像抱着自己的孩子一样，抱着小野鸭来到了连队的医务室，把小野鸭的伤腿包扎好，又送回了芦花湖。看着小野鸭摇摇晃晃地在湖水中游远了，他才放心地回了家。

湖畔有只小木船，很小，最多只能容纳3个人。我和陪我的指导员范永卿上了小船。小船在浩瀚的湖水里就是一叶小舟，轻轻地漂浮在湖面上。指导员范永卿划着木桨，我摘了一片苇叶，折叠成一只小船，放到了波光粼粼的水面上。小船不动，不想离开我，我就用水泼它。它离开了我，离开了我们的木船，顺着我们身后的湖水恋恋不舍地慢慢地走了。

我坐在小船上，目光在夕阳的波光中迷离，满眼是绿的水、绿的芦苇，还有闪动的湖光斑点。小船晃悠悠进了芦苇深处，我扑进了芦苇的怀抱。起风了，秋风送爽，周围的空气很湿润，我的心肺被沁透了，心旷神怡。夕阳把最后的一抹霞光抹在了茂密的芦苇头上，泛白的芦苇花被镶上了金黄的光边。在秋风的摇动下，早熟的芦花絮离开了苇秆，随风飘飞起来。小船在慢慢划行，芦絮逐渐增多，不一会儿，芦絮漫天飞舞，犹如飞

扬的白雪，飘飘洒洒弥漫湖面。

离开芦花湖的时候，我在想冬天的芦花湖。冬天的芦花湖是最有诗意的北国风光：天空飘飞着鹅毛般的雪花，湖中的芦苇摇动着芦花，天地之间雪花与芦花共舞齐飞，这美丽的场面让人目眩神摇，难以分辨哪片是雪花，哪片是芦花。当风起云涌的时候，湖中花絮漫天飞舞，芦苇如波浪般翻滚，涛声阵阵，在阿勒泰山脉皑皑白雪的映衬下，芦花与荒漠浑然一体，湖光山色美不胜收。雪后初霁，苍茫大地银装素裹，芦花在冰雪的映衬下，迎着凛冽的寒风，沐浴着和煦的冬日暖阳，晶莹剔透，熠熠生辉，坚强而高贵地挺立着，像屯垦戍边的兵团儿女，不畏艰难，傲霜斗雪。走近她，扑面而来的是一种清新而淡雅的幽香，大有芦花香雪的神奇魅力。

芦花是传播爱情的花絮。一年四季，日夜守在湖水身边，就像痴情的男人厮守在自己心爱的女人身边一样，直至彼此老去。

芦花湖，你就是一首爱情的童谣、一片爱情的港湾！

仙女下凡白沙湖

沙漠奇景的白沙湖，那是仙女下凡的地方。

相传当年成吉思汗在率铁骑大军西征的路上，来到了白沙湖，安营扎寨，停歇饮马。晚霞中，沐浴完毕的仙女从湖中踏莲含笑走来，身披七彩的霞光，凝脂般的玉体白皙而光滑。成吉思汗当时就惊呆了，望着"仙女"飘离湖水，升向天空，飞往了月宫。

后来，白沙湖就有了"仙女湖"的名字。尽管"仙女湖"比"白沙湖"的叫法显得文雅，但是，当地人还是习惯用俗称"白沙湖"。

白沙湖藏在185团3连的沙漠深处，离185团的团部很远，有25公里，可离中哈边境线很近，只有2公里。

去白沙湖要经过白桦林。白桦林是天然的野生白桦林，被誉为"西北第一白桦林"，面积有300公顷，生长在阿拉克别克河沿线。公路修建在白桦林的中间。车行驶在公路上，就是穿越在白桦林间。从车窗向外望去，白桦树腰围纤细，不像白杨树那样粗壮而高大，也不像柳树那样阿娜而婆娑、风情万种。白桦树亭亭玉立，就像青春少女披着白纱站立在草地上，风姿绰约而又朝气蓬勃。林中的白桦树有很多一个树根上站起了两棵白桦，相面而立，像两个恋人在窃窃私语，又像舞台上的双人舞，似醉似迷。风来的时候，相伴的白桦树就如舞台上的参赛者，探戈的舞姿更加潇洒而又富有无限的力度和张扬的个性。秋日的阳光穿透力很强，浓密的桦树叶被阳光划割成了斑斑碎片，被秋风撩动，四处闪耀着亮点。走在绿地毯般的草地上，野花遍地绽放，散发着浓郁的芳香。因为林厚叶密，在桦林中很少看到蓝天和阳光。没有阳光直射的白桦林，空气自然就有些湿润。盛开的花瓣上，露珠静静地躺在那里睡觉，没有风的骚扰、摇动，露珠是不想离开鲜嫩的花瓣的。林中的小鸟很多，很多都叫不出名字，大大小小的各种鸟儿飞来飞去，鸣叫声也此起彼伏，听起来就像一场交响乐，高低不一，粗细不一，却很和谐。当然，也会突然跑来一只或几只动物，比如野兔和山鸡，如果运气好，还会碰到野鹿和其他野生动物。但是，林中最常见的还是牛和羊了。牛是卧着的，嘴在动着，不是贪吃面前的草，而是嚼着吞回去又倒出来的草。羊就不一样了，吃饱的绵羊偎依在白桦树下，眯着眼睛打盹儿，吃不饱的绵羊就移动着缓慢的步子，嘴在草地上扫着，就像割草机。绵羊经过后，很高的青草和野花就不见了，露出了乌黑的地皮。牛和羊不愿意惊动白桦林的宁静；只有不安分的小鸟，谁也不让争先恐后地演唱，不管嗓音好不好，都来唱一下，有点像城里的练歌房，你唱我也唱，看谁的声音高，看谁的嗓音亮。很自然地，白桦林的静谧就被打破了，也只有到了月黑风高的晚上，劳累了一天的白桦林才能休息，进入安静和恬静的状态。

走出白桦林，就可以望见高高的沙山了。沙山叫"白沙山"，也叫

"鸣沙山"。之所以叫"白沙山"，是因为沙子是白色的，但也不是乳白色，远看泛白，到了跟前就发现沙子白里带着土黄色。黄沙往往阳光一照射，就晃动着金黄的亮点；白沙就不一样了，在阳光下显得沉稳，没有黄沙那样张扬。叫"鸣沙山"是有说法的。阴天时你从沙山上滑下来，听不到声音，只感到很凉爽、很惬意。可是，如果你在秋阳里，爬上沙山，再从山上冲浪下来，就会感到很刺激。刺激来自声音。滑下来的时候，就像坐在滚雷上，屁股下和身体四周就会"雷声"不断，下滑的速度越快，"雷声"就越大，就像成吉思汗西征的战鼓，响声震天。用一句网上的时髦语来形容，就是"酷毙了"，也是"雷死你了"。白沙山有个豁口，是片开阔的山地，山地上还是白桦林。白桦林面积不是很大，坐上观光车，绕不了几圈，就看到了白沙山下朦胧的湖水。

白沙湖就像个不出闺阁的未嫁美女，静悄悄地藏在白沙山下的白桦林和浓密的芦苇中。湖水很高，海拔650米，站在湖畔看不到湖的全貌，只能看到水面的支离破碎。因为湖边的芦苇很高，高过了人的头顶，掩藏了整个湖面。我跟着人群顺着湖畔山脚下的木栈道缓缓走上南面的沙山，那里有一个观湖台。来到了观湖台，白沙湖的美丽就映入眼中，白沙湖的仙女娇容让你过目难忘。

白沙湖就像个端庄的大家闺秀。她性格沉静，仪态雍容、典雅、大方，不掩饰，也不张扬，静静地居于三面环抱的白沙山的怀抱里。湖水很静，也很清澈，湖畔的芦苇就像她的秀发，很长，秋风拂过，秀发飘逸。湖面的睡莲宛如她的面纱，被朵朵莲花点缀的绿色面纱分外娇艳。

湖面上出现了涟漪，仔细看去，原来是两只野鸭在游动，野鸭身后长长的波纹线就像细细的飘带在飞扬。两只野鸭开始的时候是一前一后，后来就并排，再后来就又一前一后了。野鸭不是鸳鸯，没有相依相伴的特点，喜欢单独行动或成群结队。果然，一不留神，就看不到另一只野鸭了。也可能另一只野鸭因为贪玩走了，唯一的一只野鸭也看不出孤单，好像无所谓一样，独自游着，四处转转，到处看看，游进了芦苇深处。

一只木船慢悠悠地由小变大，由远变近，变得格外清晰起来。船上有三人，两个男人，一个女人。女人穿着在阳光下格外醒目的红衣服，远远望去，就像一团火在船上燃烧。两个男人姿势不一样，一个好像在摇木桨，一个坐在船头。穿红衣服的女人站在船的中间，也是站在两个男人的中间，两只胳臂挥动着，有些《泰坦尼克号》电影中女主角所做的飞翔状。因为太远，看不清他们的脸，当然，也不到他们的声音。我只能猜测，他们不是在捕鱼，更不是在撒网，也不是在采莲，唯一的可能就是游客。木船划开了紧密的莲叶，划出了一条行船的水道，于是，小船驶入湖水的中央。近了，才看得清楚船上的人：划船的是个中年汉子；船头坐的是个小伙子，举着照相机，镜头环顾着四周，拍着美丽的湖中倒影，还有睡莲和湖畔的芦苇；穿红衣服的是个美丽的姑娘，打扮得很时尚，流线般的金黄色长发披散着。姑娘一会儿指着湖心，一会儿指着湖畔；小伙子就像个提线木偶，被姑娘指挥着，不停地按着相机快门；划船的男人坐在了船尾，看着姑娘和小伙子，点起了香烟，静静地吸了起来。浓浓的烟雾从汉子的嘴里吐出来，在姑娘的身边围绕，姑娘就有了腾云驾雾的朦胧，小伙子发现了美好的瞬间奇景，对着姑娘"咔嚓咔嚓"拍了起来。姑娘又兴奋，又激动，对着湖水，对着蓝天，对着沙山旋转着身体喊了起来：我是仙女，我来了……

姑娘的喊声在湖面上飞扬，在环绕湖水的山岚中心回荡，于是白沙山和湖水都在传播：仙女……来了，来了……

姑娘的喊声惊扰了芦苇中的水鸟，"扑啦啦"的响声中，一只又一只的水鸟飞出了芦苇丛，飞向了天空，远去了。

我看得有些呆痴，眼前的一切都模糊了。模糊的眼前出现了仙女，穿着被阳光染红的裙子在湖水上跳舞，优美的舞姿吸引了野鸭、鸿雁、灰鹤……它们模仿着仙女的舞姿，立起身子在水面上张开双翅，击打着平

静的湖水。湖水也被激起了欲望，浑身抖动着，山的倒影、芦苇的倒影、树的倒影都被湖水抖成了层层叠叠的重影，慢慢扩散开来。

醉了。谁不为美景而醉呢？

返回的路上，我没有走木栈道，而是穿行在湖畔的树林间。高大的银灰杨、额河杨、白杨、白桦树组成了白沙湖的绿色屏障，林中，树木的枝叶遮天蔽日，空气湿润而清新，弥漫着野花的醇香。享受了树林的独特风光，再去沙山脚下走走。沙山的丘陵上红柳、野山楂、野石榴、绣线菊、爬地松连接在一起，织成了绿色的网，压抑了沙山的张扬，让土黄的荒山野岭穿上了绿色的新衣。红柳花开了，开得鲜艳，野山楂、野石榴熟了，摘一颗放进嘴里，有些涩，有些酸，还有些甜，充满了野味的诱惑力。

离开白沙湖，坐上回返的观光车，忍不住回头望了望白沙湖。白沙湖看不到了，只看到了浓密的树林，还有高高的白沙山。白沙湖，你在哪儿呢？难道你又藏了起来，不送我们一程？

在塔合曼草原飞翔

　　塔合曼草原躲在崇山峻岭的怀抱深处，犹如帕米尔高原皇宫里的公主，被四面环绕的高山老人呵护着、疼爱着。走进塔合曼草原，我就有了想撩开高原公主神秘面纱的欲望和冲动。轻吻塔合曼草原，我就有了飞翔的冲动。去看优美的塔合曼草原，只有一条路，就像拜见皇宫里的公主一样，不可造次，要有爱慕、憧憬和向往之情。毕竟塔合曼草原公主深居深山皇宫中，从没有离开高山老人的怀抱。车子轻悄悄地来到塔合曼草原上，草原的早晨很清静，大概公主还在睡觉，我们自然就谨慎多了，没有呐喊和张狂，怕惊醒了宁静的草原 —— 香梦中的公主。可我们多虑了，草原公主早已经起床了，因为牦牛和羊群已经在辽阔的草原上漫步，芦苇方阵跟着晨风的手势，哗啦啦地响着"欢迎欢迎"的亲切的迎客声。我们激动了、兴奋了，下车就跳跃着、奔跑着，张开双臂扑进了塔合曼草原的怀抱。

　　塔合曼草原湿地位于慕士塔格山脚下，距县城（塔什库尔干县）30公里，是塔什库尔干地区最大的盆地和草原湿地，总面积达8000亩，海拔3050米。由于塔合曼草原四面环山，地势较低，无数的山泉汇集此地，因此成为塔什库尔干县最大的草原湿地。同时，塔合曼草原湿地也是塔什库尔干县最大的天然草场。冬天，人们在草原放牧牦牛、黄牛、马、骆驼、驴、羊等；严冬过后，人们又到这里打草，为牲畜准备一年的饲草。可以说，塔合曼草原湿地是高原牧民的天然宝库，是帕米

尔高原的聚宝盆。

漫步在11月的帕米尔高原，观赏塔什库尔干的塔合曼草原，它仍然流动着秋天的风韵。尽管慕士塔格峰已经戴上了雪冠，彰显着冰山之父的威严，草原也无奈地进入了高原的冬季。但是，辽阔的塔合曼草原紧紧地拉着秋天的手，恋恋不舍地不愿意让秋天的景色溜走。满目金黄的秋色覆盖着沼泽和草地。天还是夏季的湛蓝，云还是春天的洁白。草，是秋天的辉煌。走在草原上，清新的空气滋润着每一个来到草原上的旅客。你会感觉到，你的心肺像被清洗过一样舒畅；你的脚踏在柔软的草上，就会有跳跃感，使你产生飞翔的渴望。

走在草原上，你会心胸宽广，因为辽阔的草原扩展了你的胸怀，清净的蓝天和白云洗去了你目光中的污垢，使它变得更加清澈、明亮。你会融化在草原温暖的怀抱里，遥远的雪山、近处的荒山、脚下的草原都会走进你的心灵，让你的目光更加远大。恬静的草原、寂静的小溪，还有游走的牦牛，让你听到了动人的高原牧歌。你会想到藏北高原的风俗油画，你会想到内蒙古大草原的骏马奔腾，你会看到蓝天、白云间的雄鹰翱翔，还有那金色的草原上流动的羊群、静止的牦牛。

当然，草原上那片芦苇吸引了我。它们整齐地站立在草原上，密密麻麻地拥挤在一起，密不透风。它们俨然一群穿着黄色军装的女兵，英姿飒爽斗志昂扬，成了一道美丽的风景线。凝望着秋天的芦苇，我看到了合唱的队伍，向着草原歌唱，向着雪山歌唱，向着蓝天和白云歌唱。游动的云彩，就是飞扬的音符。

车顺着草原边缘行走，于是我看到了树林，看到了收获后的田野。青稞地里残留着麦茬，还有密密麻麻的灰色岩鸽，蹦蹦跳跳正在寻觅收割后遗落的麦粒。一只牧羊犬跑进麦地，惊动了寻食的岩鸽。满地的岩鸽轰地腾空而起，布满了天空。飞翔的岩鸽宛如一片灰色的云，飘在田野上空，给冬日的树和山脉增添了别样的风景。

　　在冬天的塔克曼草原上，你会看到很多的草，可鲜花很少。偶尔看到一朵小花，就会给你带来天大的惊喜，因为你会想到塔吉克族人的民间传说：塔合曼草场没有花，只有草，而今这些小花是一位塔吉克勇士从慕士塔格山峰顶的"神之乐园"取来播撒的。

　　很久以前，帕米尔高原上没有"花"这种植物，只有慕士塔格山峰顶上的"神之乐园"才有花，一位仙女负责看管，绝对禁止凡人踏入这片圣土。

　　有一位塔吉克族青年勇士以其雄狮般的胆略战胜千难万险，登上了慕士塔格山峰顶的"神之乐园"，以其智勇双全而又豪放的品质感动了仙女，从"神之乐园"中摘了两枝神花带回现在的塔合曼。从此，荒凉的塔合曼变成了百花齐放的芳草地，并且整个帕米尔高原到处鲜花盛开。而那位守园的仙女因为违背了神的意愿，被囚于慕士塔格山最高的山峰上，被套上了铁链和枷锁，终生受罚。

　　仙女每天以泪洗面，传说她右眼流着幸福的泪水，变成了淙淙的山泉，浇灌着人间的花草，养育着帕米尔高原上的塔吉克族人。她的左眼流着悲伤的眼泪，积成冰雪，覆盖着慕士塔格山，慕士塔格山从此便成为塔吉克族人崇拜、敬慕的神山。

　　这只是一个传说，是塔吉克族人心里的故事。花是稀少的，但很珍贵。在帕米尔高原上，开得最鲜艳的花是杏花。每年的三四月，满山的杏花绽放，犹如花的海洋。沁人肺腑的花香弥漫于山野之中，走进去，就会被鲜花融化，被杏花淹没。

　　当然，冬天的帕米尔高原的塔合曼草原，只能看到成熟的野草，看到流动的秋色。秋色中的塔合曼草原，只要你仔细聆听，就能听到草原上的每一棵草都在吟唱着生命的赞歌。

　　走在帕米尔高原的塔合曼草原上，陶醉在海拔4000米的草原独特的风光里，你会流连忘返。塔合曼草原的宁静、塔合曼草原的广阔、塔合曼草原的优美，会让你放飞自己的情绪情感和梦想。

奇妙的玉石之乡

据新华网乌鲁木齐2005年3月29日报道，在新疆塔什库尔干县大同乡日前发现我国迄今为止最大的一块东陵玉。这块重约16吨的巨型东陵玉由当地农牧民从叶尔羌河的河道中掘出，因其太重，只能被暂时存放在大同乡的路边，等待重型运输车辆的到来。

此条新闻在国内玉石界引起了轰动，再一次证明了塔什库尔干县是玉石之乡，具有丰富的玉石宝藏。有关资料记载，新疆塔什库尔干县大同乡拥有东陵玉石矿玉石量462.27吨。

其实早在2003年，在塔什库尔干县境内就发现了大型祖母绿矿石群，国外权威专家经考察，认为这是目前亚洲储量最大、品质最好的祖母绿矿石群。

漫步在帕米尔高原上，穿行在塔什库尔干县城的街道和乡村，犹如遨游在精美的奇石和宝玉的海洋里。你会发现，这里的奇石和宝玉在熠熠闪光。县城的宾馆大院的草坪上站立着几百公斤的玉石，向来旅游的人倾诉：这里是玉石之乡。县城的街道上，一家家奇石、玉器店中摆放着各种造型奇特的图案石、形状石，还有本地盛产的糖白玉、青白玉、碧玉、墨玉、黑青玉、东陵玉、祖母绿等珍贵玉石的原石和雕刻工艺品。在县城的塔吉克民俗展览馆，你会看到各种怪异的奇石，最神奇的是一块鹅卵石上，有一幅塔什库尔干风光图。其形象逼真，栩栩如生，惟妙惟肖，就像一幅绝美的山水画镶嵌在上面。当然，塔什库尔干县还创建了一家玉石交易市场，市场繁荣，热闹非凡，来自全国各地的玉石商人摩肩接踵，在这里谈玉论价。每天的交易量很是客观，吸引了一批批玉石商人千里迢迢来到这里淘玉，一批批采玉人不畏艰险，深入深山河道寻觅理想的佳品。

塔什库尔干县位于昆仑山脉的东段地区，经专家论证，属于新疆和田玉的矿藏蕴藏区域。

新疆和田玉主要产自绵延1500公里的昆仑山脉北坡，共有莎车、塔什库尔干、和田、于阗、且末等9个产地。主要种类有白玉（羊脂白、糖白）、青白玉、青玉、碧玉、黄玉、墨玉、东陵玉、祖母绿等。

中国是世界上重要的产玉国，最著名的玉石是新疆和田玉，它和河南的独山玉、辽宁的岫岩玉和湖北的绿松石合称为中国的"四大玉石"。世人都知道和田玉，因它来自昆仑山，又名"昆仑玉"。和田玉有白玉（羊脂玉）、青玉、黄玉、碧玉、墨玉、花玉、红玉等种类，当地人称"白如羊脂、黄如熟粟、红如鸡冠、黑如点漆"者为上品，白玉则为上品中的上品。

塔什库尔干县是东陵玉石的主产地之一，储量十分丰富，两三吨以上者随处可见。据悉，在大同乡，还发现了一个东陵玉矿，矿带长约300米，垂深20米，宽约8米。

大同乡在塔吉克语中意为"峡谷"。大同乡位于塔什库尔干塔吉克自治县东南部，距县城180公里，东靠莎车县霍斯拉甫乡，北与达木斯乡阿克县塔尔乡相邻，南接布伦木沙乡，西连瓦恰乡，地势南高西低。塔什库尔干县的大同乡矿区不但盛产东陵玉石，还盛产一级、二级青白玉、青玉、糖玉和少量的白玉，总储量在5000吨以上。

大同乡有个叫"玉石城"的小山村，住着五六十户人家，家家户户的墙几乎都是用玉石堆起来的。这个小山村主要采取露天开采玉石的方式，用牦牛向外运，路上的玉碴足有一尺多厚。

随着报刊和网络媒体的宣传，塔什库尔干县成为玉石之乡，吸引了很多玉石爱好者和玉石商人来到了塔米尔高原上。他们有的是来采玉的，有的是来开玉石店的，还有的是来买玉石的。玉石在塔什库尔干被追捧，外地人来捡玉石激发了当地人的兴趣和热情。昆仑山的玉石很多，去山里捡玉石是很苦、很累的活儿。上山是极艰难的，稍不留神就会发生意外。夏天发洪水是采玉的最好时机，昆仑山的河谷水溪中玉石很多，大的如山羊，小的似枣儿。鉴定玉石的方式很简单：先从形态看，对于石质细润的石头，捡起后，用利器在石头表面划几道印痕（一般划不出来），再用手将划痕抹去，不留划痕的，说明状况良好。然后用手将石头焐上10多分钟，再贴到耳垂、脸下等处试一下冷热，若凉，必是玉石，变热的便是石头了。还可以将水点到石头上，假如水点边际参差不齐，即为玉，不然就不是。

40多岁的塔吉克族男人阿布都买买提·依拉力是县城小有名气的玉石商人。据他说，他捡了10年石头。开始他不懂石头，更不懂玉，看别人捡石头，他也跟着捡。渐渐地，他的兴趣就来了，成了爱好。他去过大同乡、叶城、阿克陶乡、和田等地，有时坐班车，有时走路。他说，他曾经去一个地方捡石头，坐了10个小时的车。有时候去一个地方捡石头，不通班车，他就走路，一走就是12个小时。后来他开始跟着别人学做玉石生意，开始时他由于缺乏相关知识和经验，上了几次当，也被骗过几次。花了钱，买回来一堆不是玉的烂石头。他很开通，心胸很宽广，没有计较，笑着说交学费。后来，接触玉石多了，教训变成经验，他懂玉的辨别了。他有自己的想法和计划，不但捡石头，还开始了收购玉石，加工玉石。他去和田给人家打工，偷学了玉石加工技术，回来后自己投资1万多元买来了玉石加工设备，开始了玉石加工。他在口岸检验检疫局工作，捡玉、卖玉、加工玉是他的第二产业。10年下来，他有了200万元的收入，他的家庭过上了富裕生活，家人每天乐呵呵的，满脸笑容。他的库房里堆放着东陵玉、墨玉、黑青玉，都是他收购来的，他想卖掉，等待合适的买主来洽谈。

谈起玉石，塔什库尔干县出产的黑青玉最细腻，密度极好，但由于阳起石含量高，所以透光性不好，用强光手电贴着表面照射，透光度也在5毫米以下。但是这种黑青玉在黑青玉里最有收藏价值。

塔什库尔干县储量最大的玉石就是东陵石。东陵石又称"冬陵石"，还称"印度玉"，为含铬云母的油绿石英岩，其色很美。现今人们则将之广泛化，把地壳里一切色泽艳丽、质地致密而坚韧的石英岩或次生石英统称为"东陵石"。

塔什库尔干县大同乡产的绿色东陵石内含绿色纤维状阳起石，石英颗粒比较粗，其内所含的片状矿物相对较大，片状矿物在阳光下可呈现一种闪闪发光的沙金效应。

东陵石（东陵玉）学名是"砂金石"，是水晶家族的成员。其内含物通常有微晶粒、黄铁矿等。所以，石面上常见有透明点或反光点出现。东陵石目前有绿色及红色两种，大多不透明，偶尔部分有点半透明，硬度与水晶差不多。塔什库尔干出产的东陵石以绿色为主。

绿色也是象征财富的颜色，同时代表欣欣向荣的美丽愿景。

在塔什库尔干县城的街道上，有一条玉石街。街面上开了数家玉石、玉器店。品玉轩玉石店是广西柳州来的壮族人韦海燕开的，她丈夫开的是水晶阁玉石店。2004年，她的丈夫来到了喀什，第二年来到了塔什库尔干县，做起了玉石生意。2007年，她也来到了塔什库尔干县，和丈夫共同经营玉石店。几年下来，生意做大了，有了资本。2012年，她带着4岁的儿子独立开店，经营玉石生意。她说，这里人好，塔吉克族老乡好，对人热情、善良，没有勾心斗角的事情，有了困难，大家都会帮她。她说，夫妻两人各开自己的店，有了照应，也有了竞争。丈夫的玉石店里主要是水晶和宝石之类玉石；她的店里则是本地产的黑青玉、青白玉、青

玉、白玉、东陵玉，还有水晶、石榴石、祖母绿、蓝宝石、碧玺、海蓝宝石等。

她说，祖母绿是本地的宝石。祖母绿为世界四大珍贵宝石之一，是一种含铍、铬的硅酸盐矿物结晶体。因含有微量铬或钒而呈翠绿色。目前祖母绿的主要产地在哥伦比亚、乌拉尔、巴西、印度、南非、津巴布韦等地。自从在塔什库尔干县发现祖母绿矿后，祖母绿成了国内外玉石界关注的热点和焦点。据市场调查反馈，一粒同钻石大小相等的质量好的祖母绿价格要比钻石高1—4倍。普通市场上优质祖母绿不多见，一般是0.2—0.3克拉的细粒祖母绿，0.5克拉的优质祖母绿售价就更高了，大于2克拉的优质祖母绿非常罕见，其售价高得惊人。

在塔什库尔干县城的玉石店里，可以看到很多的店里摆卖青金石。有原石，还有加工过的青金石摆件和饰品。店主说，是从阿富汗和巴基斯坦运过来的。

青金石，在中国古代称为"璆琳""金精""瑾瑜""青黛"等。佛教称之为"吠努离"或"璧琉璃"，属于佛教七宝之一。属等轴晶系。青金石是一种较为稀有的宝石，呈蓝色的青金石古器尤为珍贵。青金石颜色为深蓝色、紫蓝色、天蓝色、绿蓝色等。青金石以色泽均匀而无裂纹、质地细腻而有漂亮的金星者为佳，如果黄铁矿含量较低，在表面不出现金星也不影响质量。但是如果金星色泽发黑、发暗，或者因方解石含量过多而在表面形成大面积的白斑，则价值大大降低。

在阿富汗的巴达赫尚，据说青金石的历史已经超过6000年，而在古埃及前王朝时期遗址亦可发掘到青金石所制的首饰，在高加索梅赫尔格尔的新石器时代葬地，甚至远至毛里塔尼亚亦可找到青金石的珠链。

《石雅》云："青金石色相如天，或复金屑散乱，光辉灿烂，若众星丽于天也。"所以中国古代通常用青金石作为上天威严、崇高的象征。《清会典图考》载："皇帝朝珠杂饰，唯天坛用青金石，地坛用琥珀，日坛用珊瑚，月坛用绿松石；皇帝朝带，其饰天坛用青金石，地坛用黄玉，日坛用珊瑚，月坛用白玉。"由此可见青金石在皇宫中的地位是何等的重要了，借玉色来象征天、地、日、月，其中以天为上。由于青金石"色相如天"，故不论朝珠或朝带，尤受重用。青金石也被阿拉伯等国家视为"瑰宝"。在阿富汗，青金石是国家的"国石"。

青金石早在6000年前即被中亚国家开发并使用。我国则始于西汉时期，当时的名称是"兰赤""金螭""点黛"等。自明清以来，青金石"色相如天"，天为上，因此明清帝王重青金石。在故宫博物院的20000余件清宫藏玉中，就有不少青金石雕刻品。

青金石是古老的玉石之一。它以其鲜艳的蓝色赢得东方各国人民的喜爱。在公元前数千年的古埃及，青金石与黄金价值相当。在古印度、伊朗等国，青金石与绿松石、珊瑚均属名贵玉石品种。在古希腊、古罗马，佩戴青金石被认为是富有的标志。青金石因其"色相如天"，又称"帝青色"，很受古代帝王青睐，常随葬墓中。青金石颜色凝重，易于雕刻，至今保持着"一级玉料"的声望。

青金石还被用作绘画颜料。民间常说在身体保健方面，佩戴青金石能够治疗发烧、感冒和心情低落引发的忧郁症。这些说明人们在青金石上赋予了很多美好愿望。因此佩戴或装点青金石饰品成了一种常见现象。

青金石的颜色是由所含青金石矿物含量的多少决定的，所含青金石矿物含量多，则颜色好，反之则颜色差。由于青金石矿物呈蓝色，因此，青金石玉石一般也呈蓝色，其中又以蓝色调浓艳、纯正、均匀为最佳。如果颜色中交织有白石线或白斑，就会降低颜色的浓度、纯正度和均匀度，因此品质降低。

质地也是评价青金石品质的一个重要因素。质地致密、坚韧、细腻，含青金石矿物多，含其他杂质矿物（如方解石、辉石、云母、蓝方石等）少，但可含有少量呈星点状均匀分布的黄铁矿，这样的青金石为上品。如

果黄铁矿局部成片分布，则将影响青金石的质地，进而也将影响青金石的品质。对于含有杂质矿物的青金石，杂质矿物分布的均匀程度也将是评价其质地的一个标准，一般认为杂质矿物分布均匀者比分布不均匀者品质、等级要高。

在塔什库尔干县的玉石一条街上游览，你会心情舒畅。看到东陵玉山料堆放在玉石店内外，上前摸一下，仔细看一下，你就会有登高望远的感觉，仿佛站在昆仑山的一处山峰上，极目眺望，神秘的帕米尔高原就进入了你的视野，诡秘而神奇、美丽而奇特、壮观而磅礴。当你看到黑青玉，你会长久地琢磨，那里面深不可测，隐藏了多少高原上的秘密，等待你去探索，寻找最佳答案。当你在玉石店里拿起一块和田玉的籽料，不大，但很圆润，就像刚从油缸里捞出来似的，你就会想到波涛汹涌的塔什库尔干河，想到奔流不息的河水。它从巍峨而陡峭的昆仑山上滚落到河中，溅起一片浪花，然后默默地躺在河水里，跟着河水的流淌而滚动。多少年过去了，它的棱角没有了，身体变得又圆又滑。从塔什库尔干河来到叶尔羌河，它就成了今天抢手、被高价出售的和田籽料了。当然还有深藏在帕米尔高原上的祖母绿。她的身份是高贵的，一旦出现，就会迎来一片喝彩声，成了人们追逐的王宫贵族。还有千奇百怪的石头，它们的造型五花八门，是天宫神匠的杰作，它们表面的山水、人物、动物等图画，是大自然的画师用日月、风雨酿成的颜料精心细绘出来的。昆仑山下的帕米尔高原人杰地灵，塔什库尔干物产富饶，造就了雄浑和细腻，融合了阳刚和阴柔，飘荡着灵气和秀气。

在塔什库尔干县城的玉石一条街上漫步，你会欣赏到高原上的玉石文化，你会被玉石的灵气和秀气缠绕、熏陶，你会精神愉悦、心情舒畅，你会情不自禁地说：塔什库尔干是美丽的高原，是神奇的地方，是奇妙的玉石之乡！这里有丰富的宝藏，是一个令人憧憬、向往的地方！精美的石头会唱歌，塔什库尔干的石头是千奇百怪、形状各异的，塔什库尔干的玉石是丰富多彩的。不论是奇石还是玉石，它们都是精美的石头，会唱出美妙而动听的歌。歌声在帕米尔高原上飘荡，在昆仑山峰峦间回荡。

玉石城的诉说

　　出了北屯火车站，眼前是一片蓝天。天很蓝，蓝得就像被额尔齐斯河的水洗过一样，清净而透彻。太阳宛如一颗偌大的红色宝石躺在宽广、辽阔的湛蓝色天鹅绒上，没有一丝白云，唯有海蓝的宝石一样的碧空上苍鹰在飞翔，忽而高，忽而低，盘旋翱翔着，俯瞰着戈壁草原上的一座现代化新城北屯市。

　　北屯市是中国西北边境线上的一座新城，当年被镇边将军张仲瀚命名为"北屯"，是一座中国西北大门永不移动的界碑。如今，这座边境城市又有了新的名字。2016年12月19日，国家观赏石协会通过评审，将北屯市命名为"中国观赏石之城""中国金丝玉之城"。

　　玉石，就是北屯市的品牌，也是北屯市的象征。

　　一个城市有一个城市的眼睛，一个城市有一个城市的灵魂。

　　额河观赏石就是北屯的眼睛，额河金丝玉就是北屯的灵魂。

　　背靠阿尔金山，怀抱额尔齐斯河银水，北屯就成了物华天宝的珍贵宝地了。金山、银水滋润了北屯瑰丽的珍宝奇石，也使当地的各族人民变得富裕了。

　　有关资料介绍，北屯的土地上盛产以红、白、黄为底，以黑色图案为主体，以中国画中的山水画风格为特征的国画石，以具有老虎皮的色彩而得名的虎皮石，以红宝、海蓝、碧玺、水晶、石榴石为代表的50多种矿物晶体宝石，以及胎记石、黄蜡石、沙漠漆、绿花石、金丝玉、宝石光玉髓、动植物化石等稀有、罕见的奇珍异宝。

走在铺满阳光的街道上，我感觉到被周围的七色玉石光环包裹而眩晕，好似不小心掉进了金碧辉煌的宝库，真的迷失了方向，有种找不到北的意思了。满地的奇石和金丝玉，成了一座城市的富贵根基，北屯就是屹立在奇石和珍宝之上的城市，一座富贵的城市。

北屯有"昆玉路""彩玉路"，北屯有"玉石街""玉石广场"。不论我徜徉在哪条街道上，还是漫步在哪条路上，我都会看到奇石馆和珠宝店。江苏、福建、河南等地的玉雕大师们带着他们的徒弟从四面八方涌来并聚在这里，繁荣了北屯的玉雕产业经济。天南地北的玉石客商们蜂拥而至，把北屯的观赏石、各种宝石运到国内外。有人曾经这样形容：来到北屯，不买块石头回家，就等于没来到北屯。

北屯因为石头出名，成了闻名遐迩的玉石之城。

北屯市观赏石协会的会长张军旗介绍，北屯观赏石协会先后组织会员们参加新疆及全国举办的各种国际石展20多次，北屯的额河观赏石参展作品先后荣获金、银、铜奖牌520余方（块）。每届参展，届届夺魁，让北屯的观赏石、宝石美名远扬。

我是慕名来到北屯的，因为北屯的观赏石、宝石的情愫诱惑了我，北屯这座神圣的宝石之城吸引了我。每个人都有探宝的欲望，到北屯探宝的欲望激发了我，让我来到了北屯市这座玉石之城。

在北屯，我听到了很多和观赏石、玉石有关的故事。故事，是城市的故事。因为是玉石之城，自然也就有了人和玉石的故事。

年过六旬的天津支边青年赵淑英，退休后回到内地生活了一段时间后，因为思念北屯，又举家告别了故乡，来到北屯的戈壁滩上安家落户，在戈壁滩的天然苇湖饲养大雁。她和大雁朝夕相处，人雁情浓，情同亲人。一天，下雨后，一只大雁叼着一个泥块摇摆着来到她的面前，把泥块放在她的面前，鸣叫着示意让她拿起泥块。她觉得有些奇怪，不知大雁什

么意思，茫然地看着大雁。大雁看她不拿泥块，就朝着她不停地叫着，叫得很真诚，也很焦急。她看得出来，如果不拿这个泥块，大雁不但不会离开她，还会叫个不停。于是，她拿起了这个泥块。泥块拿到手里，她感觉到了分量，沉甸甸的。她用手搓了一下泥块，一道红色的亮光刺了她的眼。她惊讶了，继续搓掉了泥巴。她惊喜了：一个红宝石！她心里一热，泪水就涌了出来。她紧紧地抱着大雁，亲吻着大雁。大雁在她的怀里还是叫着，但不是那种焦急的叫声，而是满意、高兴的舒畅的叫声。

当我听她讲这个故事的时候，我看到了她的眼中噙满了泪水。多么珍贵的人雁情谊啊！大雁为了报恩，把最珍贵的红宝石敬献给了她。人雁灵魂的融合，红宝石就是最美丽的见证！

一个不到退休年龄就病退的男人，因患了癌症，提前离开了自己热爱的工作岗位。休养在家，孤独而寂寞，于是他在家人的劝说下出门散心。他漫无目的地散步，不自不觉来到了额尔齐斯河畔。走着走着，河畔的鹅卵石让他留神每一步。一块石头吸引了他的目光。石头很奇特，黑色的光滑的石面上，一只公鸡在引吭高歌。他突然感觉到这是生命在歌唱。他惊喜得抱起了这块比碗大、比脸盆小的石头，仔细观看起来。看着看着，他的耳边激扬着晨曦中雄鸡高歌的美妙旋律。自从患病以来，他是第一次这么开心而激动。他不知道这块石头值多少钱，但他知道这块石头让他没了烦恼和忧愁。他说，这个石头就是他的开心石、快乐石。他满心喜悦地抱着这个石头回家了。在回家的路上，一遇到熟人，他就展示自己怀里的石头，得到了熟人们赞扬和羡慕的目光。他真的陶醉了，为自己得到这个石头被别人羡慕而陶醉。

很遗憾，我没见到这个捡石人，也没有看到这个扫除了他的病魔的奇异的石头。他去乌鲁木齐了，给女儿办婚事去了。听石友说，他带着一张银行卡，里面存有100多万元，说是给女儿的婚礼红包。

他的石友们跟我说，从那天开始，他就迷上了捡石头，在额尔齐斯河畔捡石头。捡了多少石头，谁也说不清楚；卖出去多少石头，同样谁也说不清楚。石友说，他不像病人了，虽然脸黑，但很健康，是那种国外流行的健康色。捡石头持续了两年后，他去医院复诊，癌症竟然康复了。医生怀疑当年将他诊断为癌症是不是搞错了。

我相信科学，医生的诊断不会错的；我也相信奇迹，一个石头，让一个患了绝症的人有了生命的第二个春天。它让一个因治病而负债累累的中年男人不但还清了债务，还跨入了当地富翁的行列。

这就是北屯观赏石的魅力，这就是北屯观赏石的神奇传说。

当然，北屯的金丝玉也有它的美妙故事，它能成就一段美丽的姻缘，架起一道爱情的虹桥。

从外地来北屯打工的小伙子和美丽的北屯姑娘相恋了，可遭到了姑娘父母的强烈反对和阻挠。小伙子租房打工，让姑娘的父母看不到女儿今后日子的光明。可怜天下父母心。父母不忍心每天看着心爱的女儿流泪，更不想看着女儿今后过苦日子。

苦恼的小伙子无计可施，心烦意乱地来到了茫茫的戈壁滩上，独自发泄心里的烦恼和苦闷。他捡起脚下的石头，狠狠地砸向远方。每次扔一个石头，他就流一次泪，狂喊一声：我为什么这样穷呀！

一次次扔石头，让他拼命地发泄。一个个石头带着他的泪水和呐喊奔向远方，没有回答。大地没有回答，苍天也没有回答，只有被惊起的小鸟鸣叫着仓皇地飞向远方。

他累了，手臂酸了，腿软了，一屁股瘫坐在戈壁滩上。他突然被屁股下面的石头硌得格外疼痛。他气得骂了一句：烂石头也欺负我！他爬起来，朝着石头踢了一脚。脚被踢疼了，石头也被踢出来了。他不踢了，因为他看到了这个被他踢出来的石头是红色的，在阳光下就像一块被鲜血染过的冰坨。他拿起这个石头，对着太阳观看，他看到了里面折射着七彩的光，就如钻石一样，这让他惊狂了起来。

　　他抱着石头给姑娘看。姑娘不懂石头，但她明白这不是一般的石头，一定是个宝石。他们就暗地找懂石头的人看，人家出价5万元要买这个石头。他要卖，姑娘拦住了，不让卖。姑娘是个有想法的人，让他带着这个宝石来自己家。姑娘跟父母说了这个石头的价钱，还说了自己的想法，让小伙子辞职，不打工了，戈壁滩上捡石头。姑娘说得很坚决，义无反顾。姑娘的父母松口了，同意他们交往，但要求小伙子必须买了楼房再结婚。

　　后来，小伙子不但买了楼房，买了车，还给姑娘的父母买了楼房。他们开了玉石店，夫妻两人经营，小日子过得红红火火，还生了儿子。

　　石头是固体，它没有感情。但是，没有感情的石头到了有感情的人手里，它就有了丰富多彩的故事。

　　在北屯，我认识了一个石友。他的故事让我不得不写出来。尽管他一再跟我说，这是一件很平凡的事，最好不要写。但是，我觉得这个故事就是这个玉石城的风采，就是这座城灵魂的凝固。

　　当然，这个故事就是人和石头的故事，也是人和人的故事。它是爱的故事，也是爱和延续。

　　我不能说出故事主人公的名字，就以"他"为名字吧。

　　他在北屯的团场是个文化人，虽然是高中生，但喜欢写作，偶尔在当地的报纸上发表几首小诗。就因为几首小诗，他被团场人称为"文化人"。别人羡慕他，可他很自卑。自卑的原因很简单，就是日子很清苦。他太爱写作了，除了写作，他什么也不想干，也干不成。他写了很多，可退稿也很多。妻子不理解，无法忍受清贫的生活，有一天突然消失了，给他留下了一个年幼的女儿。可他仍然没有改变自己的信念，带着年幼的女儿，还是写作。

　　他没想到，写作让他清苦，也支撑着他的每一天。

　　清贫的生活一天天过去了，女儿也长大了，上学了。

　　上学的女儿慢慢懂事了，天真烂漫，喜欢交朋友。一次偶然的机会，她到同学家，看到同学的父亲在摆弄捡来的石头。她问这问那，特别好奇。同学自豪地说：我爸爸喜欢捡石头，还挣了很多的钱。摆弄石头的叔叔问她：你爸爸喜欢石头吗？

她低下了头，说：我爸爸喜欢写书，不喜欢石头。

叔叔看着她问：书出了没有？

她说：出版社要钱，爸爸没钱。

叔叔说：回去跟你爸爸说，安心写吧，我来出钱帮你爸爸出书。叔叔我没本事写书，可我敬佩写书的人。书和石头一样，它能提高人的修养、陶冶人的情操，也能结交有品位的好朋友。

叔叔说了很多，他的女儿只记住了叔叔的一句话，就是让他安心写书，叔叔帮他出书。

叔叔是个捡石头的人，他的话也像石头一样，是不会变的。当小女孩的爸爸写出20万字的长篇小说后，叔叔兑现了自己的诺言。他的书出版后，得到了读者的认可和欢迎，也拿上了版税。当他拿着版税去感谢女儿同学的爸爸时，女儿同学的爸爸不但没有接他的钱，反而给了他几块石头，说：我曾经也做过作家梦，但现实太残酷了。我不能让女儿跟着我受苦。我要让女儿和妻子过上好日子，这是我的责任。既然捡石头可以过上好日子，我就放弃了写作。

他沉默了。回到家里，躺在床上，他很长时间合不上眼，回味着帮他出书的人的话。他突然醒悟了：守着北屯的金矿，守着北屯的奇石宝地，端着金饭碗讨饭是愚蠢的。从那天开始，他也开始捡石头了。

从那以后，他的日子越来越好，家里又来了新的女主人，家庭充满了温馨和甜蜜。

他告诉我，他资助了几个贫困大学生，用的就是卖石头的钱。

我问他：你不写作了？

他说：等石头捡完了，我的资本积累完成了，我就安心写作。捡石头是爱好，写作才是我的事业，我不会放弃的。我要写北屯人和石头的故事，写出爱的奉献。

我相信他会做到的。北屯的石头有爱的品质、信念的坚韧、意志的坚毅、美好的传递。这就是北屯"玉石之城"的内涵吧。

在北屯，和石头结缘的故事很多，就像额尔齐斯河和戈壁滩上的石头一样，每个故事都很精彩。

在北屯，捡石头是一种时尚，也是一条致富的道路。石头经济拉动了北屯的经济产业链，成为不可缺少的新兴产业。我参观了正在兴建的北屯市会展中心，面积12000平方米，可以说是北疆最大的会展中心，可以容纳近千家摊位营业。还有正在兴建的中国观赏石城，拥有大型观赏石市场4个、展馆9个、专营和兼营观赏石的商户500户，拥有观赏石协会会员2000多人。10师党委、北屯市政府不仅拓宽了就业渠道，而且促进了玉石文化产业的健康、可持续发展。

石头，可以叫人疯狂、痴迷，也可以让人摆脱贫困。不论散步在西北路的奇石街道上，还是徜徉在得仁山下的玉石一条街，我都会看到各种口音的游客在选购观赏石和各种金丝玉玉雕工艺品。卖石头的摊主有汉族、哈萨克族、蒙古族、回族等，买石头的操着天南地北的口音，还有外国人在谈价。

一方水土养一方人。站在北屯的"疯狂的石头"店门前，我在想，石头让北屯的各族人民疯狂地致富，也是一种祈祷和祝福吧。

夕阳晚照的时候，我听到了霞光满天的天空中回荡着一首歌：

有一个美丽的传说，

精美的石头会唱歌。

它能给勇敢者以智慧，

也能给善良者以欢乐。

只要你懂得它的珍贵呀啊，

山高那个路远也能获得。

有一个美丽的传说，

精美的石头会唱歌。

它能给懦弱者以坚强，

也能给勤奋者以收获。

只要你把它埋在心中啊，

天长那个地久不会失落。

北屯的玉石会唱歌，它的歌声让我陶醉，让我思绪万千，快乐而幸福。北屯的玉石会唱歌，它的歌声让我插上翅膀，飞向祖国的四面八方。

草原勇士的较量

　　摔跤，是力量的较量。摔跤，可以在激烈的角逐中展示出个人的实力和魅力。在一次次拼搏中，两个男人互相拉扯着，互相抱着，使出全身的力量进行着相互的对抗，互不相让，力图把对方摔倒在地上，成为获胜者。

　　小时候，我也喜欢摔跤，赢的时候少，输的多，其主要原因是身体没有对方强壮，也没有技巧。后来学会了摔跤的技巧，学会了拌腿，学会了和比自己身体弱的男孩子摔跤，自然也就赢了。后来长大了，在电视上看到了日本人的相扑，实际上也是摔跤，只是换了名字，美其名曰"相扑"。后来又在蒙古人的那达慕盛会上看到了蒙古式的摔跤，觉得挺好玩的。摔跤手穿着独特的摔跤服装，左跃右跳地举着两只胳臂，好像在跳一种民族舞蹈。双方跳了一会儿，就互相扑在了一起，瞬间两个人就搂抱成了麻花，不一会儿就有一个人倒在了地上，另一个人就以胜利者的姿态站在了那里。第一次看哈萨克族人摔跤，是在阿勒泰的富蕴县，是在富蕴县举办的全县哈萨克牧民运动会上。哈萨克族人摔跤很有特点，不像蒙古人在摔跤前先来一段舞蹈动作的"前奏"，也不像日本人那样，活像两头白熊笨拙地走向对方，然后再扑向对方，紧紧地抱在一起，扭来扭去。哈萨克族人摔跤节奏较快，且运作猛烈，摔跤前的准备就是检查一下自己的腰带是否系得合适，要不紧不松。紧了会阻碍力量的迸发；要是松了，又不能聚集力量。然后，在裁判的口哨声中骏马一般、闪电似的扑向对方，双方紧紧地抓住对方的双肩，全身的力量就聚集在两只胳臂上了。双方僵持一会儿，有时也会很久，这要看双方的实力是否对等，常常呈现为眨眼间的力量平衡，更多的时候没有平衡，只要双方相交，就会出现力量的较量。开始时是双方推磨，推了几下，就会看到一方扭住了对方，于是对方就拼命挣扎，更多的时候会出现被扭住的一方渐渐支持不住而倒下了。当然有的时候也会出现奇迹，被扭的一方竭尽全力反抗，转危为安，反败为胜，这就要靠抵抗力和瞬间的身体爆发力了。摔跤手不单靠双臂的拼搏，还靠腿和脚的默契配合，还要会使用技巧。当然，腿的力量也很重要，假如全身的力量都聚在了上半身，那么下面的腿就会像秋草一样轻飘飘的，不堪一击。所以，合格的摔跤手会把力量合理分布在身体的各个部位。欣赏哈萨克式摔跤，就会发现，他们很会彰显力量，双臂如钢钳紧紧地扣住对方，双腿犹如石柱站立在地上，就会看到无形中的两股力量在猛烈地碰撞、对立、抗衡，让时间在分秒中流逝。胜利是每一个摔跤手的愿望和理想，但有的时候也会出现偏差，身体的强壮与否并不能成为决定是否胜利的唯一因素，看似胜者的偶尔不慎就会导致对方取胜。观赏哈萨克式摔跤，就会感悟到草原上的男人的雄壮风采和力量的神威。

草原上，摔跤是男人们喜爱的娱乐活动之一。男人们毫不掩饰自己的目的和动机，摔倒对方，战败对手，成为草原上最引人注目的骏马王子。这是他们梦寐以求的理想，因为，草原上的姑娘们珍珠一样的眼睛是透亮的，她们心目中的男人就是摔跤能手，冠军理所当然的就是草原上的雄鹰了。

在阿勒泰草原深处一个偏僻的山村，我听到了一个和摔跤有关的爱情故事。

这个故事发生在很久以前的牧区草原上，木拉提是一个憨厚的哈萨克族小伙子，父亲在一次放牧时突遇暴风雪，不幸遇难，他和母亲相依为命。每天太阳升起的时候，他就赶着牧主的羊群来到草原上，夕阳落山的

时候，他才跟在羊群的后面回到毡房。

有一天，草原上发生了一件事，这件事改变了木拉提的命运，让他对生活有了美好的向往，不再每天默默放羊了。

那一天，天空格外的晴朗，很蓝很蓝的，就像刚洗过的蓝绸子铺展在头顶上。蓝绸子上面绣着一片洁白的云朵，太像木拉提放牧的羊群了。草原上的风吹动着蓝绸子，蓝绸子抖动着，一朵一朵的白云就像羊群在走动。木拉提躺在散发着清香的草地上，仰望着蓝天上白云的奇妙变幻。

突然，一阵激烈的马蹄声划破了草原的宁静。木拉提坐了起来，看到一匹白色的马奔驰而来，骑马的是一个身穿红衣裙的姑娘。木拉提看着看着，眼里红衣姑娘就变成了一团炽热的火苗在绿色的草原上跳跃。木拉提还在愣神儿的时候，他没想到火苗直冲自己而来，白马猛然就停在了自己的面前。

你是木拉提？

迷人的声音就像草原上的百灵鸟在歌唱，木拉提盯着红衣姑娘傻了，刹那间，醉了。难道是天鹅飞落到自己的面前？她那么的美丽，让他的心陶醉了，让他的灵魂在草原上飘荡。他从小听过白天鹅的故事，很想亲眼看看白天鹅是什么样子的。可他万万没有想到，他看到了红天鹅，美丽的红天鹅。难道是幻觉？

红衣姑娘看木拉提傻子一样望着自己发愣，没有回答自己，马头一拨，马蹄声响起，热烈的火苗跳跃着远去。

红衣姑娘走了，木拉提的心也跟着飞走了。

木拉提很想再见到红衣姑娘，可他再没有看到红衣姑娘，这成了他的一种念想，他开始思念心中的红天鹅。他不知道心中的红天鹅来自哪里，去了哪里。他很想去找她，寻找美丽的红天鹅，可他不敢。自从给牧主放羊后，他就忘不了牧主凶狠的声音：要是把我的羊丢了，我就让你和你的妈妈饿死！为了妈妈不被饿死，有馕吃，木拉提只能老老实实放羊了。

看不到心中的红天鹅，木拉提心就有股火在燃烧，烧得他坐立不安，在草原上寻找发泄的东西。绵羊调皮地跑出羊群，他奔跑过去，抱住绵羊扔回羊群。牛走得慢，他看不顺眼，就上前抱着牛，把它摔倒在草地上。开始他只是发泄情绪，时间长了，这成了他的一种爱好。每天在草原上孤独且无聊的时候，他就抱着绵羊摔跤，搂着老牛摔跤。摔跤让他忘记了思念和烦恼，也强壮了他的身体，他一天天长大，成了壮实的憨厚小伙子。

草原上出现了狼。一天深夜，狼乘着夜色袭击了木拉提放牧的羊群。早晨，木拉提的妈妈看到被狼咬死的几只羊，哭得很悲伤。木拉提发誓要找到狼，打死狼。牧主骑着马来了，看到被咬死的几只羊，恶狠狠地说：木拉提，你的工钱没有了，你妈妈的馕也没有了！木拉提不服气，和牧主争吵，牧主扬起马鞭抽了木拉提一鞭子，木拉提愤怒了，上前一把把肥胖的牧主拉下马，抱起来扔出了很远。牧主吓坏了，揉着摔疼的屁股，一瘸一拐爬上马跑了。

木拉提没想到，他思念的红天鹅来了。她来了，还是骑着那匹白马，还是一身红裙子，就像天上的红天鹅飞到了自己的面前。

木拉提很惊喜，格外兴奋，想说很多话，可嗓子眼好像被干馕堵住一样，憋得满脸通红，半句话也说不出来，只是痴迷地盯着白马上的红衣姑娘。

姑娘很厉害，说了一句话：你有本事去打狼呀，打我爸算什么男人？

马蹄声响了，姑娘走了，木拉提思念的红天鹅又飞走了。虽然木拉提没说出心里的话，但红天鹅留下的话让木拉提记住了，铭刻在心上了。

打狼，打狼！木拉提下决心打狼了。他去了深山里，找到了狼窝。他回来了，虽然满身是血，但是他的肩上扛着两只死狼。他把死狼扔到了牧主家门前，什么也没说，扭头就走。

牧主看着地上的两只死狼，惊异万分，跟在木拉提的身后问：你是咋打死狼的？木拉提自豪地说：我摔死的！牧主高兴地望着木拉提的背影喊

道：咬死的羊不让你赔了！然后让下人剥狼皮，并对人们说：木拉提是大力神！于是，木拉提一人摔死两只狼的壮举在草原上像风一样传播开来。

木拉提出名了，草原上有很多男人慕名来找他摔跤。他们认为只要能摔倒木拉提，就能和木拉提一样，成为草原上的英雄。为了能摔倒木拉提，草原上兴起了摔跤的热潮。

牧主的女儿到了出嫁的年龄，尽管很多人来提亲，但是她一个也不答应，因为她心里有了木拉提这个大英雄。牧主格外疼爱自己的女儿，心里明白女儿的想法，但是无法改变女儿的想法，只能在心里怨恨木拉提。牧主的女儿告诉父亲，要想让她出嫁可以，父亲必须举办草原摔跤比赛，谁是第一名就嫁给谁。如果父亲不答应，她就一辈子不嫁人。牧主无奈之下答应女儿的要求，在草原上举行了摔跤比赛招亲大会。

那天，很多的草原小伙子参加了比赛，都想娶到美如天仙、白如天鹅的牧主女儿。但是谁也没有得胜，因为木拉提参加了比赛，他获得了摔跤的冠军。当木拉提领着日夜思念的红天鹅回到了自己的毡房后，木拉提的妈妈高兴地哭了，牧主却气得病了很多天，给女儿的嫁妆只是木拉提放牧的那群羊。

木拉提结婚后，有了自己的羊群，夫妻恩爱，日子过得像蜜糖一样甜。他和牧主的女儿生了很多的孩子，每一个孩子都喜欢摔跤，成了摔跤的健将。

听了这个故事，我想，这也可能是一种民间传说，但是它反映了草原上的哈萨克族人向往美好的愿望，就是很普通的摔跤运动项目，也被赋予美丽的爱情传说，蕴藏着浓厚的哈萨克族民间文化。

摔跤是哈萨克族传统体育活动项目中最普通的一种民间娱乐活动，深得哈萨克人喜爱。过去，摔跤多在部落间进行，哪个部落胜了，荣誉就属于哪个部落。得胜者有奖，奖品有骆驼、马等。据说，哈萨克族历史上的英雄，大多数是摔跤能手。

据了解，还有一种古老的摔跤，更富有哈萨克族特色。一对"冤家"在比赛时，都把脚套在一个大口袋里，口袋齐腰高，让人把袋口在腰上扎紧，比赛时，把对手弄倒就行，三赛二胜为赢。参加比赛的选手只能用上肢角逐。这种活动妙趣横生，引人发笑。哈萨克人在进行自由式摔跤比赛时，总有一个很有威望的长老当裁判。各队派出运动员参加，年龄小的先摔，年岁大的、水平高的后上场。两名摔跤手各有一骑手助威。只要把对手摔倒，让他背着地，你就胜了。做助手的骑手并不只是为了当啦啦队员，他有他的任务，只要自家队员把对方摔倒，他就会在最短的时间内冲进场去，驮起自家队员离开赛场。否则，人家爬起来，还会纠缠，那就不算最后的胜利。这就叫"你不走开，我就跟你没完！"所以，摔跤手一般都赤裸着上身，只系着腰带。比赛开始时，两人互抓对方的腰带，躬身对顶，尽力拼搏，你推我搡，常常是扭成一团，谁也不让谁。这时候，自然有规则调剂，你可以把手抱起来，也可以扭他的手或脖子，要他仰面倒地，只要把他摔倒，就算你胜。

观赏哈萨克人摔跤，就是欣赏哈萨克族的草原文化。它有深刻的草原文化内涵，也有哈萨克族独特的民族特色。它在展现民族文化的同时也在传播草原力量文化，为草原文化增添了异彩。

山鹰在阿勒泰天空飞翔

当第一缕阳光抚摸阿尔泰山脉时，巨龙般的阿尔泰山脉睁开了惺忪的眼睛，打了个哈欠。它很想伸个懒腰，可它不敢，它心里明白，就是一个很小的伸懒腰动作，就会给山区的草原造成巨大的灾难，就会引起强烈的地震。它只好忍着，强忍着，打个哈欠吧，还是很轻微的哈欠。就是这个轻微的哈欠，却也是惊天动地了。正在香梦中的山鹰被惊醒了，它看到阳光瞬间从碧蓝的天空中铺天盖地瓢泼下来，仿佛瀑布一般，格外透明，凉爽而又一泻千里。早晨的阳光没有中午那般炽烈，没有那般刺眼，虽然红彤彤的、明晃晃的，但显得慈祥而温暖，犹如母亲的手，轻抚着看到的一切。阳光从万丈高空垂落下来的时候，金光闪耀，又像个顽皮的孩子，四处游玩、跳跃，从陡峭的山峰眨眼就跳跃到辽阔的草原上，又从草原上奔向漫无边际的茫茫林海，然后马不停蹄地落到了哗哗流淌的河流中，在奔腾的河水中欢呼、跳跃，跟着河水跑向了丰收的田野和亘古的荒漠戈壁，流向很远的地方。

清凉而又温馨的阳光里，山鹰履行着自己的使命，飞离陡峭的山峰，箭一般刺向阳光铺洒的苍穹，铺展它的巨大双翅，霸气十足地翱翔，彰显着鹏程万里的雄姿，俯瞰着自己的领地。每天阳光铺洒的时候，也是它巡视领土的时候。它在飞翔，它的身下是阿尔泰山脉，山脉犹如巨龙般伏在中国新疆的北部和蒙古国的西部，尾巴却伸到了俄罗斯境内。巨龙东南走向卧着，庞大的身躯雄踞中国、哈萨克斯坦、俄罗斯、蒙古国，绵延2000余公里。多少年来，山鹰抚摸过巨龙阿尔泰山脉的整个身体，但它更喜爱巨龙阿尔泰山脉的这一段身躯，这是巨龙美丽而丰满的中部，起伏圆润，饱满而有弹性，像少妇丰腴的胴体，具有无限的魅力。她在中国新疆境内的这段身躯很短，却也有500余公里之长。山鹰惊叹于这段美艳的身体："肚脐眼"海拔在1000—3000米；起伏有致的"腹部"也在海拔3000米以上；饱满的"乳房"就是北部的友谊峰，海拔4374米。山鹰顺着优美的胴体看过去，就看到了"少妇"的"孩子们"，山鹰记住了最有特点的三个"孩子"，他们是乌希里克山、哈拉苏山、萨依尔山。山鹰看到了阿尔泰山脉的沟沟壑壑，很多，有72道沟，被粗壮的松树和风情万种的白桦林覆盖着，就像浓密的长发在随风飘逸。"长发"下的72道沟，沟沟深藏着黄金。多少年来，一批又一批的淘金客来到了这里，做着黄金梦。因为有了黄金，阿尔泰山脉就有了另外一个名字，蒙古人称这里为"阿勒泰"，也就是"金山"的意思。当然，山鹰知道，这里还有另外一个名字。这里属中温带大陆性气候区，夏季干热，昼夜温差大，冬季寒冷，冬春多风，于是这里的居民哈萨克人称"阿勒泰"为"六个月"，意思就是春、夏、秋三季为6个月，冬季为6个月。每个民族对它都有不同的称呼，但人们还是喜欢有着"金山"意思的"阿勒泰"，叫得响亮，很有独据一方的威风。

自从阿尔泰山脉有了名字"阿勒泰"（金山）以后，这里的一切都换了颜色，变得金碧辉煌。尽管天空湛蓝而透彻，偶尔白云一片片、一朵朵，宛如一群群大尾羊在流动，但更多的时候，还是金色的阳光在普照漫洒，洒的全是金粉、金丝、金线，偶尔就连漫腾的水雾也被染成了金色。翱翔的山鹰在金色的阳光里看到了72道沟的黄金在闪光，看到了金色的麦浪在翻滚、奔流，看到了白桦林的树叶随着秋风摇曳着粼粼斑斑的金光。

山鹰钟情爱恋阿尔泰山脉的秀美躯体，阵阵的松涛却在猛烈地呼唤着它，它恋恋不舍地飞离了阿尔泰山脉，转而扑向了林海。林海很辽阔，是我国六大林区之一，生长着西伯利亚冷杉、红松等珍贵树种，面积达47.6万公顷，还有白桦，足可以和东北的白桦林媲美。林海让人心醉的季节是秋季，墨绿的松海中，金黄的白桦林就像一叶叶扁舟在绿海、蓝天中游弋，好似百舸争流，更像一个个哈萨克族新娘在绿色的婚礼上舞蹈，婀娜多姿而又舒展，令万里长空、山河和草原，还有草原上生活的人们沉醉其中。

山鹰虽然眷恋林海，但它不得不跟着阳光飞翔。阳光来到了河流上，山鹰就看到了阿勒泰的血脉额尔齐斯河、乌伦古河。山鹰目睹了额尔齐斯河的成长，开始的时候，就是一股清泉，像一个顽皮的男孩，从阿尔泰山西南坡的家里溜出来，和喀依尔特河和库依尔特河汇合后成为额尔齐斯河，自东南向西北奔跑，一路上与喀拉额尔齐斯河、克兰河、布尔津河、哈巴河、别列则克河等北岸支流拥抱在一起，成了年轻力壮的男人，继续一路奔跑到了哈萨克斯坦境内的斋桑湖，跑到北冰洋的时候，实在跑不动了，因为岁月让它变成了老人，让它在北冰洋颐养晚年。山鹰曾计算过，额尔齐斯河从一个小男孩到老年，一生奔跑了4248公里，在我国的阿勒泰，他就奔跑了546公里。他还有孩子——克兰河、苏木达依列河等大小河流56条，还有上百个细胞似的大小湖泊。这些孩子很恋家，不愿意跟着父亲奔跑，留在了阿勒泰母亲的怀抱里，成了一支支流动的血脉。

乌伦古河和额尔齐斯河相比，显得冷静而理智，没有那么疯狂而鲁莽，虽然也是一路奔跑，但始终在母亲的怀抱里徜徉。它从阿尔泰山东段跑出来，和大青格里河、小青格里河、查干河、布尔根河相伴来到青河县，长成了乌伦古河男人。它一路奔跑725公里，来到福海县就驻扎下来，幻变成了乌伦古湖。福海是一个美好家园，这里的人们安居乐业，在荒漠戈壁上建起了水域面积10万公顷的养鱼池，饲养着鲤鱼、鲫鱼、松鲈、赤鲈、白斑狗鱼、贝加尔雅罗鱼、河鲈、斜齿鳊、东方真鳊、圆腹雅罗鱼、银鲫、丁卡等10多种优质淡水鱼，使这里拥有了"北国渔乡"的美名。还建成了西北边陲的"八百里洞庭"；湖中鸟岛是鸟类天堂，海鸥展翅，白天鹅、斑雀此起彼落，野鸭成群，戏水追逐，组成了人间仙岛的魅力画卷。夏秋之间，岛上鸟窝、鸟蛋俯拾皆是。人迹所到，禽鸟惊飞，生机盎然，常常让山鹰忘记了孤独，流连忘返。

山鹰最喜爱额尔齐斯河和乌伦古河沿岸的壮美风光，最爱听阿勒泰的"金山银水"美名。山鹰飞翔累了的时候，它就会停下来，降落在高山森林之间，游走在河谷风光的油画里，眺望湖泊和温泉，欣赏山崖和峭壁的岩画、石刻等古老的艺术，心烦的时候，就去"人类净土""中国一绝、世界一流"的国家5A级生态旅游景区喀纳斯，在那里修身养性，陶冶情操。孤独的时候，山鹰就会飞落在辽阔的草原上，和这些草原石人聊天，如数家珍地炫耀它的白沙湖、鸣沙山、布伦托海黄金海岸、蝶泉谷度假区、中国唯一的欧洲 — 西伯利亚动植物区系泰加林、中国海拔最低的友谊峰冰川、可可托海地质三号矿坑、富蕴地震断裂带上耸立的石钟山、布尔津的五彩城和恐龙世纪的硅化木、古人的墓葬群，还有那群山峻岭里的岩刻、岩画、洞窟彩绘连接而成的"千里岩画长廊"。

令山鹰感到自豪的是阿勒泰的宝藏。目前发现的矿产有4大类94种，其中白云母、铍、钾长石3种储量居全国首位，12种居全国前十位，还有8种居全新疆前十位；可开发、利用的矿产有46种，已探明矿产的保有储量潜在经济价值580亿元，是自治区重要的稀有金属、有色金属和黑色金属基地。

山鹰还想告诉你，阿勒泰的宝石已被发现有10大类、27个品种：绿宝石、海蓝宝石、猫眼石、祖母绿、碧玺，石榴石、水晶、芙蓉石、玛瑙、陨石、戈壁玉髓宝石光、五彩戈壁玉，还有独特的稀有奇石额河奇石。

令山鹰最感幸福的是聆听草原上阿肯的阿依特斯弹唱，阿依特斯是哈

萨克民族古老的庆典盛会之一。每年秋季，能歌善舞的牧民阿肯们聚集在阿勒泰地区，怀抱冬不拉，即兴作诗，自弹自唱，慕名而来的牧民，欢聚一堂，载歌载舞，形成了阿依特斯。

阿勒泰草原上的阿肯很多，胡尔曼别克·再腾哈孜是新疆阿肯之王。他是一名优秀的人民艺术家，多次获得阿依特斯弹唱大奖。他赞颂人民和新的时代，讴歌美好家园，弘扬正义和高尚道德。他创作的诗歌题材广泛、生活气息浓郁、内容充实、结构完整、幽默风趣。他的歌声传遍了草原，赢得了人们的喜爱。2010年在新疆维吾尔自治区第三届阿肯阿依特斯比赛中，胡尔曼别克·再腾哈孜荣获自治区人民政府"阿肯阿依特斯终身成就奖"。

阿勒泰草原人民怀念他，忘不了胡尔曼别克和贾玛丽汗的对唱：

胡尔曼别克唱道：

咱们大家共同拥有的一位祖母，
她一生长寿活了百年千年之久。
我遭遇了一场无法躲避的劫难，
失去了这位百般呵护的老祖母。
我们这群孩子落魄地啼哭涟涟，
我们相互搀扶漫无目的地行进。
后来我才知道她老人家依然健在，
只是我们没有聚集力量把她找寻。

贾玛丽汗迅速唱道：

神话传说是所有艺术的神圣母亲，
各种艺术犹如她喧闹的孩子成群。

许多世纪我们一直把她来找寻，

没有一个人怀疑她的意义深远。

为了保护民族珍贵的文化遗产，

好男儿不曾惧怕丢掉个人性命。

咱俩啊就是为了寻找那个目标，

整日奔波踏破鞋底劳顿的阿肯。

这段谜语般的对唱，深刻而有趣地涉及艺术的起源及其重要的现实意义。他们的问答表现了两位资深阿肯艺术家的艺术素养和艺术观点，以及他们对当代艺术发展的信念。

山鹰飞翔在蓝天白云间，翱翔在阿勒泰的高山、林海、河流、草原、戈壁荒漠之上，不论它飞到哪里，阿肯的歌声就像阳光一样，乘着大西北的热风飞扬。歌声越过阿尔泰金山的雪峰，越过额尔齐斯河的水流，越过阿勒泰草原的碧绿，飞向辽阔的神州大地，飞向五大洲、四大洋，飞向很远、更远的地方。

山鹰听到了阿勒泰草原上的阿肯们在歌唱，美妙的歌声在全世界回响：金山银水阿勒泰，这是我们魂牵梦绕的故乡。

骏马奔驰在草原上

　　一声呼哨划破了草原上的宁静。刹那间，一匹匹骏马如利箭一般射了出去，在草原上卷起了巨大的狂风，众多的马蹄敲响了草原大地的战鼓。震天动地的擂鼓声中，一个个哈萨克族少年驾驭着自己心爱的骏马，奔驰在辽阔的草原上。风驰电掣的马群过后，荡起的尘雾弥漫了草原，宛如巨大的风暴在旋转，在飞扬。

　　观赏草原上哈萨克族人赛马，就会有参与其中的感觉。"英雄靠骏马，飞鸟凭翅膀"，一匹匹骏马在奔腾，犹如一只只雄鹰在草原的蓝天上飞翔。千万只雄鹰的飞翔，就出现了铺天盖地的恢宏气势。一匹匹骏马的追逐，就像一条奔腾的河流，在草原上汹涌澎湃，滚滚而来。

　　于是，我就想起了哈萨克族的谚语："马是哈萨克人的翅膀。"哈萨克族是游牧民族，一年四季逐水草而居，在草原上经常转场搬家，马就成了哈萨克族人生活中离不开的亲密朋友，所以他们很懂马。知道马的习性，并把马视为人生财富。既然是财富，那就得懂得经营，所以，赛马是哈萨克人十分喜爱的一项传统的体育娱乐活动。哈萨克人举办的赛马会，实际上就是挑选良马的盛会。赛马会上，赢得第一名的马，总是会得到最高的奖励。

　　20世纪初期的赛马会，得第一名的马主人有时可得到9块元宝、9峰驼羔（1岁的骆驼）、11匹骒马、100只羊。按照哈萨克人的喜好，如果一匹马在赛马会上赢得了第一名，不仅是马主人的光荣，而且还是整个部落的光荣。在赛马会上，当赛马的骑手到达终点时，就会呼喊部落的口号，听到部落的口号，部落全部的人都会齐声应答。哈萨克人爱马爱到几乎痴迷的程度，而且他们心胸豁达。不论是哪个部落的马，只要跑了第一，到达终点的时候，在场的哈萨克人都会用一种非常的方式表达他们的愉悦心情，就好像自己的马跑了第一。所以赛马得到的奖励，马主人绝不会独享，会将相当一部分奖品分给亲人和同部落的人。

其实赛马是哈萨克人文化生活的一个重要组成部分，并不是为了赛马而赛马，表现的往往是心情的奔放和快乐的宣泄，赛马会还是节日中的一种大聚会。赛马会是不定期的，只要有机会，就会举办各种形式的赛马活动。在哈萨克族人的婚礼和重要的节日里，赛马就是压轴节目。赛马一旦结束，庆典也该收场了。历史上的大型赛马活动，大多是部落头人包办，根据部落的大小决定赛马的规模。小规模的赛事一般几十匹，大规模的两三百匹，场面是何等的气派、壮观！

哈萨克族人的游牧生活是离不开马的。没有马匹的哈萨克人，就不能算是草原上的游牧民。草原上的哈萨克族牧民放牧、搬家、出门办事等，都离不开马，没有马的帮忙，很多事情就难以办成，甚至会寸步难行。哈萨克族人不但喜爱马，还特别讲究马鞍和马鞭，因为他们认为这是哈萨克人财富、身份和荣誉的象征。在哈萨克族风俗博物馆里，我看到了富丽堂皇的马鞍子和散发着霸气的马鞭子。马鞍子分男人、女人、姑娘、儿童等样式，可见哈萨克人是非常讲究的。为了展示家庭的富有和身份，他们会不遗余力地对马具进行美化加工。他们愿意花整整一个月甚至更多的时间来制作马具。那些马具匠人既是木匠，又是皮匠和铁匠，同时，他们还是民间工艺美术家。在博物馆，一件件马具就是一件件珍贵的艺术品。

"乱花渐欲迷人眼，浅草才能没马蹄。"这是白居易在一片春意中骑着马儿悠闲地散步，看着路边的野花争奇斗艳，小草轻轻拂过马蹄，心情舒畅，抒发感情的诗句。假如他来到草原上，看到哈萨克族牧民的骑马，他肯定会写出另一种境界的佳句。

我在阿勒泰的广阔草原上亲眼欣赏了哈萨克族牧民的骑马风韵。转场路上，哈萨克族母亲抱着儿子骑在马上，马儿迈着轻柔的步子，唯恐惊醒了母亲怀中的熟睡婴儿。嘀嗒嘀嗒，马蹄声就如秒表的声音，犹如温馨的摇篮曲在绿色的草原上轻吟。牧羊的草原上，哈萨克族男人骑马时就没有了轻柔，多了些霸气、威武和雄壮。马儿奔腾，犹如战马驰骋在战场上，马蹄踏过草原，卷起草泥，四处飞溅。骑着骏马的哈萨克族男人，就有了征服世界的自豪和荣耀。我还看到了草原上的浪漫：哈萨克族姑娘骑着白色的骏马，小伙子骑着褐色的骏马，双双在草原上奔腾，好似黑鹰在追逐白云。白云忽快忽慢，黑鹰或高或低，形成了独特的阿勒泰草原情韵。最让我陶醉的是阿肯骑着马儿在草原上弹唱。他是一个中年哈萨克族男人，骑着枣红马，怀抱着冬不拉，在铺满灿烂阳光的草原上，在晶莹剔透、闪烁着晨光的露珠的花草上，他惬意、悠闲地走着，弹唱着自己心爱的歌。马蹄声脆，歌声婉转而悠长，在辽阔的草原上飞扬。

我听不懂他唱的是什么，但我为他高亢的旋律所振奋、所陶醉。骑着骏马的哈萨克族男人是弹奏着冬不拉的阿肯，在湛蓝的天空下，在白云飘拂的苍穹下，在青黛色的阿尔泰山脉的怀抱中，在绿意盎然的大草原上，在山花烂漫，竞相开放的花海里边走边唱，构成了一幅绝美的阿勒泰草原的油画。

沉醉在阿勒泰草原的油画中，我不禁想起了哈萨克族诗人夏侃·沃阿勒拜的草原抒情诗：

变幻的景色，

像五彩缤纷的画像。

草原呀，

你总是这样风姿绰约。

广阔的草原上，

环绕着秀丽的山峰。

我的想象犹如那飘逸的云朵，

草原像纸，

马驹是字。

夏日的太阳，

像灯一样清丽。

静静的阿吾勒（哈萨克语：牧业村落）影影绰绰，

天山草原呀，

画一样美丽。

在阿勒泰草原上，我听到了牧人和马的神奇故事。

别尔肯是草原上的哈萨克族牧民，那一年的冬天，他放牧时突然遇到了暴风雪。风雪疯狂肆虐，他骑着马驱赶着乱跑的羊群。当他把羊群赶到一处山坳，羊群不再因为骚动而奔跑，安静下来了。清点羊只，他发现少了三只羊。于是，他骑着马又冲进了暴风雪里。

三只阿勒泰大尾羊被找到了，是掉进了一个雪坑里。他下到1米多深的雪坑里，抱起一只羊，羊很重，无法抱出雪坑。这时候，他骑的黑马卧在了雪坑前，马的缰绳垂了下来。别尔肯明白了黑马的意思，急忙把缰绳套在阿勒泰大尾羊的腰上。黑马站了起来，一步步后退，羊被拉出了雪坑。三只羊都被黑马拉出了雪坑，别尔肯也被拉出了雪坑。

别尔肯抱着马头，感激地亲吻着马，黑马喘着热气，温暖了别尔肯冻僵的脸。被冻硬的双腿让别尔肯站不稳，摔倒在雪地上。黑马就卧了下来，用头拱着别尔肯。别尔肯在风雪中抓住马鬃，慢慢地爬上了马背。马站起来了，驮着冻僵的别尔肯，赶着失散的三只羊，来到了山坳。

后来，暴风雪停了，草原上一片白雪茫茫。黑马驮着别尔肯，赶着羊

群，回到了毡房。

当我听到这个故事，我的心灵被震撼了。我明白了哈萨克族人的骏马情怀，我领悟了马是哈萨克族人的"翅膀"的真正含义。哈萨克族人出生在马背上，成长在马背上，驰骋在马背上，战死在马背上。每一部史诗的主人公都拥有一匹非同寻常的神驹，它是英雄的得力助手，是英雄的忠诚伙伴，是英雄的精神支柱。没有它，英雄征服不了敌人；没有它，英雄完成不了亲人们的重托；没有它，英雄无法凯旋。当你读了史诗《阿勒帕米斯》《库布兰德》，你在敬佩苏巴尔和泰依布茹勒的同时，也会景仰他的骏马。

对于哈萨克人，马既是浪漫的象征，又是生活的依托。对哈萨克族男人来说，跨上马背是件重要的大事。马是哈萨克人飞翔的翅膀，还是牧羊人守夜的精灵。寂静的夜晚，草原上来了狼，马就会惊叫，发出危险的信号，告知牧民。哈萨克族人的生活和饮食仍然离不开马，马肉可食，马乳可饮，马皮可用来制作马具……总之，马是哈萨克族人不会说话的忠实朋友，通人性、解人意，而且还会关心主人。尤其是在古往今来的战斗中，马可以帮助骑手摆脱困境，加快速度赢得时间，夺取最后的胜利。

哈萨克人喜爱马，在他们的诗歌中，在他们的阿肯弹唱中，在他们的舞蹈中，马是哈萨克族人歌颂和表演的主角儿，《黑走马》就是哈萨克族人喜爱的舞蹈。

在阿勒泰草原上，流传着舞蹈《黑走马》的故事：

相传很久以前，草原上有一位哈萨克族小伙子发现了一群野马，他挥动套马索套住了一匹非常剽悍的黑色野马。小伙子历尽种种艰辛，克服重重困难，终于将它驯化成一匹上好的走马。当他骑着黑走马回到阿吾勒时，乡亲们闻讯纷纷前来祝贺。小伙子在马上和马下，用各种动作自豪而诙谐地表演了他捕捉并驯化黑马的整个过程。我想，这可能就是《黑走马》（"走黑马"，哈萨克语为"卡拉角勒拉"）舞蹈的雏形吧。

后来，草原上发生了一场战争，异族部落抢占了哈萨克人的草场，并把哈萨克人的马也抢走了。哈萨克族小伙子爱马就像爱自己的生命一样，他思念自己心爱的黑走马，就在茫茫黑夜里坐在山头拿起斯布孜（哈萨克人特有的一种乐器）吹了起来，笛声随着风儿从山头慢慢地传到了山下，传到了黑走马的耳中，黑走马听到了主人的忧愁和伤感，竖起前腿，奔跑着冲向马群，将被抢的马群赶回它们曾经生活过的地方，回到了主人的身旁。黑走马的这一举动使牧马人感动万分，同时也避免了一场为争夺马群而引发的更大的战争。

哈萨克族小伙子创造了《黑走马》曲，而民间艺人又将这个故事编排成《黑走马》舞。表演者随着音乐的起伏和节奏，用完整的肢体语言讲述了这个故事。从此，以骑马为题材表现草原上骏马奔驰时矫健姿态的《黑走马》舞蹈便在哈萨克族民间流传。

在草原上，我还听到了《黑走马》舞蹈的浪漫故事：

很久以前，游牧在中亚腹地的一个哈萨克族部落遭遇到了一场灾难。草原上天不下雨，草木枯黄，羊弱马瘦，几个异族部落为了争夺这片哈萨克草原，和当地人发生了一场战争。在这场战争中，哈萨克族部落不幸失败了。为了保护部落最后的人马，头领决定：离开这片充满血腥的草原，去寻找一片新的草原。

一个宁静的傍晚，这个哈萨克族部落走完漫漫的迁徙之路，但人马已损失多半。当他们找到一片肥美的草原时，头领跪在地上，举起双手，手掌对着自己，凝视着初升的月亮祈祷，让部落里的人永远过着平和的生活。篝火点起来了，头领抱起冬不拉弹奏，冬不拉叮叮咚咚地响起来，部落的人们跳起了欢快的《黑走马》，草原之夜沸腾了。

在月光下跳起《黑走马》的哈萨克族牧人们忘记了长途迁徙的疲惫，忘记了同胞死亡的痛苦，忘记了战争留给自己的创伤，忘记了生存的艰难，两只脚踏着冬不拉的节奏，摇摆着肩膀，舞动着手臂，跳起来，舞起来。

哈萨克族人不知疲倦地跳着属于自己的舞蹈，挥洒着激情，整个草原都为之颤抖。他们一直跳到篝火熄灭了、月亮消失了，才疲惫不堪地倒下沉重的身体，有的走进毡房，有的干脆就躺在篝火边香甜地睡去，做一个谁也不知道的梦。

《黑走马》是哈萨克族人的灵魂，是他们维系情感的纽带，只要《黑走马》跳起来，人们就从草原各个角落里走来了。《黑走马》欢快的音符吸引着每一个虔诚的哈萨克族人，把认识和不认识的人聚集在一起。他们伴着《黑走马》的音乐开始起舞，男子和女子时而独舞，时而对舞，男的动作刚劲而有力，女的动作柔韧而飘逸。男女在一起跳舞，动作默契而协调，他们面对面地舞蹈，女的双肩颤抖，男的摇摆双肩，动作灵活自如，神态大方。他们通过自己的身体语言和优美的舞姿表达了马的灵性、马的形态、马的灵魂。

《黑走马》一代又一代地在哈萨克族部落和草原上流传着。到了今天，已经成了许多哈萨克族人喜欢的舞蹈。跳《黑走马》成了哈萨克民族一项重要的娱乐活动。

哈萨克族有句谚语："阿肯是世界上的夜莺，冬不拉手是人间的骏马。"

阿肯弹唱会是哈萨克族人盛大的节日，节日期间，哈萨克族的人们身着民族盛装，骑着骏马，弹着冬不拉载歌载舞来到鲜花盛开的草原上。那些哈萨克族骑手们十分潇洒地跃上自己心爱的骏马，翻山越岭，奔驰在草原上。当引来了观众们的啧啧赞叹，博得穿红戴绿的少女们的情意缠绵的一瞥时，骑手心头的惬意、幸福和自豪，就像一股清泉流过草原那样滋润和甜蜜。

在美丽的阿勒泰草原上，在盛大的阿肯阿依特斯演唱比赛中，我听到了草原阿肯的弹唱：

每一个民族都有自己的风尚，
诗和马是哈萨克人的一对翅膀。
诗歌寄托着我们的生活理想，
跨上马鞍高兴得想拥抱太阳。
我们用诗竖起毡房和栅墙，
又和着诗的节拍架起天窗。
我们迎着诗走完人生的路程，
又随着送葬曲一步步走向灵床。

歌声里，我看到了草原最闪亮的精灵 —— 骏马在奔腾，我看到了草原上火红的夕阳映衬着哈萨克族人矫健的身姿，在心旷神怡地飞翔，飞翔……

甜蜜的哈密

走哈密是在7月，这是一个酷热难耐的时节。7月中旬，我随"作家看哈密采风团"来到了哈密市。这不是我第一次来哈密，之前每次来都是短暂停留，犹如蜻蜓点水。唯有这一次，我真正走进了哈密，走进了哈密的山山水水，走进了哈密的乡村和田野，走进了哈密的甜蜜世界。

知道哈密，先是知道了哈密瓜。哈密因盛产哈密瓜而世界闻名，于是有了哈密瓜的故事和传说。当年的解忧公主来到边疆，第一眼看到的是哈密的绿洲，第一口品尝的是哈密瓜的香甜。哈密瓜醉了解忧公主的心，她忘记了长途跋涉的疲劳和辛苦，忘记了远离皇宫的忧伤和郁闷，深深地爱上了脚下的这片火热的繁茂绿洲，于是有了解忧公主和哈密的传说。周穆王巡游边疆后，西王母在哈密用甜美的哈密瓜盛情款待了周穆王。当周穆王吃过哈密瓜后，肩上有了沉甸甸的感觉。望着哈密的绿洲，看着百姓富裕的生活，周穆王当时想，哈密这片绿洲是神圣不可侵犯的美丽家园，驻守西部边关就要保这片绿洲的稳定和平安。于是，他征战大江南北，心里始终有哈密瓜的重量和哈密瓜的香甜。哈密瓜是他心里的一份责任和身体的巨大力量的源泉。纪晓岚尝过哈密瓜后，发出了"西域之果，蒲桃莫盛于吐鲁番，瓜莫盛于哈密"的赞叹名言。康熙三十年，康熙皇帝尝过哈密瓜后，激动万分，兴致高涨，当场赐名：哈密瓜。于是，哈密瓜就有了皇家赐予的名字，并成为皇家贵族的盛宴佳品，必不可少。乾隆年间，乾隆皇帝下诏，告知天下，哈密是哈密瓜唯一的进贡之地。

　　在哈密流传着乌鲁克·吾守尔种植哈密瓜的民间故事。乌鲁克·吾守尔家族像保护自己眼睛一样，数百年来捍卫着哈密瓜"贡瓜"的名誉和荣耀。禁烟大英雄林则徐被贬流放伊犁路过哈密时，当地百姓敬佩林则徐，敬献了哈密瓜。林则徐亲尝哈密瓜后，一路的劳累和心里的委屈、烦恼顿时消失殆尽，满心的陶醉和甜蜜之感，他抚须而笑，赞不绝口：好瓜，唯一的好瓜，名副其实呀！相传班超征战至此，为了壮士气、振神威，他命令将哈密瓜干当作部队的干粮。哈密瓜干一度成为激战将士们的食粮 …… 哈密瓜的故事和民间传说很多，就像哈密的山和水与日月同辉，就像哈密的树和草，茂密而又散发着甜美的芳香，我无法一一列举。

　　在哈密的每一天，走在哈密的街道上，走在哈密的乡村小路上，走在哈密的山水之间，空气中始终飘着哈密瓜的香甜气味。瓜的香气就像一只无形的大手，始终把你抓得牢牢的、抱得紧紧的，让你无法挣脱，也不愿意挣脱，心甘情愿让它拉着，让它抱着。我被瓜香的氛围包围着，沁醉着，心里蔓延着香甜的滋味。虽然在燥热的阳光的毒晒下，大地和我如同被火焰燃烧着，但是那熊熊燃烧的火焰里仍然散发着瓜香。这是哈密独特的气味，世界上任何一个地方都没有。来到哈密，你就会觉得自己仿佛掉进了甜蜜的缸里，被泡醉，醉得忘记了一切，忘记了烦恼和忧愁。即使你离开了哈密，你身上的瓜香味也丢不掉，就像你在草原的毡房里住过一夜，浑身充满了草原毡房的气味一样。

　　7月的哈密气温很高，天气酷热。同样，哈密人待客的热情也像火焰和酷热的天气。我们采风团每到一处，都会感觉到当地人的热情，就像被亲人拥抱一样。哈密人迎接我们，就像母亲见到失散多年的孩子突然回家一样惊喜，毫不犹豫地就把我们拥抱在她温暖的怀抱里，久久不愿放开。被哈密人接待的每一次，都犹如躺在母亲的怀里那样幸福、甜蜜，于是心里就有了"这就是我的家，我不该走出哈密"的愧疚。

　　哈密也有凉爽的时候，那就是坐在为我们服务的空调车上。徐徐的凉风让我忘掉了似火的骄阳和难耐的酷热。走在哈密的田野上，满地的哈密瓜在阳光的照射下闪烁着金黄的光芒，宛如地上散落了很多太阳，每个地上的太阳都和天上的一个太阳争夺光辉。我融化在这么多的太阳里，恍惚中自己也成了一个地上的太阳，感觉不到酷热，心里蔓延着丝丝凉意。我的目光里流动着一车又一车的哈密瓜，那哈密瓜在阳光里变成了偌大的金蛋在跳跃、在舞蹈。舞蹈的乐曲是伊吾十二木卡姆，高亢的下马崖11位乡村女歌手的歌声在蓝天下回荡，在哈密的山河、大地上流动。歌声的粗犷和细腻、歌声的质朴和甜美，让我感到了酷热的高温里阵阵凉爽的清风和细雨。卡车上的哈密瓜要远离家乡去惠及全国各地的人们。

　　站在绿色的棉田里，按下节水灌溉的电脑键，一股股清水就成了地面的彩虹，喷洒着丰收的棉花。晶莹剔透的清水彩虹把阳光的暴晒赶走了，把高温的气势压扁了，牵来了裹着瓜香的清风，湿润着我的心田，于是我就有了湿润而甜蜜的感觉。在这湿润和甜蜜里，我看到了一幅乡村农民画，很长，足有18米。18米不算长，可在我的眼里慢慢就延伸了，成了18公里、180公里、18000公里……这幅农民画是哈密的维吾尔族农民卡德尔等9个乡村画家用了3个月的时间创作的感恩心声。画作通过8个板块展示了漫漫丝绸古道、多元文化融合、多彩农村新貌、千年工艺流程、传承民族体育、铭刻援疆功德、新型工业城市、民族团结亚克西的内容。走在这幅农民画的8个板块里，走在哈密瓜乡的巨大农民画地上，陶醉在丝绸古道上的哈密瓜香里，漫步在回王府满、蒙古、维吾尔、汉多民族文化风格融为一体的古建筑群里，做客在大泉湾乡金圪塔社区和光明小区的农民新居里，目睹着河南省援疆建设沸腾的工地和哈密新型工业城市的崛起，欢歌曼舞在各民族大团结的幸福的旋律里，我的心里一直飘荡着甜蜜的瓜香，精神爽朗，流连忘返。

　　来到瓜乡一条街，好客的瓜乡人端上了几盘品种不一的哈密瓜让我们品尝。在一片赞扬声中，我仿佛沉醉在甜蜜的梦乡。当雪白而又晶莹剔透的"一包糖"被放在我们的面前时，有人高呼："不要动，我要拍照！"高呼的人不是我，但我悄悄地打开了照相机，一个特写，按下了快门。吃的是哈密瓜，拍的是哈密瓜，看的是哈密瓜，我的眼前仿佛浮现了路边的一块偌大的广告牌，上面的一句话深深地印在我的脑海里——哈密，中国最甜蜜的地方。

甜蜜的不仅仅是哈密瓜，而且是生活在这片甜美土地上的人们。因为哈密的各族人民在酿造哈密瓜的甜香的时候，也塑造着甜美的哈密精神。在伊吾县的英雄纪念馆里，我的心灵在震撼，我的双眼模糊了。英勇、顽强的解放军战士为了保卫这片美丽的绿洲，血战了40天，击退了匪徒的一次次进攻，最后夺取了胜利。

站在军功马的雕塑前，我凝望了很久。雕塑者的神手，让我看到了军马在解放军战士身陷绝境之时，只身冲出匪徒的重重包围圈，在猛烈的炮火中，高昂头颅、回头嘶鸣，在蓝天下成为一座神像。震耳欲聋的马嘶声迎来了胜利的军号声。

烈士用鲜血塑造了哈密精神，哈密的各族人民用善良和爱心凝固了哈密精神。当列车被风雨和洪水围困在哈密路段时，哈密的各族人民从自己家里拿出了馍馍、馕、鸡蛋、开水等救济食物送到了列车上，慰问列车上被困的旅客。那一幕幕感人肺腑的场景瞬间，成为当代哈密精神的美丽延伸和哈密人的心灵注释。

在哈密的每一天，我都被甜蜜的空气陶醉着，都被哈密人的精神熏陶着，都被哈密日新月异的现代化建设感染着，都被哈密人的热情拥抱着。哈密文化的包容性和多彩性，哈密经济建设的开放拓展性和深度快速性，都凝聚成一个事实：让哈密各族人民高兴，让哈密各族人民快乐，让哈密各族人民幸福。

我想说的是：哈密，是使我心安的故乡，是我魂牵梦绕的故乡，一个美丽、富饶、甜美的故乡。

采风结束后，我恋恋不舍地坐上了回乌鲁木齐的火车。夜晚很静，万家灯火，夜风中飘荡着甜蜜的瓜香。我凝望着夜空中一行闪耀、醒目的大字：中国最甜蜜的地方 —— 哈密，甜蜜的泪水模糊了双眼。

夜宿东大塘

去沙湾县的风景区东大塘是在下午。

下午的天气真好，天很蓝，没有一丝风，蓝蓝的天上没有白云，一点白云都没有。如果有一点白云，天空就会好看。没有白云的天空就像假的天空一样。就因为没有云彩，也就没有了风。没有风的天气很热，路上冒着热气，天空也流淌着热流，仿佛走在火炉上。因为热，困意不断，坐在车里，迷迷糊糊地睁不开眼，路的风景也就成了朦胧而模糊的画面。看不清，也就不看了，沉醉在恍惚里，感觉好像进入了快速的时间隧道。

轿车拐进山路的时候，炎热的空气突然没有那么张狂了，阳光也有了些收敛，山沟的风在山路上流窜，倒也让我身上有了些凉意。山上的凉风让我的脑子渐渐清醒，目光也渐渐清澈了，车外的风景也就逐渐清晰起来。新疆的山大致相同，尤其走在天山山脉上，近处看，四野的山坡上是绿色的草坪，有些像毡片，铺得没有那么整齐，一片连着一片，当然中间还有白色的空地，空地上裸露着灰黄的土和褐色的戈壁石，有大有小，凌乱地摆放在那里。山坡上的绿色草坪上有白色的景物，流动的是羊群，静止的是牧民的毡房。还有树，不多，也就一棵或者两棵，形成不了森林。森林也有，在远处的山脉上，很长，蜿蜒浮动，密密的一片翠绿的松林。

车走在山路上，就像骑在巨蛇的脊背上，在山坡上扭来扭去，不觉间就扭进了山的深处，来到了茂密的山林面前。面前的山很高、很陡峭，望着有些脖子发酸。半山腰飘着烟雾，就像纱巾在飞扬。在风的鼓动下，松

林也憋不住了，张着嘴低吼，阵阵松涛声在山中回荡。

　　进了东大塘的景区，虽然天空也有太阳，还是那么蓝，但是炎热的气温留在了戈壁荒野上，迎面而来的是山里的凉气，浑身的热度瞬间降了下来，好像换了衣服一样，有了别样的感觉。景区的路是上坡，车速于是就慢了下来。路边的景物格外清晰。

　　路修在一条山谷里，两边是很高的山，山上是密得看不透的松林。路的旁边是一条河床，河床很宽，有五六米，水却很少，形不成河流，只能说是小溪，跌跌宕宕从山的深处流淌下来，在河床的石头上跳跃、飞舞，浪花飞溅。河床里的石头大小不一：大的如牛，站立在河床里不可一世，有了傲然的神气，溪水不敢冒犯，只能绕着它走，还悄无声息。小的石头就显得弱势了，南瓜大的石头站在河床里，溪水就有了戏弄它的意思，一次次地往它的身上和脸上扑，不是劈头盖脸，就是水花四溅，好像石头很脏，溪水在不停地给它洗脸和洗澡一样。比南瓜还小的石头更没有地位了，无法站在河床里，只能卧在河床里，被溪水压在身下，动也不敢动。多亏溪水清澈，还能看到它们的面容。假如洪水奔腾而来，他们的面容就会淹没在浑浊的泥水里。没有山洪的暴发，河床里的石头一般是懒得动弹的，在河床里或站或坐，就像雕塑。河床里的溪水就不一样了，活跃得就像爱动的小鹿，从大山的深处跑出来，顺着河床一路跑下来，蹦蹦跳跳地在河床里变换着各种身姿，有了舞蹈的雏形。溪水有时也很懒，犹如顽童，碰到陡峭的河床，不是跳下去，而是坐着滑梯，哧溜一声就下去了。水在陡峭的河床里成了瀑布，很小，但很美妙，在阳光的照射下晶莹剔透，宛如水晶珠在铺展，闪耀着彩色的光点。

　　车停下来的时候，太阳虽然没有落山，但看不到它的笑脸。它俏皮地藏在了西山深处，唯有身影留在了东面的山梁上，一片金黄映照着绿色的松林和灰白色的山壁。山里的夜晚来得很快。还没有看完山的风景，夜幕就降临了，还有一层轻柔的纱幔铺降下来，没有了阳光的温暖，随之而来的是山风的寒冷。躲进木板房里，身上才有了温度。躺在床上，盖着两床被子，没有睡意，听着窗外水的跳跃声、松林的低吼声，仿佛躺在河床的溪水间，或漫步在松林的山坡上。房子里出现了一只松鼠，在跑来跑去。累了，就站在那里望着我们，唧唧几声，好像是在问候。看我们不说话，全看着它，竟有些羞涩，躲进了床下，很久不出来。

　　这一夜，我失眠了。我想了很多，想着明天一定要去东大塘，因为这里只是东大塘的门户，真正的东大塘还有几公里的路程，听说那里风景更美，不去这辈子都会后悔。

红海帆歌

巴楚县有个红海。

红海不是海，它是一片风景；红海也是海，它是当地人们心中的海。

我问当地作家李成林红海名字的来历时，他告诉我，夏天的时候红柳开花，满世界都是红色的，就像海洋一样，于是便有了"红海"的名字。

金秋十月，我踏上巴楚县辽阔的大地，被秀美的自然风光吸引。碧空万里，阳光灿烂，绿油油的植被宛如偌大的地毯铺展在肥沃的土地上，一簇簇红柳绽放着玫瑰色的花束随风摇曳，好像一把把火炬的火焰在跳跃。远处和近处一片片茂密的胡杨林被金色的阳光浸染着，绿色的树叶被染成了红色，在苍茫的大地上舞动着，远远望去犹如一面面红色的旗帜在飘扬，组成了一片红色的海洋。

于是，我看到了巴楚县的红海。于是，我融化在了巴楚县红海独特的自然景观里。于是，巴楚县红海绮丽而娇美的诗情画意让我陶醉、迷恋而忘返。

一曲天籁从天而降："火辣辣的巴楚，火辣辣的情……"火热的旋律在天地间震荡，好像一把火，点燃了人们心中的火焰，燃烧着每一个人的心，让每一个来巴楚的人都热血沸腾、热情万丈。

粗犷而高远的歌声来自一个舞台，那里正在举行2018中国新疆喀什（巴楚）丝路文化胡杨节暨巴楚县首届农民丰收节的庆典活动。被歌声感召的人们从四面八方涌来，像潮水一样会聚到台前。粗狂而火辣的歌声、优美得无与伦比的民族舞蹈激发了观看歌舞的游客空前的疯狂，掌声和欢呼声如雷声震天动地，席卷了金秋的原野 —— 充满了丰收的喜悦的巴楚大地。

当我融化在"火辣辣的巴楚，火辣辣的情"里的时候，我的心灵被震撼了。我看到了每一个人，男的、女的、老的、少的脸上都绽放着丰收的喜悦，跳跃着稳定、和谐、团结、繁荣的光辉。我深深感受到了一种精神上的凝固、一种心灵上的团结、一种情感上的奔放、一种身处幸福之中的张扬、一种民族团结的力量。

火辣辣的情歌在蓝天上飘荡，在316万亩的原始胡杨林中回荡，在巴楚大地上燃烧，激励着人们循着歌声如洪流般奔向红海景区。

每一个到巴楚县的人，都要去红海景区。据有关资料，红海景区自然风光优美，人文景观丰富，历史源远流长，文化底蕴深厚。景区很大，由刀郎民俗文化村、喀什河丝路古道、曲尔盖金色胡杨岛、红海水上乐园、红海湿地五个核心景观组成，有"胡杨之都""丝路之驿"之美誉。它不但是巴楚人民旅游、休闲的品牌景区，更是巴楚人团结、和谐、幸福的生活乐园，也是弘扬胡杨精神、传播丝路文化的爱国、爱疆教育基地，更是巴楚县建造的中华民族大家庭幸福、安康的伊甸园。

红海景区坐落在浓密、葱郁的原始胡杨林中。漫步在原始胡杨林中，凝望着千年胡杨林海。在黄沙滚滚的戈壁大漠中，它们傲然挺立着，抵御着来自塔克拉玛干沙漠狂风沙雨的肆虐，用自己坚强的躯体铸造着绿色的钢铁长城，捍卫着巴楚人用心血耕耘的绿色天地，保护着巴楚人的丰收果实。面对塔克拉玛干的沙尘暴，它们傲然迎风而舞。它们的舞姿别有一番风韵，每一个动作都挥洒着诗意，张扬着力的韵律。大漠的风是天籁的旋律，巴楚胡杨是舞蹈的使者。在辽阔的巴楚大漠舞台上，胡杨的美妙独舞展示着历史的沧桑、现代的时尚；古老的肢体微微而动；粗壮的臂膀挥动着力的弧形；修长的枝条翩翩起舞，舒展着婀娜多姿的彩虹。狂风中，胡

杨跳的是粗犷的刀郎力舞；微风里，胡杨舞动着细腻的南方水乡的温情。我在胡杨林海中领悟着胡杨的雄壮、沧桑、温情、秀美，同时我也在和胡杨进行着心灵的交流。

交流是无声的传接和互动，是彼此心灵的碰撞。

胡杨林中的我，看胡杨看得痴迷。站着三千年不倒，倒了三千年不死，死了三千年不朽，这就是胡杨的刚强灵魂，也是它永存的风采和魅力，任何人都无法和它比拟。巴楚的胡杨既有男人的阳刚和威武，好似战士挺立在大漠荒原上，也有女人的柔美和浪漫，排列在喀什河畔，宛如一群美丽的古丽姑娘在河边戏水游玩，无忧无虑，快乐无穷。

胡杨林海中有大小湖泊多处，犹如一面面绿色的水镜镶嵌在林海中。水镜荡漾，一波波涟漪由远而近扩散而来，那是一只独木舟在徐徐驶来，打破了湖面的宁静。驾驶独木舟的是刀郎渔民，独特的原始服饰、休闲的神态、惬意的微笑赢来了游客们相机的咔咔声。人们在湖畔欣赏刀郎渔民泛舟游弋时，凉棚走廊摆放着的巴楚特产楚留香甜瓜吸引着游客。一牙牙橘色的楚留香甜瓜好似被金色的阳光染透的月牙落在了桌上，一排排散发着甜甜的香气。尝一口，甜蜜的滋味甜透你的心，香遍你的全身。

胡杨深处有路，九曲十八弯，游蛇一般蜿蜒在金色的胡杨林海中。丝路古道，胡杨沧桑。

文化有一种传染力，文化也有一种凝聚力，先进的巴楚文化传承、弘扬着中华民族的优秀文化，把各民族人民紧密地团结在一起，使各民族像石榴籽一样紧紧抱在一起，密不可分，描绘着巴楚大地新文化的精美画卷。

胡杨深处的丝路第一馕坑是中国最大的馕坑，挑战着上海大世界吉尼斯的纪录。高12米的馕坑像一座孤山，又像一只巨大的古钟屹立在那里，需要仰望。丰收的喜悦中，有着新疆"烧烤王"称号的烧烤大师莫明·吾甫尔在丝路第一馕坑一次性将800公斤的肉烤熟。当烤制的肉品被陆陆续续吊出馕坑时，围观群众被面前的壮观画面震撼了、惊呆了，不由自主地发出阵阵欢呼声，这个一次性的馕坑创造了新的上海大世界吉尼斯纪录。烤熟的全驼被成千上万的游客簇拥着运到了餐饮广场，赢来了全场的轰动和雷鸣般的掌声。餐饮广场舞台上的歌声"火辣辣的巴楚"在飘荡，烤全驼肉在飘香，强劲而有力的刀郎舞将巴楚首届农民丰收节推向了高潮。广场上载歌载舞的愉悦氛围感染着每一个游客，让每一个游客都陶醉在巴楚的红海里。

夕阳西下，红彤彤的霞光中渔歌唱晚。红海水库蔚蓝的天空中飞翔着各种水鸟，它们的鸣叫声此起彼伏，构成一组塞外田园渔歌交响曲。当我登上红帆船的登高瞭望塔，映入眼帘的是一片红色的海洋，远处是浩瀚的胡杨林海，被夕阳镀上了红艳艳的秋色；晚风从近处平静的水面拂过，水面碧波荡漾，闪烁着金红色的粼粼波光，好一幅塞外江南水乡风景画！

站在红帆船上，感觉脚下的红帆船在航行，在红色的海洋里乘风破浪。于是，我便有了无限的遐想：肥沃富饶的巴楚县犹如一艘航母，朝着幸福的梦想和目标扬帆万里。

苍茫的夜色里，我看到了被巴楚人自豪地称赞的"巴楚埃菲尔铁塔"，高耸的铁塔上"贯彻十九大精神，实现中国梦"的红色霓虹灯在夜空中闪烁，好似夜航中的灯塔，指引着巴楚各族人民豪迈地走在幸福、安康、繁荣、团结、和谐的大道上。

神圣的鹰舞

在塔什库尔干县城的街道上、广场上，我看到了鹰的图腾、鹰的飞翔、鹰的象征。街道的中心雕塑是一只展翅飞翔的雄鹰；文化中心的广场上有鹰舞的雕塑；就是县宾馆的门楼上，也有展翅欲飞的雄鹰金铜像。

鹰被塔吉克族人视为百禽之首，是忠诚、仁慈、勇敢、坚强和正义的象征。鹰是塔吉克族先民崇拜的图腾，至今塔吉克族人仍自称为"鹰的传人"。鹰文化在帕米尔高原上源远流长、奔腾不息，它已成为一个民族的灵魂所在、力量之源。当人们走近鹰的文化时，无不为之感动。

在塔什库尔干县的每一天，我都被鹰的文化感染着，被鹰的精神感动着。感动的潮水在心里翻过了一浪又一浪，竟达到了"波浪滔天"的程度。我开始迷恋鹰了。我的眼前全是鹰的身影、鹰的神态、鹰的眼睛和鹰的力量。因为鹰是力量的象征，鹰是精神的凝固。我忽然发现，塔吉克族的面相就是鹰的轮廓，那眉毛、那眼睛、那鼻梁，无不展现着鹰的神采和风姿。无论走在哪里，无论在县城还是乡村，我看到的每一个塔吉克族男人的眼睛里都闪动着雄鹰的目光，敏锐而又犀利。我看到的每一个塔吉克族女人的眼睛里都蕴藏着善良和宽容、妩媚和温柔。

因为是鹰的传人，塔吉克族人对鹰几乎如图腾般崇拜，把鹰当作英雄的象征，以至于将鹰人格化。在塔吉克族的传统社会文化中，流传着很多关于鹰的故事、鹰的民歌、鹰的寓言和鹰的谚语。不论男女老少，他们都会跳鹰舞，他们模仿雄鹰的动作，时而振翅直上，时而展翅盘旋，时而收翅降落，时而舞姿翩跹。他们的舞姿轻松而活泼，挥洒自如，动作矫健而优美，所以人们称他们的舞蹈为"鹰舞"。

鹰舞的伴奏很简单，就是手鼓和鹰笛的合奏。在塔吉克族的民间歌舞中，鹰笛与鹰舞是灵与肉的关系，没有鹰笛的锐利与悠扬，就没有鹰舞的灵动和飘逸。所以说鹰舞的时候，就不能不说鹰笛。

笛子是一种古老的乐器，比如江南竹笛、西洋铜笛，唯有塔吉克族人用鹰的翅骨做成笛。以骨为笛，似乎少了几分竹子的灵秀和缠绵，却充满了生命的激昂与壮烈。鹰笛之声犹如山风呼啸，仿佛刚刚掠过山谷。即使是在表达思念或者忧伤，它也绝不会呜咽低回，因为那是鹰的歌声，是最能传达塔吉克族人英勇而热烈的个性的声音。在塔吉克族民间流传着鹰笛的故事，这是一个关于爱情的故事，同时也是一个壮烈的故事。

传说很久以前，巴依家里有一对青年奴仆悄悄相爱了。巴依知道后大怒，因为巴依看上了姑娘，想让姑娘当他的小妾。尽管巴依已经拥有了羊群一样多的女人，但是贪婪的巴依仍不满足，把魔爪伸向了美丽的姑娘，蛮横、霸道地要把他俩分开。为了追求幸福和自由，这对年轻的恋人就趁着黑夜逃了出来。他们没有想到，可恨的巴依骑着马追上了他们，狠心地用毒箭射死了姑娘。当歹毒的巴依准备向小伙子下毒手的时候，姑娘化成了一只鹰，与巴依展开了殊死搏斗，最后用自己的利嘴啄死了巴依。巴依死了，鹰姑娘也受了重伤。年轻小伙子紧紧地抱着自己心爱的姑娘，痛哭万分，鹰姑娘躺在心爱的恋人怀里，留下了幸福的泪水。因为伤很重，鹰姑娘生命垂危，临死前，她请心上人取下自己身上的翅骨做成笛子。她说：每当你吹起鹰笛，就像我陪伴在你的身边一样。

鹰姑娘死了之后，小伙子按照鹰姑娘的遗愿，从她的翅膀上取下了鹰骨，做成了笛子。每天，小伙子就吹着笛子，悠长的笛声饱含着幽怨，泪水就从小伙子的脸上流了下来，泪水浸润着鹰笛，笛声更加呜咽了，声声

的思念在高原旷野中飘得很远很远。

当我听了这个故事，我的心灵被震撼了。这个故事使鹰笛充满了灵性，充满了爱的气息，再听鹰笛时，就能感觉到渗透在骨头里的那种温暖的力量，看到两个年轻人忠贞不渝的爱情。

假如说这是一个爱情悲剧故事，在塔吉克族民间还有另一个关于鹰笛的传说，则是充满了喜剧的色彩。

相传一个名叫瓦发的小伙子和一个名叫古丽米合尔的姑娘从12岁起就被迫做了巴依的奴隶，他们白天一起在野外放牧，晚上一起睡在羊圈里。俩人在患难中相爱了。巴依知道后就把瓦发打发到了一个很远的山谷去放羊，而把古丽米合尔留在家中干活，故意拆散了这对恋人。瓦发在山里只能与山鹰为伴，日夜唱着思念恋人的歌。一天，他在放牧时遇到了恶狼，那山鹰便扑下来与恶狼搏斗，瓦发用箭射死了恶狼，但鹰已身受重伤，临死前，鹰睁开眼睛对瓦发说："你取下我的翅骨做一对笛子吧，它会帮助你的。"瓦发含泪取下鹰翅骨一吹，便发出了悦耳的声音。他在上面开了一个孔，一吹，声音很动听；又开了一个孔，声音更加悠扬；当他开了三个孔后，那声音简直美妙无比。瓦发做成鹰笛后，吹起了以前唱过的歌，那笛声高亢而激越，回荡在群山间，久久不绝。人们听到笛声后都手舞足蹈，忘了所有的烦恼。笛声一直传到遥远的故乡，古丽米合尔每次到河边打水都能听到这笛声。

"多么悲凄的心灵之声啊！"于是她眼前浮现出心上人的容颜。

一天，她坐在河边，看见一群鹰正伴着笛声翱翔，便忍不住站起来伸开双臂，在笛声中和鹰一起舞动起来，年复一年，日复一日，这支舞就成了鹰舞。

后来，巴依举办盛大的宴会，尽管请来乡里所有的乐手来助兴，但宴会还是冷冷清清的。见此情景，巴依急命仆人去找乐师，并答应谁能让场面热闹起来，就满足他的一个愿望。仆人们趁机找来了瓦发，笛声响起，全场的人顿时如痴如醉，古丽米合尔刚好也来到这里，听到笛声情不自禁跳起了舞蹈，那姿态就像翱翔的山鹰。瓦发一见恋人，更加激动地吹奏起了美妙的曲调，笛声与舞蹈仿佛融合在了一起，让人们感到这对恋人不可分离的爱情。在众人的声援下，巴依被迫兑现了诺言，瓦发和古丽米合尔终于走到了一起。从此，鹰笛和鹰舞成了他们爱情的见证，也成了塔吉克族人世代相传的乐舞。

经过千百年的演变，鹰笛和鹰舞渐渐成了塔吉克族鹰文化的核心，不论是喜怒哀乐，还是在各种民间活动中，都离不开鹰笛与鹰舞。

塔吉克人在文学和艺术中常常把雄鹰比作正义、善良、仁慈、人民的力量，把敌人和反面人物比作豺狼、狐狸等动物。塔吉克族诗人曾经写道：只会装扮自己如孔雀者，却无雄鹰翱翔苍穹的本领。塔吉克族文学借助鹰的形象，抒发作者自己爱憎分明的立场。在帕米尔高原塔吉克族人的生活中，都有鹰的踪迹。鹰已经和塔吉克族人融合为一体。

在塔什库尔干县，我们在古力比塔农家乐的宴会上欣赏了鹰舞第三代传人依卡亚提夏的独舞。依卡亚提夏是县文工团的舞蹈演员。他是专业演员，演出时穿着演出服。演出服很华丽，是绘有绿色的鹰的服饰。在宴会厅中间的空地上，随着鹰笛的旋律，他变成了一只绿色的雄鹰，时而旋转翱翔，时而又俯冲下来 …… 他的每一个舞蹈动作都让我看到了雄鹰的身体语言，恍惚中，望见了天空中的雄鹰。一段舞蹈下来，他赢得了不断的掌声。同来采风的同事忍不住跑向前求教鹰舞的跳法。他耐心地做了几个动作示范，看似简单，学动作的人却是满头大汗，还不得要领。于是，我明白了塔吉克族人跳鹰舞不是用动作来完成舞蹈，而是用心去跳。

享受了专业演员的舞蹈，就有了想看民间舞蹈的念头。受邀参加朋友弟弟的婚礼，才真正领略了鹰舞已经深入塔吉克族人的生活，成为必不可少的一部分。在婚礼的欢庆活动中，我近距离亲耳聆听了塔吉克族人用鹰笛伴奏，看到了民间的塔吉克族人跳起的鹰舞，场面热烈，如同烈火燃

烧着每一个人的胸膛。舞动的人们犹如一群雄鹰在天空自由翱翔，极富美感。

在塔什库尔干县，每一个塔吉克人，不论男女老少，都喜欢跳鹰舞，而且跳得粗犷，无拘无束，自由自在，超脱而潇洒，独有高原的特色。在塔什库尔干县采风期间，我们专门拜访了民间艺人买买提·萨布拉江。

买买提·萨布拉江住在曲曼村，我们去他家的时候，他不在家。听他弟弟说，他在乡上，可能有事，不过，他已经给他的哥哥打了电话，说是马上就回来。我们就在他家的院子门前等候，大概有半个小时的时间，买买提·萨布拉江的媳妇回来了，给我们开了门。我们进了他家等候，等候他的还有巡逻的边防公安治安队。他们是在我们站在买买提·萨布拉江家院子门前等候的时候来的。因为是边境地区，突然来了很多陌生人，自然引起了当地牧民的警惕。可能有人报了警，于是我们就遇到了边防公安治安队的巡逻。我们自然被他们询问。还好带我们来的是县里文体广电局的副局长杜建，给他们讲了我们的身份和来的意图。误会解除了，虚惊了一场，双方就成了朋友。后来我听说，在塔什库尔干县，监狱40年没关过一个犯人，这里的治安在全国是出了名的好。塔吉克族人自发地组成了天罗地网，只要有陌生人或神秘的人出现，边防公安派出所5分钟就能知道，迅速出警。买买提·萨布拉江回来了，他是个中年汉子，满脸笑容地进了屋子，见我们来到他的家，特别高兴。因为提前打了电话，他知道我们来是看他的鹰舞表演，就抱歉地让我们等一会儿，他要化一下妆。屋子很小，突然来了几十个人，屋子就有了被挤破的感觉，我们就出了门。

院子很大，地很平，也很干净。我们就在平坦的院子等待着。不一会儿，买买提·萨布拉江出门了，我们吓了一跳。他的演出服很别致，就是羊皮大衣，羊毛在外面，假如他蹲在地上，你会误认为是一只羊。鹰笛响了，手鼓也响了。买买提·萨布拉江在我们围成的舞台上跳了起来。他的舞蹈小品动作诙谐、幽默，独创性很强，很像赵本山的小品。尽管我们听不懂，可是看着他的动作语言，大家都被他逗乐了。表演完了舞蹈小品，买买提·萨布拉江给我们跳起了自己独创的鹰舞。他的伙伴女扮男装和他跳鹰舞，两人配合默契，又各有情趣，精彩的舞蹈赢得了阵阵掌声和欢笑声。

后来我了解到，买买提·萨布拉江是个农民，从小喜欢跳舞和演奏，14岁开始走街串巷演出。他很有才气，喜欢把身边的故事即兴编成舞蹈小品，为当地村民演出，深受乡村的牧民欢迎。买买提·萨布拉江人很热情，跳的舞蹈也是热情奔放。买买提·萨布拉江经常参加县里的文艺演出，也经常被邀请参加各种活动。全县13个乡都留下了他的脚印，有他舞蹈的身影。而且他聪明，悟性好，舞蹈没有固定的套路，经常是即兴跳出新的舞姿，博得大家的掌声。2012年7月，他参加了喀什地区基层业余文化演出大赛，他表演的原生态塔吉克族舞蹈《鹰舞》获得了金奖。在买买提·萨布拉江的家里，我看到了他的手鼓，他的手鼓上是他的照片。他告诉我，他请人把自己的像印在上面。说完，他自豪地笑了，笑得很自信。我看到了他的个性。

他还拿出了儿子的照片让我们看，是他儿子在香港演出的照片，大家争相传阅。他说，2011年，他的儿子"小香港"的《雏鹰》舞蹈参加少儿合唱团到香港演出，还获了奖。

他说，他的儿子叫小香港，去香港演出，是儿子的缘分。

离开买买提·萨布拉江的家，坐在回去的车上，大家感叹不已。我在沉思，看了几次的鹰舞，没有一样的地方，各有千秋，都有自己的独到之处。塔吉克族人的鹰舞的表现形式和内容不同，但鹰舞的精神和魅力是一样的，都在传播鹰的精神。

后来听说70多岁的塔吉克族同胞库尔班·托合塔什是鹰舞的传承人，我们没有见到他，但是听到了他为鹰舞而哭泣的故事。

库尔班·托合塔什15岁时开始跟着父亲学鹰舞。在帕米尔高原上，他成了鹰舞之王，他跳的鹰舞《商人与马》《天鹅与狐狸》等，没有人能与之媲美。可他承认他只有一次跳出了自己。那天，他的家乡塔什库尔干塔吉克自治县瓦恰乡来了10多名自治区和州上的领导，和全乡人一起庆祝塔吉克族人的传统节日——引水节。

在塔什库尔干县，引水节是塔吉克族的农事节日。塔吉克语称引水节为"孜瓦尔"。引水节就是当春季来临之时需要砸开冰块，引水入渠，灌溉耕地，为此而欢庆的节日。这一节日在塔吉克族春月（公历3月22日至4月22日）。

破冰引水之前，全村的人都要做一些准备工作：一要准备各种砸冰的工具；二要先在主要河道的冰面上撒些黑土，以利于冰层表面吸热，加快冰层的溶化；三要烤制三块节日用的大馕，一个留在家里，两个带到引水工地食用。

节日当天，大家骑上马，带上工具和馕，由穆拉甫（负责水的头人）带到引水点。接着便开始了热火朝天破冰引水和整修水渠的劳动。在劳动中，大家怀着庆祝节日的心情和夺取丰收的信心，争先恐后，抢着干重活。当水被引入渠道后，人们欢呼雀跃，庆贺引水成功，并聚集在渠边，开始共食带来的节日大烤馕。大家有说有笑，孩子们则互相撩水嬉闹，洋溢着节日的欢乐气氛。食毕，大家还要坐在一起进行祈祷，祈求丰富的水源，避免灾害，祈求风调雨顺、庄稼丰收。最后，大家还要举行赛马、叼羊等娱乐活动，庆祝节日，庆贺引水成功，全村人沉浸在欢乐之中。

节日过后，第二天人们便开犁播种，集中精力开始一年一度的春耕生产。

这是引水节的活动内容，我是后来知道的。

饮水节开始后，节日的第一天，村里的男人们要带上铁锹等工具，在冰上宰一只羊献祭，然后动手刨开河面的冰。当大家砸开冰块，将清澈的雪水引入水渠，看着清澈的雪水缓缓流入耕地时，全场的人欢呼起来。人群中的库尔班·托合塔什兴奋而激动，带头跳起了鹰舞。他时而盘旋移步，如鹰起落，时而双肩微抖，如鹰空中傲视。他脚顿挫、手高扬、腰扭动，眉毛和嘴唇跟着节奏不停地微微颤动，跳着跳着，眼泪突然"哗"地一下涌了出来。他一边流泪，一边跳。跳完了，他突然来到领导们的面前，抱着一个领导，失声痛哭起来。

"呜呜呜……"他像孩子一样，不能自制。哭声感染了在场的人，很多人也跟着抹泪。

库尔班·托合塔什后来说："我跳了一辈子，从来没有见过这么多大领导，就这一次，才知道了自己和鹰舞的价值。"

是的。除了山里人，外界极少有人知晓他跳的鹰舞有多么出色。多少年了，鹰舞这个来自塔吉克族的一种普通艺术难求最高礼遇的命运此刻被他一语道出。跳鹰舞是他一生的精神追求，他把这种快乐，带给了数不清的塔吉克族人。当然，他也为鹰舞的命运难受过、悲伤过、担忧过，但他从来没哭过。可现在，平生第一次，他哭了，哭得有点莫名其妙，有点毫无理由，但哭得痛快，哭得舒畅。他的泪水从心里喷涌而出，又流进了心里。

听完了库尔班·托合塔什的故事，我感触很深。在塔吉克族人的心里，鹰就是人，人就是鹰，鹰和人融为一体，鹰笛、鹰舞自然就有了文化内涵。

游吟高原石头城

　　帕米尔高原是我心中的圣地，它来源于我对歌曲《花儿为什么这样红》的青睐和痴情。

　　实现去帕米尔高原的愿望是在11月份，应邀参加了新疆野马风流文化有限公司去塔什库尔干县采风的活动，坐上了去喀什的火车。塔什库尔干县是帕米尔高原的一个小县城，当年的电影《冰山上的来客》就是在那里拍摄的，塔什库尔干也是喀什地区的一个边缘高山牧业县。出了喀什，要往塔什库尔干县去，就要一直往前走，要路过很多的村庄，村庄的树很多，路两边的房子也很多。人不是很多，但可以看到，大部分都是维吾尔族女人，在房前屋后忙碌着什么。他们在忙什么，看不清楚，因为车开得很快，一闪而过，留下的是一路的南疆风光。

　　我们离开喀什的路上，天是灰蒙蒙的，属于沙尘天气，没有阳光，没有蓝天，进入山区的道路时，沙尘天气变成了雾气缥缈的天气，能见度不是很高，车速于是慢了下来。山路很险峻，贴着悬崖峭壁，弯弯曲曲的，就像一条扭动的蟒蛇在群山峡谷里游走。山路和大山很亲，就像连体婴儿一样紧密。车走在山路上，就像贴着高山的身体一样缠绵，有时就在悬崖的底下穿过，高大的陡峭山崖就在头的上面，山路上的车子就像孩子在母亲的怀抱里撒娇。走了一段路，天空逐渐变得晴朗起来，飘荡在山路上的大雾就留在了后面，群山峻岭映现在我们的面前。抬起头望山，山峰很高，一座连着一座，很雄伟，似一把把利剑高竖在那里，有些像剑的森林，顶着低下来的天空。和一路上的天空相比，山区的天空很洁净，仿佛刚用清水洗过一样，格外的蓝。云彩不多，偶尔飘过来一两朵，还是路过，没有停留下来的意思。飘在空中的云彩很白，就像稀薄的羊毛，没有浓厚的色彩，看起来很柔软，还有些透明，在蓝天上流动，宛如蓝宝石玻璃上的霜花。当然，蓝天上还有飞过的雄鹰，飞得很高，在群山的峡谷中盘旋，寻找可口的猎物。山路很长，坐在车上很寂寞。无聊的时候，目光就盯在了山路上。路很颠簸，没有乡间公路那样平坦，而是坑坑洼洼，不时地有从山上滚落下来的石头。山石有大有小，小的下山速度快，停不下脚步，到了山路上，没有了滚动的力量，就只好躺在路面和路基上，成了车轮的碾压物。大的山石就不一样了，庞大的身体有些臃肿，从山上下来，到了山下，就累得没有了力气，懒洋洋地卧在路边上，龇牙咧嘴犹如怪兽，狰狞地盯着每一辆车、每一个过往的行人。车在山路上走，路的左边是一条河，河面很宽，大小不一的鹅卵石堆满了河床，河水不是缓慢流淌，而是在河床里横冲直撞。撞到小石头，就飞跃而过；碰到大的乱石，就溅起一片水花，腾起一片水雾，水雾就在河面上漂浮。河水的源头是帕米尔高原，那里有很多的冰山，最雄伟、壮观的慕士塔格峰是帕米尔高原上的冰山之父。

山路很长，坐车要走五六个小时。穿过惊心动魄的险峻山路之后，车子就投入了大山的怀抱。路很平坦，但是海拔在不断上升。坐在车里没感觉，要是透过车窗往外看，就会看到自己在慢慢上升，好像升到了山的顶峰，有了坐飞机的感觉，恍如在空中行走。车子路过慕士塔格峰的时候没有停下，尽管冰山之父的神采让我们震惊并震撼，但是接我们的县文体广电局副局长杜建没有想停车的意思，后来才知道，没有停车是因为这里的海拔很高，超过了5000米，怕我们第一次来的人下车发生意外。慕士塔格峰是登山人的向往，每年都有来登山的人，发生了几次登山队员遇难和失踪的事故。离开了慕士塔格峰，山路的高度在下降，离塔什库尔干县城

愈来愈近了。

车子拐过一道山梁，就望见了塔什库尔干县城。县城的建筑五颜六色，在深山的怀抱里，就像一个穿着漂亮衣服的孩童，和深黛色的山峦、秋后的金色的草原相比，色彩更丰富了，也就格外鲜艳、醒目了。望见了县城，心里也就踏实了，感觉到希望和梦想在一步步靠近，心里的兴奋和激动在逐渐地滋生和膨胀，喜悦慢慢地在全身流淌。

塔什库尔干塔吉克自治县位于帕米尔高原之东、昆仑山之西，这里是一片千峰万壑相隔的洁净世界。塔什库尔干海拔3400米，是塔吉克族的主要居住地，全县人口不到4万，主要以种植青稞麦和放牧为主，产青稞酒和牦牛。西北与塔吉克斯坦国接壤，西南与阿富汗国接壤，南部与巴基斯坦国相连，东南和东部与叶城县、莎车县相连，北面与阿克陶县相连，距乌鲁木齐1765公里。

走在帕米尔高原塔什库尔干县城的街道上，我有一种飞翔的感觉。空气从来没有这样清新，吸进来、吐出去都格外轻松而舒畅。县城周围的山很高，连着湛蓝的天，街道两边的树林里都是杨树，不是很粗，但是很直，犹如亭亭玉立的少女站在那里，树叶没有了，倒有些清净。天空很低，低得可以看到云彩在身边飘动，像一种梦境，无怪乎人们把居住在这个雄奇的"世界屋脊"上的塔吉克族人称作"彩云上的人家"。

因为是高原，塔什库尔干县境内冰山耸峙，峡谷纵横，南有海拔8611米的世界第二高峰乔格里峰，北有海拔7546米的"冰山之父"慕士塔格峰、海拔7649米的公格尔峰，到处是冰山、冰洞、冰川、冰塔。因为山上的冰雪多，在人们眼里就成了冰山；我来了，就成了"冰山上的来客"。据当地旅游局的同志介绍，帕米尔高原上的塔什库尔干每年都有很多国内外游客前来，寻觅古老的石头城旧址，欣赏金色的草原风光，聆听高原神奇的传说，拍摄美丽的塔吉克族人，品尝高原民族的民族佳肴，陶醉于独特的神鹰舞蹈。

每个来塔什库尔干县的人，都要到石头城堡旧址看一下，因为那里有历史的传说，有战争的硝烟，有守边疆、保国土的精神凝固。

我是循着《花儿为什么这样红》的美妙歌声来到了帕米尔高原上。《花儿为什么这样红》是塔什库尔干县的县歌，每天早晨天空中都飘荡着这首歌曲。开始的时候，我以为是哪家商店放的音乐曲，后来才发现是县里的广播喇叭在播放。有人告诉我，这是塔什库尔干县的县歌。早晨走在清静的街道上，听着这首歌，我的心情是愉悦的、舒畅的，不由得想起了电影《冰山上的来客》的美好画面，眼前浮现了古兰丹姆和阿米尔美好、纯真的爱情画面。每天早晨听着爱情歌曲，想着爱情故事，心里就涌出了甜蜜和幸福，这种感受在任何一个地方都没有过。尽管我去过很多地方，有过很多的亲身感受，但是，也只有在这里，我经历了从来没有过的美好和甜蜜的经历，体验了独特的冰雪高原上塔吉克族人的民俗风情带给自己的精神享受。于是，我从心里非常感谢这首歌的作者，是他们唤醒了每一个人对美好生活的向往、对纯真爱情的神往。

喇叭里的美妙歌声深情而婉转。我注意到，县城里的人们都是踏着歌声的旋律走在大街上。我们也是踏着歌声的节奏来到了饭店，开始了早餐。当我们吃过早餐后，歌声没有了，小小的高原县城出现了喧闹，人们开始了新的一天的生活和工作。我突然想到了自己的知青生活，因为是兵团，我插队的连队每天早晨喇叭也是响的，但是播放的不是歌曲，而是起床军号声。军号声虽然很嘹亮，但是很急促，就像冲锋号一样，有种紧催着人们奔向战场的感觉，把我从床上惊醒，然后开始新的一天的生活，感觉苦恼而又单调。那个年代没有愉悦和幸福，人仅仅是为了生活而生活。可是在这里，在帕米尔高原的塔什库尔干县城，虽然每天早晨喇叭同样会响，心里的感受却是天壤之别，心情反差很大。县城喇叭里的歌声，给我们每一个人带来了新的一天的祝福和美好。我第一次体验到了生活的美好、生存的价值和意义。人不能只是活着，而是要生活，生活是要讲究质

量的。在塔什库尔干县的《花儿为什么这样红》的歌声里，让我感受到了清纯、质朴和美好！那里的天空每天就像刚被洗过一样透亮而湛蓝，雄鹰在自由地飞翔，明媚的阳光下，重峦叠嶂蜿蜒伸展，犹如一道天然的屏障，安逸而又舒心的塔吉克族人散步般地走在洁净的大街上。

花儿为什么这样红？在帕米尔高原上的塔什库尔干县，我真正理解了花儿为什么这样红。

《花儿为什么这样红》是帕米尔高原上的塔吉克族人喜爱的歌曲。我有幸听到了一位歌手的演唱，还是塔吉克族女歌手。

那是一个很普通的下午，我们被当地主人邀请到古力比塔农家乐做客。古力比塔农家乐是县城里最好的农家乐庄园，专门接待贵宾。我们采风团是"冰山上的来客"，被列为嘉宾来到了这个农家乐庄园。老板是阿米尔丁，今年30岁，是县文工团的调音师。听到老板的名字，我们一阵惊呼：就叫阿米尔！阿米尔是电影《冰山上的来客》里的边防军战士，是每一个看过这部电影的人的美好记忆。阿米尔丁虽然是个英俊的高原上的塔吉克族年轻人，但是很腼腆，没有回答，只是笑了笑。因为他不是阿米尔，所以他的妻子也不是古兰丹姆。阿米尔丁的妻子叫古丽娜尔，是个美丽的塔吉克族少妇，是县文工团的独唱演员。古丽娜尔翻译成汉语就是"美丽的鲜花闪耀着金色的光芒"。宴会厅的灯光下，古丽娜尔宛如一朵金光灿烂的鲜花在绽放。接待我们的主人给我们介绍说，古丽娜尔主要唱《花儿为什么这样红》，她曾以这首歌曲参加过多次演出和比赛，多次获得各种奖励。

我们想听古丽娜尔的歌声，但是接待的主人告诉我们，古丽娜尔要做饭。在塔吉克民族中，男人是不下厨房做饭的。古丽娜尔虽然是歌唱演员，但她也是女人，来客人了，准备饭菜是她的工作。我们只有等待，等待古丽娜尔做完饭，给我们唱歌，这种等待是美好的。

我没有想到塔吉克族人吃饭的程序是很复杂的，有规定的顺序。

　　我们席地而坐，炕上的地毯上摆满了馕、葡萄干、红枣、巴旦木、葡萄、苹果、水果糖、香梨、橘子、奶茶等，还有油炸食品和糕点，这是他们的习俗，就像汉族人家里来了客人，茶几上摆放着水果和花生、瓜子一样。每人一小碗拉条子，这是第一道菜；然后是每人一盘抓饭；紧接着服务员端上了一道菜，美名是"冰山雪莲"，是以羊肉、白菜、大米、胡萝卜等作馅，用薄皮卷成短卷，是古丽娜尔所创的夫妻菜。主人介绍说，冰山是男人，雪莲是女人。面对着美好的夫妻菜"冰山雪莲"，在场所有人都没动筷子，反而拿出照相机，对着美好的菜肴一阵抢拍。我仔细琢磨，有点像汉族人的春卷。经过塔吉克族人的手，它被赋予了新的内容，别有一番情谊。品尝之后，心里暖洋洋的，夫妻生活的甜蜜滋味充满了全身。帕米尔高原上的塔吉克族人心里有美好的愿望，积极追求幸福的生活，就是饭菜也体现出向往幸福、和谐的文化内涵。

　　红萝卜牦牛手抓肉端上来了，大盘手抓羊肉端上来了。程序已经到了第六道，主人开始给客人敬酒了。酒是好酒，高原青稞酒，自酿的本地产品，甘洌而醇香。敬酒很有讲究，是接待方的主人敬酒，说着祝福的话，回应着感谢的话，酒杯一次次被灌满。气氛因美酒燃烧了，越来越旺。东巴鸡肝端上来了，东巴是羊尾巴油。这是一道当地的特色菜。农家乐的主人阿米尔丁出场了，端着酒杯来敬酒。

　　阿米尔丁的敬酒是宴会的高潮铺垫，之后古丽娜尔来了。古丽娜尔的出现是大家等待的美好时刻。

　　"花儿为什么这样红……"古丽娜尔的歌声深情、悠扬、婉转，就像一团火，点燃了大家的激情，就如一阵春风，吹暖了大家的心，就像一股从高山上流下的清泉，滋润着每一个人的心灵。

　　最美的歌声来自民间，最美的歌声来自心灵。心灵的歌声感染了每一个人，陶醉着每一个人。歌声中，舞蹈蔓延开来。歌舞是塔吉克族人的民风，也是塔吉克族人奔放的精神的体现。宴会厅的空间被舞蹈者挤满了，优美的舞姿，在古丽娜尔的歌声中尽情地绽放。

那是我最开心的一晚。虽然我没有唱歌，但是我听到了最爱听的歌曲；虽然我没有跳舞，但是我看到了最美的舞神。鹰舞传人表演的《鹰舞》把我带到了帕米尔高原的夜空，我感觉到自己变成了一只雄鹰，在繁星璀璨的高原夜空中翱翔，在古老的石头城堡上空飞翔。我看到了一座座山和一道道河，都回荡着《花儿为什么这样红》的美妙歌声。歌声中，群山在舞蹈，河水在跳跃，我醉了，大地也醉了，沉醉在美好的夜晚，沉醉在幸福的圆月星光里。

温泉的石头会唱歌

温泉的水，温泉的山，温泉的石头会唱歌。

踏进温泉县，看到三面环山的温泉县草原，我的心里就涌上来了一首歌，这首歌常常在我的耳边萦绕："有一个美丽的传说，精美的石头会唱歌……"

温泉县有一个美丽的传说，那就是神石"眼睛石"的歌唱。

相传在很久以前，在美丽的科古琴山下的一条小河边，住着一户牧民，他们家养育着一个女儿，叫雪莲花。她天生丽质，漂亮、可爱，从小就能歌善舞，父母视她为掌上明珠。随着岁月的流逝，父母老了，女儿也到了出嫁的年龄，可是非常孝顺的雪莲花知道，自己出嫁后，年老的父母没有人照料，而且他们居住的地方也是狼群出没的地方，家里的羊也需要人放养。为了照料自己的父母，雪莲花抱着永不出嫁的决心，天天早出晚归，进山放牧。后来不久，她家的羊群遭到了野狼的袭击，损失较大。为了保护自己家的羊不再受到狼的侵害，雪莲花决定独自上山消灭野狼。

雪莲花告别了父母，背上了弓箭，骑马进了深山。雪莲花知道，野狼一般都藏在大山深处，必须找到它们的老窝，彻底清除它们，才没有后患。父母也知道，狼群居生活，仅靠女儿一个人的力量是不行的，时刻担心女儿的安危，雪莲花的母亲每天都在到山口张望，等待着女儿早日归来。雪莲花走了7天7夜，蹚过了21条河，翻越了49座山，终于在一座大山的山顶上找到了野狼的老窝。一个人对付一群狼确实不是一件容易的事，雪莲花想出了一个计谋，她开始没有和狼交锋，而是找来许多柴草，堆放在远离狼窝的一棵大树周围。几天后，一切准备就绪，她开始向野狼发起了进攻。野狼在头狼的带领下，向她扑来，她一边还击，一边向大树靠拢，最后把狼引到了伏击圈内。

雪莲花爬上树，用弓箭向狼射击。狼也不示弱，把大树团团围着，人和狼就这样僵持了三天三夜，最后狼决定向她发起进攻。在头狼的呼叫下，所有的狼到了树下，此时雪莲花看见时机成熟，就把弓箭点上火，射向了不远处的柴草，由于柴草事先被她拌入了动物油，顿时火光冲天。狼最怕的就是火，一见火就往外逃窜，谁知道，火势很猛，它们根本就没有出路，一群野狼活活被大火烧死。

雪莲花消灭了狼群，回到家中已经是第二十一天了，当看到母亲时，她惊呆了。原来，为盼女儿回来，母亲已经哭瞎了双眼。为了能够医治好母亲的眼睛，雪莲花四处寻医问药，后来一位医生告诉她，用她的眼睛可以治好母亲的眼睛。非常孝顺的雪莲花当即决定剜去自己的眼睛，让母亲复明。

雪莲花的孝心感动了山神，山神对她说：现在我送你一块石头，藏在深山里，只要你有心、有缘就可以找到它，拿回去让你母亲摸上百遍，就可以治好你母亲的眼睛了。

第二天雪莲花就上了山，寻找了起来。山中石头千百种、上万块，到哪儿能找到山神赐予的石头呢？也许心诚则灵，她历尽千辛万苦，终于在一条清清的山泉边找到了一块长有眼睛的石头。雪莲花用马把石头驮了回来，让母亲抚摸，果然，在摸了100遍后，母亲的眼睛突然明亮了起来。

草原上的人听说这个消息后，纷纷涌到深山里寻找长着眼睛的石头，回来后都供奉起来。抚摸这种石头，不仅眼睛明亮，而且也能保佑全家平安，大家都说这是"神石"。

一天，博尔塔拉的草原王子打猎来到深山，看见美丽、漂亮的雪莲花，一见钟情，又听说了她孝顺父母感动山神的事，决定娶她为妻。

雪莲花与博尔塔拉王子结婚后，把她的父母接到了部落里，过上了幸福生活。同时雪莲花也把眼睛石带进了部落，当神物供奉了起来。有一年，博尔塔拉草原突然发生了一场瘟疫，没有什么药可治，眼睁睁地看着许多人死去，无奈的人们只好向神灵祈祷保佑。雪莲花想，既然眼睛石能够医治母亲的眼睛，也许也能治其他的病。于是她就抱着试试的想法，把眼睛石放在水里，让病人喝浸泡过眼睛石的水。想不到奇迹发生了，病人喝了这种水之后，感觉病情一下子减轻了许多，没有几天就痊愈了。眼睛石能治病的消息迅速在草原上传开了，人们奔走相告，纷纷前来讨水喝，瘟疫很快得到了控制，草原又恢复了往日的生机。

博尔塔拉王子有三处行宫，每年都换三个住处，春天住在鄂博克赛尔，夏天住在阿尔向，秋冬就住在阿尔夏提，每次搬家都在把神物眼睛石带上。为了给牧民治病，王子就把石头放在一处泉眼，整个草原上的人都可以饮用。想不到一把眼睛石放进水里，原本冰凉的泉水一下子就沸腾了起来，如同开锅了一样，人们想着这是"神水"，纷纷饮用它，而且还用它来淋浴，眼睛石浸出的水对治疗风湿病、皮肤病还有特效，眼睛石简直就是能治百病的"神石"。在博尔塔拉王子住过的三个地方均有温泉出现，这就是温泉县境内的天泉（鄂博克赛尔）、圣泉（阿尔向）、仙泉（阿尔夏提）。

朋友，当你读了这个关于"眼睛石"的传说故事，你有何感想呢？

也许是酷爱石头的缘故，听了神石"眼睛石"的美丽传说，我就在温泉县唱着"它能给勇敢者以智慧，也能给勤奋者以收获。只要你懂得它的珍贵呀啊，山高那个路远也能获得……"开始了寻找"眼睛石"的旅行。

温泉人以博大的胸怀、饱满的热情接待了我，开车带着我去了很多有石头的地方。在母亲石前，仰望高大的母亲石、飘扬的哈达，我看到了母

亲的伟大和奉献精神。站在母亲石附近，眺望远处巍峨的父亲石，我领略了父亲的威严和神圣。父亲石就像一个巨人屹立在哪里，俯瞰着温泉草原，犹如一个哨兵，保卫着牧民们的生命和财产。来到古石墓群落，仿佛来到了古人部落，那尘封的历史在考古学家们的挖掘中被一页一页翻阅，一部民族史画卷在这里展现。草原石人站在绿草中，仿佛在向我诉说古人的游牧生活，循着一座显露的古式城堡，迈步在街道上，我的眼前浮现了古人的炊烟在草原上袅袅飘飞，古人的马蹄声在草原上震荡，石板屋里传出母亲的摇篮曲，还有牛羊和牧羊犬的鸣叫声……当然，还有战争，那是争夺草原和领地的部落战争，硝烟已经散去，只剩下战争的痕迹。

　　眼前的一切不是我的凭空臆想，而是一幅幅岩画给我讲述了西汉时期或者更早的时代的牧民的生活和风俗。逐鹿、狩猎、放牧、跳舞等生活的石刻记录，让我有了更清晰的认识。海贝壳的化石告诉我不是现在才有温泉，在很久以前，这里是一片海洋。虽然地壳发生了变化，气候出现了异常，但是还是留下了神泉，留下了为民造福的冰川水和温泉。我没有寻找到"眼睛石"，但是我听到了温泉的石头在唱歌。从那蒙古族长调里，我听到了草原石人的粗犷歌唱，听到了母亲石的充满温情的摇篮曲，听到了父亲的雄壮石哨兵歌，听到了石墓群里古人对历史的低吟，还有一曲曲天空中环绕的青年恋人的相思情歌。

　　在温泉县，你不能不为石头而动心。"眼睛石"是一颗深埋的珍珠。眼睛是心灵的窗口，当眼睛凝固在石头上，那就是心灵的永恒。2006年，新疆兵团农五师83团的陈海林在天山深处科古琴山下的小河边偶然发现了这种石头，感到特别好奇，心想这种石头为什么长有眼睛呢？于是就向当地人询问。年老的人告诉他，这是珍贵的神石"眼睛石"。眼睛石问世了，对草原的牧民来说，是莫大的惊喜，因为这是他们祖祖辈辈寻找的神圣之物，于是，充满了对神石的敬仰。

　　2009年，新疆观赏石协会副会长吴云华通过多次考察研究，把眼睛石命名为"天山青"。吴云华研究发现，眼睛石与国内著名的广西大化石、藏瓷石、来宾石、古陶石很相近，但比广西大化石更润。广西大化石、藏瓷石均以红、黄等暖色调为主，而"天山青"较冷艳，以绿色、黑色、青灰色、乳白色等冷色调为主，颜色搭配错落有致，画面似琼浆玉液流淌，浓墨彩绘，这在其他石种中较为少见。这一石种一经发现，就面临资源枯竭，仍存于离雪山不足10公里的河段中，体型庞大、石体厚度在70公分以上的大型石总数不足百块，而且因为道路难行、地形险峻，采石难度也很大，少而优，实属稀有珍品。

当我对寻找"眼睛石"感到困惑无望的时候，偶然的机遇，让我目睹了"眼睛石"的真容。在温泉县唯一的奇石馆门前，两块很大的"眼睛石"映入了我的眼帘。神石的主人叫于涛。于涛是个好客、爽朗的男人，也是一个酷爱石头的"石疯子"。他的名字很少有人叫起，如果你打听"石疯子"，保准有人把你领到奇石馆。于涛告诉我，他1963年出生在农五师的88团，父亲是团工会干部，母亲是教师。初中毕业后，他在团体训队搞体育；1984年参军，在新疆兵团武警五支队服役。服役期间，他在部队学会了摄影，经常给官兵们照相，得到了官兵们的欢迎。1987年复员后，他离开了父母所在的88团，来到了温泉县开了家照相馆，一直开到现在。

我问他怎么突然爱上了石头。

他说，1990年冬天，温泉县林业局请他拍野生动物照片。在海拔4300米的北鲵栖息地拍照片时，他被一块石头绊倒了。爬起来，发现石块很漂亮，乌黑发亮，一下就喜欢了。这块石头是陨石，长10公分左右，重780克左右。也就是从那时起，他开始对石头感兴趣了，开始了捡石头的生涯。

我问他：你捡石头怎么开照相馆呢？

于涛乐呵呵地说：照相馆交给媳妇经营，我是专心捡石头。

捡石头要进山，没有车不行。于是他花了13000多元买了辆二手北京

213车。为了捡石头，他买了关于玉的书籍，钻研起来。3年里，他捡了上万块石头，堆在院子里。刚开始捡石头，他认为好的就拉了回来，拉了3辆车。结果识货的朋友告诉他，全是没用的石头。没办法，他只有扔掉，算交了学费。后来，看的书多了，捡的石头多了，慢慢地有了经验，就有了好的石头。捡了3年，石头多了，就有了开店的想法。2011年5月8日，在温泉县的主要街道上，他租了门面房，开了温泉县第一家奇石馆。

于涛指着店里的一块奇石让我看，上面有"宝"字图案。他说：有人出价30万元，我不卖。他说，"宝"石是儿子捡的，不舍得卖。

我说：你是把它当作镇馆之宝吧？

他笑了，赞同地点了点头。

我问他：你卖过石头吗？

他说：卖了3块石头，不到3万元。

我说：你店里石头很多，为什么不卖呢？

他说：我把捡石头当作一种乐趣，喜欢收藏。要是价格合适，我也卖。开店费用大，还要生活。

他领我看了他的石头。店里的石头很多，两间房子摆满了，走在狭窄的空道上，犹如闯进了奇石林。木化石、眼睛石、彩玉、图案石、形象石、黄龙玉、玛瑙、水晶交相辉映。

看着色彩斑斓的各种奇石和美玉，我问他：这些都是在哪里捡的？

于涛自豪地说：全是温泉的石头。我在河坝和山沟里捡石头，跑遍了温泉的山和沟。

他指着一块兼有菊花色、墨绿色、白色、淡绿色等多种颜色的彩玉告诉我，这是前年夏天在小温泉捡的。谈起这块石头，他异常兴奋。他说，那天见了这块彩玉，心里特别激动，可又拿不回来，只好恋恋不舍地走了。下午5点到家后，心里怎么也放不下这块石头。"不行，一定要把这块石头拉回来!"于是,他买了吊葫芦、钢丝绳等物件,自己安装了简易起吊机。那天晚上,他翻来覆去没有睡意,脑子里全是彩玉。第二天,他请了六个人,去了小温泉,从水中吊起石头,搬上车,拉了回来。他说,这块石头重500多公斤。

他指着一块彩玉告诉我,当时他看到这块彩玉,激动得浑身都是力量,100多公斤的彩玉,他硬是自己搬上了车。回来之后,这块彩玉他搬不动了,只好请了三个人才从车上搬下来。他说,我也不知道当时自己为什么那么有劲儿,三个人才搬得动的石头,我一个人就把它搬到了车上。

他说,为了捡石头,他先后投资了20万元,买了车,买了机器设备,还在中国奇石网上建立了"涛宝奇石艺苑",展示自己的奇石和彩石。

我指着一盘石磨问他:这也是你捡的?

他说,在小温泉的一条沟里,他发现了被洪水冲出来的这盘石磨,就捡了回来。北京的考古专家来到他的店,一眼就盯上了这盘石磨,说是隋唐时期的文物。

捡石头是件很辛苦的事情。于涛在捡石头的过程中,出现了两次车坏的情况:一次是轮胎爆了,他自己一个人换了轮胎;一次是保险丝烧坏了,他修不了汽车,只好打电话求朋友帮忙,把车拖了回去。为了安全,他开车一般都是每小时30公里的速度。有时他把车停在一两公里外,捡到石头后,背着走到车跟前。为了把好石头拉回来,他租过车、修过路,门前的两块天山青"眼睛石"就是他用租的铲车运回来的,一天花费3000多元。一块木化石,他背着走了3公里路,还是山路。一块彩玉,竟然使他碾破了一个轮胎。但他高兴,因为捡了一块百十公斤重的彩玉。他认为一个轮胎换来了一块彩玉,值了。

于涛把自己的生活乐趣倾注在石头上,得到了妻子、儿女的支持和帮助,于是他生活得很幸福,家庭也很和睦。妻子陆玉华原来在县客运站当售票员,后来辞职,开了夫妻照相馆,看到丈夫于涛迷上了石头,就独自

经营照相馆，经常陪着丈夫捡石头；儿子在工作之余捡了好的石头，就给了于涛；女儿为了支持他，今年考上了云南国土资源大学，学的是宝石鉴定专业。在于涛的奇石馆，我深深感到了石头的精美，听到了石头的歌唱，看到了石头给于涛和他的家人带来了幸福的生活。

温泉的石头是精美的石头，精美的石头自然会得到人们的青睐。在一家饭馆，我看到了店里摆着很多石头，精美的石头成了店里的装饰。老板贾红梅告诉我，店里的石头是她的丈夫朵宝捡的。她家和于涛家是邻居，前后住着。丈夫在畜牧公司开车，经常去山里检查工作，遇到好石头，就捡了回来，家里有100多块呢。

温泉的石头是人们幸福的憧憬，也是文艺家创作的源泉。来到温泉县文化馆副馆长、美术家巴特加甫的创作室，我看到了很多大小不一的精美石头和奇形怪状的根雕，还有他正在创作的石人油画。

在温泉的每一天，我都在聆听着石头的歌唱，歌声让我心神荡漾，歌声让我陶醉并神往。让我们跟着歌声去温泉县旅行吧：

有一个美丽的传说，
精美的石头会唱歌。
它能给懦弱者以坚强，
也能给善良者以欢乐。
只要你把它埋在心中啊，
天长那个地久不会失落……

锡伯渡往事

　　一支庞大的队伍在阿尔泰的荒漠戈壁上走着，尽管是春天，阳光灿烂，但是，春风还是带着阵阵的凉意。戈壁滩上的野草已经复苏，露出了嫩绿的草芽，远远望去，土黄色的地皮上罩着一层绿色。队伍走得很慢，男人骑着马，女人和小孩坐在车上，木制的大轮子碾过戈壁的砾石，发出咯吱咯吱的声音。他们是从东北来的，队伍由锡伯族官兵和家眷3000余人组成。清朝政府为了稳定西北边疆，平定叛乱，抽调了他们，命令他们西迁去新疆的伊犁戍边。他们告别了长白山，告别了兴安岭，告别了生养他们的家乡，日夜兼程，已经走了很长的时间，有几个月了。

　　这一年的春天来得太晚，阿尔泰山上的积雪被春天的阳光融化了，顺着山脉奔泻而下，咆哮着涌进了额尔齐斯河。于是，额尔齐斯河出现了多年没有的洪灾。湍急的洪水卷着泥沙波涛翻滚，冲毁了脆弱的河岸，河面一下就宽阔起来，阻挡了西迁队伍去伊犁戍边的征程。

　　西迁的队伍停在了河畔的戈壁滩上，将士们望着泥沙翻滚的额尔齐斯河，河很长，蜿蜒几百公里，望不到源头和河尾。河上没桥，连一根棍的独木桥也没有，更没有渡河的船。要去伊犁，必须过河。洪水泛滥的额尔齐斯河就像一只凶猛的野兽，无比疯狂而嚣张，人无法靠近，走近了洪水，就有被吞没的危险。没有桥，没有船，大队人马和车辆无法通过湍急的河流。带队的将领站在洪水前，望河兴叹，只好安营扎寨，等待洪水退去，建桥过河。

他们万万没有想到，荒蛮的戈壁荒原和野生的白杨树林中野兽成群，额尔齐斯河里野鱼繁多。他们惊喜万分，以狩猎和捕鱼为生的锡伯族人有了用武之地。男人们每天忙于打猎，渐渐忘了朝廷让他们西迁伊犁戍边的命令，过起了幸福、快乐、安定的日子。

将领们不忘朝廷的命令，寻找材料，设计方案，在河的两边搭建铁索木桥。当木桥搭建好并投入使用时，已经是第二年的夏天了。

尽管这里是美好的家园，大家已经爱上了这片土地，但是有朝廷的西迁命令在身，他们不得不离开这里。西迁的锡伯族军人和家眷走了，恋恋不舍地离开了这片让他们幸福、快乐的伊甸园。他们又踏上了艰难的西迁之路，朝着伊犁的方向前进。他们走后，当地人就把这个渡口称为"锡伯渡"。

去锡伯渡的路不好走，没有柏油路，全是戈壁乱石路和黄土飞扬的小道。路很窄，只有两个轮子的宽度，藏在芨芨草和红柳丛中。道路九曲十八弯，还坑坑洼洼，我们坐的车走在路上，就像摇篮，摇晃得人睁不开眼，迷迷糊糊想睡觉，有点骑在慢走的骆驼身上的感觉。路两边的风景全是自然而原生态的，杂草浓密，没有人为破坏的痕迹；戈壁滩上的秋风吹来，也带着荒原大漠的土腥味。草很茂盛，野草丛里有牛和羊群，静静地啃着野草，我们的车来了，也没有惊到它们，好像没有看见、听见一样，安心地吃自己的草。

走了将近一个小时，也不知道走了多少公里，车子爬上了一个土坡。越过土坡，额尔齐斯河的哗哗声就传了过来，空气中弥漫着水的湿味儿。绕过又一个土坡，我们就来到了额尔齐斯河前。

额尔齐斯河的河面很宽，估计有几十米，因为是秋天，河水没有涨满，但河面也有几米宽的。河上没有桥，也没有铁索道。向导说，这就是锡伯渡。我寻找渡口的模样，没有我想象中的古老渡口，只有河两岸残留的铁柱和水泥桩子戳在戈壁乱石滩上，隔河相望。它们日夜在望着对方，目光中全是思念和回忆，回忆过去的繁忙，日思夜想何时能再与对方牵手。被冷落的苦闷在河道上荡漾、回旋，我感到了一种无法言说的凄凉和孤寂。

站在锡伯渡遗址，望着河水奔流，望着河滩上大小不一的乱石，望着河两岸的野草、红柳、次生白杨，我只有遐想了。

河的北岸一定是一片美丽的家园，因为那里住着从东北长途跋涉而来的锡伯族将士们，还有他们的妻儿老小。虽然这里是暂时的安营扎寨之地，但是他们是乐观的，在哪里宿营，哪里就是他们的家。他们在白杨树林里搭起了草棚和营帐。孩子们在林中的草地上追逐、玩耍，女人们在林间的草地上捡拾野生蘑菇和干枯的树枝，准备全家人的晚饭。林间的鸟儿飞来飞去，鸣叫不停。当然也有女人去河边洗衣服，洗完了衣服就端回来，在两树之间扯上牛毛绳，把洗好的衣服搭在绳子上。阳光透过树林照射下来，照到了衣服上，照得衣服上的水滴答滴答落在了草地上。还有胆大的女人在洗衣服的时候发现了河里的野鱼，就用铜盆一舀，想不到就舀上了野鱼。野鱼挺长的，有筷子那么长，肥得滚圆。舀上野鱼的女人往往就喊叫。旁边的女人听到喊叫就跑了过来，围上来看，不由得惊喜万分，也学着喊叫的女人的样子，趁着野鱼不留神的时候，用盆子猛地在水中一舀，野鱼就在盆子里乱跳，跳得女人们咯咯地欢笑。

傍晚的时候，晚霞染红了西边的天空，林中响起了阵阵马蹄声，打猎的男人们回来了。回来的男人们满脸收获的喜悦，身后的马背上驮着猎物，大的是野鹿、野猪、黄羊，小的是山鸡和野兔。男人们刚踏进树林，就闻到了香味儿，是飘在树林中的鱼香味儿。男人们奔波一天的劳累顿时没有了，随着香味来到了自己的家门前。

夜晚的树林是喧闹的。月亮很白，浑圆得就像白玉盘挂在夜空中，映照着林中的烟火。篝火燃烧着，把淡蓝的烟雾推上了夜空，飘在树与树之间。篝火旁是欢乐的男人和女人们，当然还有他们的孩子们。男人们聚在一起喝酒，女人们坐在一起唱歌。酒是故乡的酒，走到哪里就带到哪里。没酒，男人就没有了血性，没有了脊梁和骨气。歌是故乡的民谣，女人们唱得舒畅，也唱得婉转而悠长，多了思念家乡的韵味。孩子们是无忧无虑的，围着篝火追逐，在跳动着火光的树林中奔跑。他们不像男人们那样喝酒喝得狂野而豪壮，也不像女人们那样唱歌唱得动情而惆怅。他们认为这里就是天堂，只要好玩的地方，就是他们的家乡。

因为是西迁，没有战争的西迁，日子就是安定的。安定的日子虽然是暂时的，可也是快乐的、幸福的、祥和的。

篝火熄灭了，树林也安静了。醉酒的男人们躺在草地上，闭着眼睛，嘴却闲不住，叽里咕噜不知在念叨什么。女人们根本不管自己的男人，没有战争就没有恐惧，任自己的男人躺在草地上，只看一眼，就抱着玩累的孩子回到了自己的住处。当然也有没有醉酒的男人，半醉半醒地跑到自己的女人面前，狂野地一把拉住女人，只一甩，就把女人扛在了肩上，跌跌撞撞地回到了自己的住处。肩上的女人开始还挣扎了几下，很快就趴在男人的肩上满意地走了。

树林是鸟儿叫醒的，一家家的炊烟袅袅升腾起来，不一会儿，林子里就弥漫了乳白色的烟雾。初升的阳光洒进树林，就像一把把利剑划开了茂密的树叶。草地上的男人们醒了，坐在草地上，望着树林，望着树林里的道道阳光，嘴里嘟囔着：新的一天又来了。

我想，这可能就是当年被额尔齐斯河洪水拦截下来的西迁锡伯族大军的树林生活，因为是路途休整，他们的生活肯定是炊烟袅袅，而不是硝烟弥漫。

当然，锡伯渡并不是每天都炊烟缭绕的安宁的地方，这里也曾经弥漫过战斗的硝烟，出现过激烈的渡口争夺鏖战。

离开了锡伯渡口，我们来到了兵团团场的办公室旧址。兵团团场的办公室就在锡伯渡的附近。来了，就多了追忆。

　　一排土木结构的苏式平房建筑物站立在戈壁滩上，因为没人居住，长年的风吹雨淋使房屋倒塌，只剩下残垣断壁。办公室的附近却有一处保存完好的小院落。小院由土墙围城。我站在门口，看到院子里长满了一人深的野草，房屋虽然完整，但似乎也是很久没人住了，没有炊烟和人气，显得苍凉、空旷而寂静。

　　离开了锡伯渡，离开了团场旧址，坐在车上我就在想：这里是一片未开发的处女地，这里拥有历史西迁文化和屯垦戍边文化的交融，有美丽的投资前景和旅游资源。在不久的将来，假如你来到这里，你会看到另一番景象。那时候，你会说，来了，你不后悔。

仰望得仁山

　　每次到新疆兵团第十师所在地北屯市，我都情不自禁地来到得仁山下，站在那里，久久地凝视仰望着得仁山。望着望着，我的眼睛里就噙满了泪水，耳畔回荡着著名诗人艾青的名句："为什么我的眼里常含泪水？因为我对这土地爱得深沉……"

　　得仁山是座名山，是北屯的名山，更是当地人民心中的圣山。

　　文联主席张军旗曾这样向我介绍说：额尔齐斯河是北屯人民的母亲河，得仁山就是北屯人民的父亲山。

　　由此可见，得仁山在北屯各族人民心中是何等的伟大！

　　得仁山其实并不是很高，查询有关资料：得仁山东西长度约为3.7公里；顶部异常平坦，约为3.6万亩；海拔高为569.6米，相对高度为50—60米。假如不是来过两个名人，使这里发生了惊天动地的大事，它也就是一座很普通的山了。因为山顶平坦得如铺展的地毯，所以最初的名字是"平顶山"。

　　山不在高，有仙则灵。站在这座山上，俯瞰北方的远处，有一条蜿蜒游动的水龙，也就是著名的额尔齐斯河。这条巨大的水龙伏在茂密的野生自然的林海里，守护着富饶的土地和草原。而这片肥沃的土地和茂盛的草原宛如一片偌大的五彩缤纷的地毯神奇地铺展在那里，于是这片神奇的土地就有了独特的名字——多勒布尔津，蒙古语意思是"像毡子一样平坦的地方"。

后来，这里发生了震撼世界、改变欧洲格局的大事，这件大事从此被记入了史册，因为这里来了一个著名的历史人物成吉思汗。

自古以来，多勒布尔津这片沃土既是兵家必争之地，又是丝绸之路的重要驿站。它是连接亚欧大陆这个世界最大的大陆板块的重要通道，还是中西文明的交汇点。在历史的长河中，它历经了沧桑与战乱，见证着中华民族的屈辱与繁盛。

站在得仁山顶上，我的眼前浮现了万座蒙古包被密集地支立在山下辽阔的草原上，恢宏、壮观的蒙古包群落掩盖了草原，掩盖了土地。百万雄兵悍将握着弯刀望着金顶大帐，时刻等待着金顶大帐里的成吉思汗一声号令，他们将远去西征，征服世界。

这究竟是第几次西征，谁也记不清了，唯有成吉思汗心里明白。一次次西征，让成吉思汗变得雄霸无敌，但也让成吉思汗的爱相耶律楚材心里更加担忧、痛苦。如何阻止成吉思汗疯狂杀戮无辜百姓，改变成吉思汗暴戾的性格？耶律楚材在一次次劝说无用的情况下，决定邀请名道士丘处机前来劝谏。

公元1204年秋天，远在山东的丘处机奉诏觐见成吉思汗。电影《止杀令》讲的就是这个故事。应诏觐见的长春真人丘处机从山东不远万里到达成吉思汗的金顶大帐，在耶律楚材的陪同下拜见了成吉思汗。那一夜，金顶大帐灯火通明，丘处机和耶律楚材反复诠释"得仁者，赢天下"的道理，和成吉思汗促膝长谈。

当冉冉升起的朝阳喷薄而出，刺破万层云，染红整个山顶的时候，成吉思汗心中的残暴阴霾散去，心里豁然亮堂起来。在真理面前，巨人也成了侏儒。在"得仁者，赢天下"的感召下，成吉思汗站了起来，伸展了昨日还浑噩的躯体，让"得仁者，赢天下"的真理如新鲜的血液在强壮的身体里流淌。他口中喃喃念道：得仁，得仁……

望着醒悟的成吉思汗来回走动，丘处机和耶律楚材相视而笑。他们一

晚上的苦口婆心没有白费，如新的阳光在成吉思汗的脸上、身上、脚步上闪烁起来。

拨开历史的尘埃，我看到了昨日的平顶山、今日的得仁山成了一代天骄成吉思汗西征的点将台。他满面红光、精神矍铄，挥动着金马鞭，指向西去的远方，大声呼喊着：得仁者，赢天下！山下的将士们跟着呼喊：得仁者，赢天下！

雷鸣般的呼喊声震天动地，似波涛汹涌的大海淹没了土地和草原。这呼喊声似强劲的春风，吹拂着广袤的大地和映满朝霞的蓝天，让初升的太阳更加明媚、更加灿烂、更加温暖。

成吉思汗走了，带着百万雄师踏上了西征的雄关漫道，去实现自己雄霸世界的梦想；成吉思汗走了，他留下了自己挥鞭催马的大将雄姿，成为后人瞻仰的永久的雕塑；成吉思汗走了，他让平顶山成为得仁山，谱写了战争的传奇故事，在后来的年代里美名传扬。

于是，得仁山成了"得仁者，赢天下"的"得仁文化"发祥地。"得仁"成为这片神奇大地的灵魂。

"得仁者，赢天下"，简单的六个汉字蕴含了中华民族自古以来中庸、和谐的文化精髓。在历史的变迁中，得仁文化、得仁思想被传播并发扬。走在得仁山下的北屯市的得仁路上，你会看到得仁商厦、得仁酒店、得仁花园、得仁小区等，无不感受着得仁文化的熏陶。沉醉在得仁文化的氛围里。

得仁山不但记录了得仁文化的历史渊源，还彰显了从战争走向和平的历史巨变。

历史翻过了几百年后，当张仲翰将军登上得仁山的时候，几百年的战争硝烟荡然无存，天空一片湛蓝，空气格外清新，阳光特别温暖。战争——历史的残酷一页被翻过去了。和平开发建设边疆的新篇章正在得仁山下被抒写。

1958年8月，新疆生产建设兵团主持工作的副政委、镇边将军张仲瀚为即将恢复重建的十师师部选址。他驱车几百公里来到了这里，缓步登上了得仁山。面前奔腾的额尔齐斯河，肥沃而富饶的多勒布尔津原野让这位将军看到了开发建设的希望，看到了一座现代化边陲新城崛起的曙光，看到了幸福、美丽的后花园在频频招手。张仲瀚将军笑了，笑得很满意、很舒畅，几日踏勘的劳累顿时消失得无影无踪。他指着山下的土地说：这里有额尔齐斯河的水，有丰茂的草原和土地，是建设美好家园的宝地。他取"兵团以屯见长，垦字取胜，十师是中国最北面的屯垦部队"之义，将此地命名为"北屯"。从此，"北屯"这个响亮的名字替代了多勒布尔津，在天地、山水间震荡。

历史是这样记录的：1959年5月，十师抽调基建人员从巴里巴盖前往北屯，拉开了北屯建设的序幕。

1959年11月1日，农十师师部正式迁址北屯。

1966年，北屯被标入中华人民共和国新版地图。

2011年12月20日，经国务院批准成立北屯市，2011年12月28日正式挂牌，是新疆维吾尔自治区和新疆生产建设兵团双重直辖县级市，实行"师市合一"的管理模式。

北屯人民为了纪念张仲瀚将军，在得仁山上建造了张仲瀚将军雕像。这座雕像高5.88米，意为张仲瀚将军1958年8月踏勘阿尔泰，为农十师师部选点定名。北屯人民为了纪念张仲瀚将军，特修建一条路，命名为"仲瀚路"，以表达北屯人民对张仲瀚将军的缅怀和尊敬。

每一个来北屯的人都喜欢登上得仁山。走在"工"字形水泥板块铺就的林荫道上，听着林中小鸟的歌唱，来到了得仁山上的成吉思汗雕像前，仰视一代天骄成吉思汗跃马挥鞭、叱咤风云的雄姿……很多游客在这里拍照，留下和成吉思汗雕像的合影。在静谧的夜色里，有一个声音在流淌，"得仁者，赢天下"和风细雨的暖流融化着寒冷的心灵，使得仁文化

的光波在夜色里伸展、传播。

　　成荫的绿树深处，我看到了镇边将军张仲翰笑容可掬地搂着两个儿童站在那里，目光中传送着和平年代开发建设美好家园的希望。张仲翰将军的目光是自信的、坚毅的、自豪的。他身边的汉族小姑娘和哈萨克族小姑娘紧紧地依偎着将军爷爷，脸上流露着喜悦和幸福。仰望着高大的雕像，我仿佛听到了天籁般的对话 —— 张仲翰将军亲切地问身边的孩子：这里好吗？两个小姑娘异口同声地说：将军爷爷，我喜欢这里，这里就像天堂一样美丽，是世界上最美的地方。因为她们看到了，得仁山下的这片美丽的土地上发生着日新月异的巨变，北屯的各族人民在师党委的领导下团结拼搏，共同开发建设美好家园。在额尔齐斯河畔，在绿树茫茫的天然屏障前，鳞次栉比、错落有致的楼群从东向西，汇聚成了一道壮观的边疆城市洪流，奔腾着、高唱着屯垦戍边的华美乐章。美丽的北屯边关新城在昔日的荒草野滩上崛起、矗立，如一座永不移动的界碑光耀日月。

　　和平是每一个人的梦想。

　　当我仰望两座雕像时，我想到了俄罗斯作家列夫·托尔斯泰的巨著《战争与和平》。不是每一个人都喜欢战争，而战争是为了和平。铸剑为犁就是新疆兵团的军垦战士伟大的英雄创举。

　　清晨的阳光下，当我漫步来到得仁山边，踏路而上，沐浴着凉爽的晨风，沉醉于树木和花草的芳香之中，来到了山顶。阳光普照下的额尔齐斯河河谷的绿荫及美丽的军垦新城一览无余。山上两座小亭，一东一西，东边的小亭叫"将军阁"，是为纪念北屯最早的选址者和命名者 —— 新疆兵团原副政委张仲翰将军而命名的。我于是便在将军阁小憩了一下，感受一下北屯建设者的风采，聆听一曲《北屯之歌》。站在亭阁下，看着北屯几十年来发展、建设的辉煌画卷，就会感受到军垦人的丰功伟绩，被大地上屯垦戍边开发建设的巨幅浮雕震撼、激荡。西边的小亭为点将亭，是纪念成吉思汗在此点将百万大军西征而建的。在点将亭的附近，有一块偌大的额河玉巨石，这是十师文联摄影家协会特意设置的。我想，在这里设置一块玉石之壁，也许就是激励酷爱摄影创作的艺术家们借用成吉思汗的豪迈志气，把摄影艺术创作推向顶峰，让各自的作品走向世界吧。也许就是让每一个来这里的爱好摄影的旅游者通过手中的照相机拍下大美北屯的永恒瞬间吧。北屯人民的心愿我明白：让得仁文化走向世界，让北屯的美好传播到全世界。

我看到湛蓝的天空下，几个赫然的大字"额河明珠，军垦新城"在熠熠闪光。

张仲瀚将军雕塑的背面雕刻着：登临得仁山追寻一代天骄足迹，眺望额河水感受屯垦后人辉煌。

在得仁山上，你可以沉思，你可以遐想。得仁山是一座让每一个来的人回忆、思索、畅想的名山。

得仁山是一位老人，目睹十师的北屯屯垦人和他们的后人在戈壁野滩上建造了11个的边境美丽花园团场，每一个现代化城镇团场都是人民安居乐业的幸福家园。

得仁山也是一位记录者，它不但创造着历史的雄浑画卷，也抒写着当代的美丽诗篇。

2001年，十师党委正式启动"绿化得仁山工程"。在绿化得仁山的过程中，十师全民动员，各团场积极参战，先后出动十几万人次参加大会战，在泥岩上凿坑填土，修建扬水站和喷灌管网；在不毛之地的山坡上种植了69个品种49万株树木，给1.6万亩荒山披上了美丽的绿装，使之成为北屯的著名风景区。景区的主题很明确：以成吉思汗西征为历史背景，采取微缩景观模式融合包括中国屯垦文化在内的多种民族文化，打造古代军营风格的体验式人文景区，与西征门遥相呼应并自成一体。游客通过得仁山景区的景观再现，亲身体验一代天骄率领西征大军旌旗猎猎、号角声声的壮观场景和十师人民屯垦戍边的辉煌画卷，感受得仁文化的思想内涵和

它的发扬光大。

夕阳下，散步在山顶的植物园里，沿曲径，从西到东，你会被四面八方的各种花香迷醉，你会听到美妙的歌声在飞扬，你会看到优美的舞蹈在上演，你会遇到相伴而行的老军垦夫妻相濡以沫的身影，你会听到相拥而行的青年恋人的甜言蜜语……这里是一个美丽、神奇的地方，也是各地游客休闲、娱乐的天堂。

我是夏天来的，很想看到得仁山冬天的美景。我知道，这是不可能的事。没想到，不可能的事情也会发生，因为我们处在一个创造奇迹的时代。那晚我特意来到得仁山下，惊喜地看到了得仁山的冬景。我惊呆了！奇迹，就是把不可能的事变成了现实。我看到了奇迹，得仁山的奇迹。眼前的画面让我不敢相信自己的眼睛，面前的一切让我恍惚在梦中。得仁山的冬景不是自然的冬景，而是人文的景观。漆黑的夜幕下，山坡上星罗棋布的灯光闪烁，营造出了得仁山银色的世界。望着灯光下银装素裹、分外妖娆的得仁山，我的心醉了：多么美的童话世界！

得仁山是一座历史的山，它记载着古今的历史变迁；得仁山是一座文化的山，它传播着得仁文化；得仁山又是一座凝固了北屯人民屯垦戍边、敢教日月换新天的精神之山。

仰望得仁山，你会经受着灵魂的洗礼；仰望得仁山，你会敞开宽广的胸怀，用博大的仁爱之心拥抱未来。因为，明天更美好。

小县有群大作家

谁也不会想到，在吉木乃这个不足4万人的小县，却拥有一群驰名中外的哈萨克族大作家、大诗人。翻阅吉木乃的文化历史画卷，你不得不承认吉木乃是文化之乡，是人杰地灵的宝地。

小说作家海若拉·巴彦拜1936年出生在吉木乃县一个牧人家庭。初中毕业后，他去了阿勒泰地区党校学习。1952年回来在吉木乃县人民政府工作，后来到县党委当秘书。1957年，他被调到了《新疆日报》社，从事编辑工作40余年。

海若拉·巴彦拜离开了家乡吉木乃，但是，家乡的一草一木、家乡的风土人情、家乡的哈萨克族父老乡亲时时刻刻在他的脑海里闪现，激发了他的创作灵感。1958年，他的处女作小说第一次登在了《曙光》杂志上。到1991年，他发表了40多篇报告文学、30多篇短篇小说、7部中篇小说。1982年，他出版了短篇小说集《辽阔的土地》；1990年，他出版了短篇小说集《路》；2002年，他出版了长篇小说《情不自禁》。

海若拉·巴彦拜的小说思想深刻、内容丰富。《一路顺风》《幸福的打（捕）鱼者》《阿尔达克》《道路》《时代色彩》等都是优秀作品。其中《幸福的打（捕）鱼者》描写了额尔齐斯河边牧民们团结友爱的生活场景，表现了在新社会里，劳动人民以自己诚实的劳动获取报酬，并为社会主义现代化建设和发展做出了贡献的主题，歌颂了人民丰富的智慧、果敢的魄力，以及民族团结友爱的良好局面。

谈到小说作家，吉木乃人忘不了他们的诗人别尔德别克·库尔吉海。1940年，别尔德别克·库尔吉海出身于一个文化家庭，中学毕业后，他于1955年考入了新疆矿校电子机械学系。毕业后，他从事教育工作，曾任阿勒泰地区文联副主席、中国作家协会会员。

1959年，诗人别尔德别克·库尔吉海的第一首诗《地质学家》发表后，他诗情奔涌，借着激情创作并发表了700余首诗歌，产生具有较大影响的《老寨》《老师的话》《夏天的云》《黑眼睛》等抒情诗和叙事诗。1984年出版了诗集《峭壁上的鸟巢》，1992年出版了诗集《嫡亲》，1997年出版了诗集《红印章》，于2000年出版了诗集《亲爱的，你是我的唯一》，等等。他的诗《赛马》《毛主席》等作品分别被新疆作家协会评为二、三等奖，史诗《黑眼睛》获得新疆作家协会"十年新时期文学优秀作品"奖，《嫡亲》荣获新疆维吾尔自治区成立40周年"优秀书籍"奖。

生活给了他创作的源泉，他在《我们的定居点》中写道：

是不是天上的星星被洒到地面，
我们这里的白天与黑夜没有区别？
每一个毡房门口的那根大柱子，
都发出白色和金色的光芒。

他在《母亲》的诗中写道：

粗鲁的男人就像笨马，
温柔的女人可以赛过。
白熊闯入没有女人的毡房觅食，
就会自认倒霉碰壁而死。
野外充斥的是寒冷，

没有女人的房子（充斥的）是寒霜。

（没有女人的）屋中家什摆放凌乱，

入屋者误认为进入了战场。

传说中野外的七恶魔，

战胜者是哈萨克女人。

外婆口中所述的寓言，

是我们人生的指路灯塔。

超过核爆的巨大威力，

是夫妻心心相印的引力。

妇人、姑娘和媳妇，

没有女人的生活可以想象。

再有力气的男人，

（没有女人）也会像落伍的候鸟一样。

母亲的形象在诗人的笔下更加生动、形象，读后令人感觉到人物仿佛就在眼前，形象而逼真，活灵活现。

诗人哈不力·依布拉义1942年身于在吉木乃县一个普通的牧民家庭。1960年毕业于伊犁师范学院，此后在《阿勒泰报》《阿勒泰春光》杂志社任编辑，在阿勒泰地区歌舞团及政府部门任职。他是中国作家协会会员、伊犁州作家协会副主席，阿勒泰地区文联副主席、作家协会主席。

哈布力·依布拉义于1960年发表了处女作。以后的日子里，他先后发表短诗700多首、长诗20多首。1983年出版了诗歌集《可爱的家乡》，1985年出版了诗集《甜蜜的事业》，1986年出版了诗集《青年时代》，1992年出版了诗集《原野之声》，等等。他的《画》《问君》《在首都》《老人和猎鹰》《母亲的教诲》等诗歌作品广受读者欢迎。《母亲的教诲》曾于1981年获自治区少数民族优秀创作二等奖。

　　《阔布孜奇》是他早年创作的优秀诗作。诗歌描写了一位神奇的阔布孜乐师，他"没有避风的地方"，"住在山洞几十年"，唯一的财产就是马尾巴做琴弦的阔布孜。当他演奏起阔布孜时，就会出现这样神奇的景象：

　　狍子不愿远征，

　　熊停止了脚步，

　　狼执着地倾听，

　　小鹿不再蹦跳，

　　胆小的兔子转动耳朵，

　　和着音乐的节奏，

　　沉睡的少女醒了过来，

　　大片树林扭过头来。

　　曲子的灵气使天空中的云彩

　　有节奏地流动。

　　曲子征服了地上走的、天上飞的，

　　老人随意把其中的一个当作骑乘，

　　今天畅游在阿克哈巴，

　　明天游荡在额尔齐斯河上游。

　　长诗以优美的语言讲述了古老的传说，赞美了阔布孜奇等民族艺人的高超技艺，也表明了阔布孜音乐在哈萨克人文化生活中的地位。

　　我看到了吉木乃的土地滋养的这些作家、诗人，他们为家乡争了光，创造了哈萨克族文学的财富，赢得了荣誉。虽然他们因上学、工作等各种原因离开了吉木乃，但是家乡的土地、家乡的山水、家乡的草原、家乡的毡房、家乡的奶茶、家乡的羊肉和馕给了他们无限的智慧，家乡的父老乡亲给了他们人性的美好和善良，给了他们创作优秀作品的灵感和源泉，让他们心系家乡，为家乡吉木乃的富饶、兴旺而歌唱。

在吉木乃的土地上，我在沉思，我在希望，希望看到新一代的作家和诗人，他们没有离开家乡，仍在废寝忘食、奋笔疾书歌颂自己的家乡，歌颂哈萨克人的幸福生活。

来到了吉木乃镇，我有幸见到了哈萨克族女诗人乌木泰·萨提江。

我们本来是来采访一位女阿肯的，因为事先没有联系好，女阿肯出去了。据翻译说，她去了一个什么村，我也没有记住名字，说是很远的地方，好像家里有什么事情。她没有手机，无法联系到她，我心里带着遗憾坐上了车。在车上，我就和当地的司机聊了起来。司机告诉我，你们要找文化人，我听说这里有个文化人，喜欢写东西。我说好哇，看看去。司机小王很热心，把车掉了头，问了几个人，我们就冒昧地闯进了乌木泰·萨提江的家。

没想到我们这群不速之客进了小院子，碰到一位少妇从棚子里出来，好像在做饭。她看到我们一群人突然来了，愣了一下。翻译告诉她，我们是来看望乌木泰·萨提江的。少妇紧张的脸一下就松弛下来，脸上绽放了花朵般的笑容，表现出哈萨克人热情、好客的礼节，请我们进屋。原来，少妇是乌木泰·萨提江的女儿。

乌木泰·萨提江是一位可敬、可亲的老人。她面目慈祥，带着微笑，挪动着胖胖的身体，把我们迎进了她的房间。

因为没有预约，乌木泰·萨提江脸上虽然荡漾着笑容，但我看得出来，那是礼貌的笑容。当翻译把我们的来意告诉她以后，我看到她脸上的笑容变得亲切而自然了。她搬出了一个箱子，摆在了我们的面前。我茫然了，不知道怎么回事。

乌木泰·萨提江的女儿看到母亲不方便，就上来帮忙。于是，我看到了她们母女俩从箱子里拿出了我想看的东西。

这东西很珍贵 ——《曙光》哈萨克文版杂志、哈萨克文版诗集、哈萨克文荣誉证书，还有新疆作家协会会员证……

面对面前这一切珍贵物品，我失控了：这就是我要找的，这也就是我寻觅的。我的眼睛突然明亮起来，心里激动起来。大概文人之间惺惺相惜吧。我也把自己的作家协会会员证拿了出来，递给了乌木泰·萨提江老人。不要语言，什么也不用说。她拿到我的作家会员证，仔细看了，然后给女儿看，说了几句哈萨克话。我听不懂，但我看到了她的激动和兴奋。她的女儿不等翻译说话，就抢先用生硬的汉语说：我妈妈说，你也是作家，她很高兴认识你。

有位伟人说，到世界上的任何一个国家，尽管语言不通，但是，只要你唱《国际歌》，那么，你就能找到亲人和朋友。

是呀！我和乌木泰·萨提江不认识，语言也不通，但是我们共同拥有新疆作家协会的会员证，我们同在一个组织，这就是连接我们的桥梁。作家协会的会员证缩短了我们的距离，让我们感到亲切、自然，不由得交谈了起来。

1949年3月，乌木泰·萨提江来到了吉木乃的草原上。她没想到，也不知道，但是她很幸运地来到了人世间，是个幸福的婴儿。因为这一年的10月1日，中华人民共和国成立了。共和国成立的礼炮声给了这个半岁的婴儿新的生命，她成为和中华人民共和国同龄的哈萨克族人。后来，她又成为和共和国同岁的哈萨克族女诗人。

因为没有了距离，虽然是第一次相逢，还是偶然的相逢，因为文学创作的纽带将我们连接，我们之间的话题就从文学创作开始了。

乌木泰·萨提江在小学的时候就显露了过人的艺术的天赋，开始写诗了。谁也想不到，中华人民共和国成立的阳光和雨露滋养了她，新生活让她看到了日子一天比一天美好，美好的日子让她想歌唱。于是，才几岁的乌木泰·萨提江竟然拿起笔写诗了。

但是，她没有成功。不是她不愿意成功，也不是她的能力太差，而是

"文化大革命"开始了。她只能停下手中的笔，等待文艺的春天。1963年，她初中毕业。1968年，19岁的她只好嫁人了。

乌木泰·萨提江等到了文艺的春天。可是对她来说已经晚了，因为她走进了30岁的门槛。30岁对哈萨克族女人来说，是相夫教子的年龄，是什么也不要想，好好伺候男人，做个好妻子的年龄。可是，乌木泰·萨提江心里的文学这颗火种燃烧了，诗歌的蓓蕾要绽放了。灵感的潮水是挡不住的。她开始拿起多年没有拿起的笔，利用丈夫和孩子睡觉的空闲时间，在寂静的夜晚趴在马灯下，开始写作。谁也不知道她熬了多少个夜晚，唯有她的丈夫知道。开始时丈夫劝她早点休息，因为每天的家务活已经让她很累了。可是看她执着的劲头，看她痴迷文学创作的精神，丈夫感动了，不但理解她，而且还支持她。有了丈夫的支持，她写作的激情和欲望更高了，才思也洪水般地奔涌而来。1979年，在乌木泰·萨提江步入而立之年之时，她的第一首诗《母亲》发表了。

当她拿着散发着油墨香味的《曙光》杂志，看着自己的诗作，她的眼睛里滚动着泪水。她像母亲抱着自己刚出生的孩子一样捧着《曙光》杂志。多少个写作的夜晚变成了希望和理想的曙光，多少张草稿纸上的哈萨克文字变成了音符，在诗的海洋里舞蹈，在诗的蓝天上飞翔，在诗的草原上歌唱。

她创作的《哈纳斯》《阿依拉》等500首诗陆续发表，分别被收入4本哈萨克文诗集。她的心血凝固成了文字，厚厚的一本诗集《姑娘，最可爱的人》出版了。

1994年，她参加了地区的阿肯弹唱会，由于她的出色表演，阿勒泰地区文艺处给她颁发了荣誉证书，授予她"优秀弹唱阿肯"的光荣称号。

1997年2月，乌木泰·萨提江被新疆作家协会吸收为会员；同年10月，她加入了新疆民间文艺家协会。

《曙光》出版了100期的时候，杂志社给她颁发了荣誉证书，奖励她

为"好作者";《曙光》出版了300期时,她被授予"做出突出贡献的作者"荣誉证书。

如今,60岁的乌木泰·萨提江仍然笔耕不辍。她告诉我,她还有150首诗没有发表。她要修改、润色,创作出让读者满意的好作品。

因为话很投机,不觉天色已晚,她的女儿已经做好饭,邀请我们共进晚餐。我们谢绝了主人的诚意,告诉她们我们必须赶到县城,明天还要采访。看我们一定要走,乌木泰·萨提江给女儿使了个眼色,等我们穿上鞋子要出门时,她的女儿端来了自己制作的奶疙瘩,非要让我们带走尝一尝。晚饭不吃,奶疙瘩还是要吃的。我们也不客气了,带上了奶疙瘩告别了乌木泰·萨提江。

回县城的路上,天空出现了星星。望着夜空中明亮的星星,我在想,在吉木乃文艺的天空中,有很多明亮的星星,哪一颗是她呢?

第二天,尽管是白天,阳光灿烂,但是我看到了满天闪烁的星星,它们璀璨夺目,让我仰视,使我感慨万千。

通过诗人比哈孜·俄德力什老人,我见到了吉木乃县的现代作家群。我没有想到,小小县城,却生活着这么一大群富有生命力、精力充沛而旺盛、极富创造力的作家和诗人。我不得不对他们刮目相看。不到半小时的时间,我住的县城宾馆房间里就挤满了最基层的作家和诗人。我被震撼的同时,也被深深感动了。

猛一见巴哈提·阿萨吾进来,我吓了一跳。他是弯着腰进来的。虽然穿着西装,但显得很憔悴。后来我了解到,他曾是县广电局编辑,今年才52岁,可看上去就像60多岁的老人一样苍老。长期的伏案写作,造成了他脊椎弯曲。由于病重,他于2003年提前退休。就是身体这样,走路都很困难的人,仍然在伏案写作,2006年元月加入了新疆作家协会。

他在拼命写作,完全不顾自己的身体。也可以说,如果不是因为写作,他的身体也不会这样的。1981年,他发表了反映哈萨克人生活的小说《捏》。这篇处女作让他激动了很长时间。小说发表后，朋友们来祝贺，他拿着水果糖，一个人一个人地给他们发糖。那天的水果糖很甜，在他的记忆里，糖从来没有这么甜过。糖吃过了，前来祝贺的朋友走了，可他晚上失眠了。望着窗外的星空，那满天的星星，也有了自己的一颗。望着，望着，他过去的生活就像电影一幕幕在眼前浮现了。身边的人，身边的事，哈萨克人的故事涌到了他的面前，在催促他：写吧，写写我们吧！他抑制不住心里的激动，穿起衣服点亮灯，写了起来。在瞬间的灵感的激发下，永恒的故事在他的笔下流淌到了纸上。也就从这一天开始，他的夜晚给了文学，他的业余生活和幸福、快乐被小说和诗歌"霸占"了。《母亲》《我不知道》《忏悔》等一批小说作品在《曙光》杂志和《伊犁青年》等报刊上扑向了读者，成为受读者欢迎的好作品。

长期的写作让他的腰弯曲了，彻底地弯曲成了近90度，再也直不起来了。可他很欣慰，付出了身体的代价，获得了发表短篇小说70多篇、诗歌20多首的成绩，并且在2000年4月出版了小说集《波涛》，在2005年出版了小说集《阿克夏依》。在2006—2009年国家文化和旅游部实施的送书下乡工程中，他的小说集《阿克夏依》被新疆维吾尔自治区政府列入2007年送书下乡工程图书。

索力坦哈孜·加合亚进来了。他个子很高，腰板直直的，浑身散发着文人的气质，花白的头发向后梳着，猛一看就是一副艺术家的派头。略瘦且白的脸上皱纹很醒目。他话不多，目光很敏锐，面带微笑，温文尔雅地看着我。我和他先是目光的交流，达到一种心灵的默契之后，我们开始了交谈。

1944年4月，他出身于一个哈萨克艺术家庭。爷爷是阿肯，不但能弹唱，而且还是说书艺人。爷爷的才气注入他的身上，上高中的时候，他和有文学爱好的同学出板报、编小报。19岁时，他开始写诗，一发而不可收，写了很多，出的板报和编的小报成了同学们争相阅读的课外读物。

可是，命运对他不公平，他的文学创作之路不平坦，反而布满了蒺藜。21岁那年，他去了农村，成了公社社员。文学的魔力让他忘了每天从事繁重体力劳动的疲惫，羊油灯下是他快乐的天地。他创作的诗歌、散文、小说陆续在《曙光》杂志、《新疆日报》《伊犁河》杂志上发表，引起了《阿勒泰报》社的关注。1965年，报社下调函让他来当记者。他高兴地想：自己可以有用武之地了，可以不用偷偷摸摸地写作了。当他兴致勃勃地去办手续时，公社领导的脸拉得很长，没有一点笑容，像抹了锅灰一样难看。领导说：你不能去。而且说得很轻松，就像吹鸡毛一样。他愣住了，十分不解地问为什么不让去。领导不看他，好像他不在面前一样地望着草原，望着庄稼地，严厉地说：你什么也不要想，继续好好在这里劳动！因为你的爸爸是"巴依"（富农），你家里有100多只羊。你是巴依的孩子，巴依的孩子是不能去的。

1979年，人们从尘封的记忆里想起了他。他离开了劳动的村庄，被调到了托斯特乡广播站当了一名乡村记者。他像飞出牢笼的百灵鸟，飞向了湛蓝的天空，跟着朵朵白云一起歌唱；他像辛勤的农民，在自己的土地上勤奋地耕耘。他吐出了压在心里的闷气，忘我地笔耕创作。在当记者和后来的当教师的过程中，他创作了700多首诗，有8首诗被翻译成汉文，有21篇短篇小说、15篇散文、22篇研究文化的论文陆续登在了哈萨克文各种报纸和杂志上。2004年，他出版了收录着180首诗的《心情》诗集。

2000年他离开了教师的岗位，退休了。退休后的日子里，他没有安享晚年，而是把时间聚焦在写作上，并整理自己过去的文学作品。他很激动，也很兴奋地告诉我，他现在已经整理好的《诗集》有4本，1本散文集也已经整理好，等待出版。

我问他：你写作的感受是什么？他说，感受是写作品比干体力活还累，只有坚持不懈的人才能完成。

看着65岁的索力坦哈孜·加合亚老人认真的样子，我忍不住和他开了一句玩笑：你写了那么多的诗，给姑娘写过情诗没有？

他的脸上出现了红晕，没想到65岁的老人也有害羞的时候。他说：我胆小，没有给姑娘写过情书。

大家笑了。我相信，像他这样命运不济的人，年轻的时候多灾多难，不可能也没有胆量去给一个自己爱慕的姑娘写情诗。假如他写了，被姑娘拒绝，那会招来大麻烦。

52岁的木坦·斯德克很率直，也很开朗。这位吉木乃县阿禾加尔小学的校长在大家笑完后，大声说：我给姑娘写过情诗！

我和大家的目光一下子就转向了他。

他说：你们不相信吗？真的。我年轻的时候给20个姑娘写过情书，其中有一个姑娘后来成了我的妻子。

有人问他：你怎么写的？

他说：我爱你、想你，你嫁给我吧！

大家又哄堂大笑了起来。

是的。木坦·斯德克是个勇敢的哈萨克族男子，敢说敢干。1980年开始写诗，在《阿勒泰报》发表过处女诗作《青春》。富有青春浪漫气息的他感情丰富，不但写诗，还追求自己喜欢的姑娘。他很有个性，不管姑娘喜欢不喜欢他，他都要试一下，采取主动的进攻。他分别给20个姑娘写了情书，没想到却遭到了19个姑娘的拒绝。在他即将绝望的时候，丘比特的箭终于射中了一个姑娘，这个姑娘喜欢木坦·斯德克的勇敢和真诚，更喜欢他的文采，接受了他的爱情，成了他的妻子。

他在业余时间主要写诗歌、小说和报告文学，以及从事散文创作。作品散见于《雏鹰》《阿勒泰教育》，迄今发表其他形式的文学作品80多篇、诗歌100余首。因为爱好文学，他目前正在收集、整理《诗集》，准备出版。

他说，他的短篇小说《愿望》于1984年在《伊犁青年》上发表后，还得到了评论家的评论。但是他很不好意思，躲在宿舍里门都不敢出。

1990年，他创作的传记文学《成吉思汗传》在《伊犁青年》上发表后，被哈萨克斯坦的报刊全文转载。1992年，他又创作了《哈萨克传说》，获得了好评。

他说，他现在唯一的愿望，就是出本高质量的书。

木哈西·热合买提拉很幽默，他说：我给别的姑娘写情书，人家不答应；我的老婆没有得到我的情书，却嫁给了我。

为什么？我问道。

他说：我老婆当姑娘的时候，上的是汉语学校，不认识哈萨克文字。我写了她也看不懂。

大家笑了起来，我也被他逗笑了。

他同来的朋友告诉我，他的老婆很漂亮，在医院当医生，是县城医院里的心电图专家。

木哈西·热合买提拉具有哈萨克人的机智和幽默，他善于把生活中的幽默变成文字，传递给读者。2005年，他出版了一本《幽默故事集》。

他上高中的时候就开始写诗歌，在阿勒泰地区师范学校毕业后，在一中当教师。他说，那时候，电影也没有，电视也没有，报纸也没有，只有听新疆人民广播电台的广播。新疆人民广播电台哈萨克语频道有个栏目专门播出精品小说，成了他每天必听的节目。听得多了，他就学着写小说。没想到，他拥有文学的天赋，经过长时间的辛勤笔耕，写出了很多篇反映哈萨克族人生活的散文和小说。他积极投稿，竟然真的被播出了，本地牧民十分喜欢。

1981年，他的第一篇散文《辛勤的牧民》在新疆人民广播电台哈萨克语频道播出。后来，他写的散文《卖肚子致富的孩子》还被收入《新疆哈萨克精选文学作品集》。1982年，他调到了吉木乃县广电局工作，当记者。在这个时期，他开始从事短篇小说的创作，至今发表了57篇短篇小说，并于2009年加入了新疆作家协会。

39岁的吉恩斯·加列力别克是县直小学的老师，谈起文学创作，他很兴奋。他说他18岁写诗，在《阿勒泰报》上发表过小说、诗歌小品等作品。他不但用母语写作，还利用自己有限的汉语能力，把汉文小说翻译成哈萨克文投寄到《新疆语言文字》上发表。这些年来，他在《哈密文艺》《塔城》《伊犁青年》《阿勒泰日报》等报刊上发表了小说33篇、诗歌56首，还翻译了1000多篇文章。他的小说《理想之路》在《曙光》发表后，他2008年获得青年作家优秀作品奖。他在《曙光》上发表的诗《萨吾尔名人》《萨吾尔之歌》，小说《少年》等作品被收入《新疆哈萨克精短文学作品选》。2003年，他加入了阿勒泰作家协会。2008年，他参加了新疆哈萨克中青年作家读书班，以及《曙光》杂志佳作表彰及青年文学创作研讨会。

努尔巴克·毕哈孜是个大学生，1997年于新疆大学法律系毕业后，没有留在大都市乌鲁木齐，而是回到了家乡吉木乃县，在二牧场当农民。

35岁的他也想闯荡一下，外面的世界很精彩，诱惑着他，让他常常心动。但是，心动并不等于行动。他是一个很理性的青年，经过观察思考，他逐渐发现自己的根在家乡，自己的事业在家乡。城市的诱惑没有拖住他的腿。他义无反顾地告别了闹市，回到了亲人的身边，回到了生他养他的土地上。

回到家乡后，作为一个在新疆首府著名高校毕业的大学生，他不免被村民们议论。他的父亲是乡干部，想给他找份工作，毕竟儿子是大学生，当农民种地脸上没有光彩。努尔巴克·毕哈孜却不这样想。站在承包的20亩土地上，他蹲下来，抓起一把肥沃的土，望着绿油油的庄稼，眼前出现了丰收的画面。他看到了欢庆丰收的节日里，阿肯在弹冬不拉，小伙子们在赛马，姑娘们穿着节日的盛装载歌载舞，他的心醉了。微风里裹着草原的清香，沁人心脾，让他心旷神怡。他站起来，看到了蓝天，看到

了天空中翱翔的苍鹰。他想，自己就是家乡天空中飞翔的一只雄鹰。自己的天空很辽阔，自己的草原很优美，自己的村庄很富饶。他望着村庄袅袅升腾的炊烟在半空中组合成一片乳白色的云雾，那烟雾瞬间变成了一张白纸，苍鹰在云雾里穿行，就像一支黑色的笔在书写着理想的故事。他的心定格了，他的信念落下了，就落在了脚下的土地上，永远地定格了。

1999年以来，努尔巴克·毕哈孜先后投资3万多元在别斯铁热克乡办了个图书馆，购买了近万本书，免费对村民开放。

他说，自己是大学生，可家乡很多人没有上过大学，没有条件和能力坐到大学的课堂里读书。农村条件差，自己就要为家乡的父老乡亲办点事，办点力所能及的事。一个人读书不行，要让村里的人都来读书，提高村民的文化水平。

白天，他在地里忙活。晚上，他准时把图书馆的门打开。看着一个个村民进了图书馆，他就想起了自己在大学门口看到一个个大学生走进校园。油灯下，村民们静静地读书，让他回想起了自己的大学生活。读书的老少村民在他的面前变成了校园里的大学生。他想，自己的这个图书馆大学，一定能培养出一批批乡村大学生！

他满足了，人的满足就是心想事成；他幸福了，人最大的幸福，莫过于自己想干的事干成了。

努尔巴克·毕哈孜是个有理想、有抱负的大学生。他在家乡的土地上一步步接近理想的彼岸。从2001年开始，他从事格言创作，在2006年出版了《格言荟萃》。目前，他的第二本《格言集》已经整理成册，交由出版社出版。他还准备写一本《诗集》。他还把自己作词、作曲并演唱的12首歌制成了盒带《阿勒泰与萨吾尔》，出版发行了3000盒。他的第二盒歌曲磁带《新时代的愿望》也出版了，也发行了3000盒。2008年，他被邀请参加新疆哈萨克中青年作家读书班。

同努尔巴克·毕哈孜相比，金斯·热合木别克的文学创作道路就艰难得多。他是吉木乃县托斯特乡托斯特村的农民。今年37岁了，还是独自一人。上完高中，家里经济特别困难，没有经济能力让他上大学。就因为家境困难，他至今没有能力结婚。他有一个业余爱好：主持婚礼。村里谁家有了婚事，都请他去主持。乡里谁家儿女结婚，都来车接他去当司仪。看着他，我就想起了一个小伙子。这个小伙子给别人当了5次伴郎，可到现在还没有找到自己的意中人，至今独来独往。我在沉思，难道金斯·热哈木也没有找到心上人？英俊的脸庞、匀称的身材，怎能让人相信美丽的姑娘不青睐他，反而躲避他？难道他在陌生人面前矜持、沉默寡言？我不信。能当婚礼主持的人，应该口若悬河、幽默诙谐、才艺高超才行。带着纳闷我问他：你给别人主持婚礼，什么时候自己结婚呢？他说他是在烂毡子上睡觉的人，他不想让自己心里的姑娘跟着他过烂毡子的苦日子。等他把烂毡子换成了花毡子，他就把心爱的姑娘娶到家，和她相亲相爱，在花毡子上生活一辈子。

小时候，他的哥哥爱弹冬不拉和吉他，可他爱看小说，经常在盘子上倒上羊油，弄个羊毛捻子，照明读书。看得多了，就学着写。没有电灯，他就趴在羊油灯下写小说、写诗歌。1991年，他就梦想成为作家。4年后，他的作家梦实现了，开始发表文学作品。到目前为止，他已在《曙光》等报刊上发表了短篇小说35篇、诗歌50多首，还有历史故事等文学作品。2007年，他的短篇小说《挑战》发表后，被评为三等奖。2008年，他被邀请出席自治区少数民族中青年作家会议，并接受自治区电视台的采访。

他说，他在2009年成立了24人的剧团，在农牧区免费演出38场，深受牧民的欢迎。

他说，他准备了4个诗集，全是他这几年写的，等着出版。

他说，现在，他的烂毡子变成花毡子了。

我为他祝福，祝愿他早日把心上的姑娘娶回家，为自己举办一次婚礼。

在吉木乃县，我见到的第一位作家是60岁的女作家乌木泰·萨提江。我见到的最后一位作家也是女作家，她叫哈依夏·帕提汗，今年31岁。

哈依夏，译成汉语就是"曙光"的意思。

哈依夏·帕提汗很美，白嫩、漂亮的圆脸，丰满的身体，时尚的服饰，走来时，就像一朵绽开的雪莲花，花朵上还闪动着晶莹的露珠。

哈依夏·帕提汗在人寿保险公司吉木乃分公司工作。每天，她都在为人们的健康、长寿而奔忙，给家乡的父老乡亲镶嵌保险的光环，做着美丽的事业。

哈依夏·帕提汗2001年毕业于奎屯伊犁师范学院大专班历史专业。学了历史，她不但知道了中华民族5000多年的发展史，还知道了自己民族的文化史。

一个懂得历史的人，在生命中，就会为历史的文明发展增砖添瓦，贡献自己的力量。

哈依夏·帕提汗心里的美丽事业就是搞文学、写诗歌。1990年，12岁的哈依夏·帕提汗写的诗歌《第一次下的雨》在《阿勒泰少年报》发表。1996年，她又发表了诗作《父亲》。大学毕业以后，她先后在《伊犁青年》《阿勒泰少年报》《阿勒泰日报》《伊犁河》等报刊发表诗歌13首。《萨吾尔诗人》一书收录其作《美丽的吉木乃》6首。2003年，她加入了阿勒泰作家协会。

看着哈依夏·帕提汗，我看到了吉木乃县文学事业的曙光。哈依夏·帕提汗是我写到的吉木乃哈萨克族作家、诗人里面最年轻的一位。从已经去世的旧社会的著名作家吾塔尔拜·对山毕，到当代走出吉木乃的一批驰名中外的老作家和诗人，以及仍然坚守在吉木乃土地上，守望哈萨克文学、耕耘哈萨克族文学的作家和诗人们，他们每一个人都是吉木乃天空的彩虹，都是吉木乃文学事业发展、繁荣的一道道曙光。

一个经济贫困县，仍然坚守着一批老、中、青作家和诗人，这就是吉木乃的文化精神。伟人毛泽东说过，人是要有一种精神的。吉木乃的土地上，正因为有了这群作家和诗人，正因为他们有了锲而不舍、无私奉献的哈萨克族文化精神，吉木乃的文化才会繁荣，吉木乃的文艺事业才会发展壮大，哈萨克族文化的长河才会源远流长。

分别的晚上，我参加了县委宣传部举办的宴请作家和诗人的晚会。晚宴上，65岁的老诗人、县文化局的老局长比哈孜·俄德力什特意拿来了家里珍藏的好酒和名烟。他举杯说了祝酒词：今天，我们在座的哈萨克族作家和诗人要表达一个心意——感谢县委宣传部，感谢远道而来的朋友！用我们自己的酒、自己的烟，表达我们的心意。他说得很激动，慷慨激昂。他说得很动情，深情的眼睛里闪动着泪光。

晚宴上，每个作家和诗人都说了祝酒词，表达了自己的心愿。这个晚上，我醉了。不是酒醉了，而是在冬不拉的弹唱中，在《吉木乃，我的家乡》美妙、深情的歌声中陶醉了。我深深地被他们感动，沉醉在吉木乃的哈萨克族文化海洋里。

草原歌者

　　哈萨克族是一个游牧民族，拥有自身丰富的草原文化。在哈萨克族文化史上，阿肯阿依特斯民间文化在哈萨克族文化发展史上占有重要的地位。

　　在向导的引领下，我来到了一座有着哈萨克族浓郁风情的四合院。我们刚迈进屋里，就受到了主人的热情欢迎。主人是一位清瘦、面目慈祥、高个子的哈萨克族老人，虽然已是67岁的年龄，但风韵犹存，年轻时那亭亭玉立的身影和美丽的娇容隐约可见。看着这位老人，我的眼前浮现了美丽的哈萨克姑娘的身影。我想，一个爱唱歌的姑娘，一个美丽的姑娘，她的故事肯定很多、很精彩，富有浪漫的情韵。

　　老人不会汉语，全靠我们带来的翻译和她聊天。翻译不是专业的翻译，只是吉木乃镇上的一个会说汉语的哈萨克族女干部。通过翻译的介绍，她得知我是作家时，那神情显得很激动，也很兴奋。她没有了刚见面时的局促，反而健谈起来。我们的话题就从唱歌开始。

　　比巴提的童年，是在歌声中熏陶的。她的母亲是个民间歌手，又是一个牧民的女儿。在草原上，比巴提的母亲跟着百灵鸟练嗓子，跟着她的母亲学唱歌。翠绿的草原上、鲜花绽放的花丛中，留下了比巴提的母亲快乐幸福的身影和她的歌声。歌声让她忘却了烦恼和忧愁，歌声让她得到了心上人的钟情。那个哈萨克族小伙子一定是听到了她的歌声才被她迷住的。为了得到她的芳心，这个小伙子一定在叼羊比赛中夺取了冠军，或者就是在姑娘追比赛的奔跑中紧紧地骑马跟着她，故意让她在自己的身上多抽打几鞭子，引起了姑娘注意。要不然就是用冬不拉赢得了姑娘的爱慕。

想起冬不拉，就想起了哈萨克人一个美丽的传说。很久很久以前，草原上有一个名叫康哈巴尔的英俊、勇敢的青年，他爱上了美丽勤劳的姑娘阿依古丽。阿依古丽夜莺一般的歌唱，让康哈巴尔牧羊时迷失了方向，赶着羊群来到了阿依古丽的毡房附近的草原上。阿依古丽也深深爱着康哈巴尔。当康哈巴尔来到毡房门外向阿依古丽求婚时，聪明的阿依古丽姑娘想试一试康巴哈尔的智慧，就指着山上的一棵松树说：你如果能让松树开口替你求婚，我就嫁给你。

康哈巴尔在姑娘的毡房外一边徘徊，一边苦思冥想。他不知道如何让松树开口说话，但他对阿依古丽爱得刻骨铭心。他等到天黑，毡房的门还没有打开，阿依古丽也没有出来。他失望地回到了自己的毡房。肚子饿了，他就宰了一只羊，把羊肠子挂在了松树上，架起篝火烤羊肉充饥。羊肉吃完了，他也没有想出让松树开口说话的办法。于是，他闷闷不乐地穿着衣服倒头就睡了。

在宁静的夜色里，一阵悦耳的声音轻轻地唤醒了熟睡的小伙子康哈巴尔。他循声觅源，发现美妙、悦耳的声音是从松树上发出来的。原来热风吹干了挂在树上的羊肠子，古松树上有一个空洞，微风一吹，羊肠子就颤抖着发出悠扬而婉转的声音。康哈巴尔恍然大悟，他知道了让松树开口说话的办法了。他找来了一块松木，在上面挖了一个洞，绷上了两根干羊肠子，用手一拨，果然发出了悦耳的声音。他兴奋而激动地等到了两人约定的时间，来到了阿依古丽的毡房门前，弹奏着自制的乐器冬不拉，用琴声表达了真挚的爱意。歌声打动了姑娘阿依古丽的芳心，她不由自主地跑出了毡房，随着冬不拉的旋律唱起了甜蜜的歌，一对恋人终于成为幸福的伴侣。

我想了解比巴提母亲的故事是不是歌声和冬不拉的结合，想知道那个年代草原上哈萨克族青年男女浪漫的爱情故事，想知道比巴提的母亲和她的父亲相识和相恋的过程。可我的话比巴提老人听不懂。翻译看着我，又看了看比巴提，说了很多我听不懂的哈萨克语；我也不知道比巴提老人在说什么。等她俩说完之后，我问翻译比巴提老人说的是什么，翻译告诉我说，她的母亲会唱歌，她的儿子和女儿都会唱歌。多么简单的回答！我很郁闷，就因为我不懂哈萨克族语言。我多么想马上学会哈萨克族语言，多么想知道她们说的是什么！我很想知道比巴提老人母亲的故事，可翻译不说，我就无可奈何了。

语言的差异，让我和比巴提老人拉开了距离。但我还是从那断断续续的翻译里知道了由于她的影响，她的两个女儿和两个儿子都是歌手，他们在当地被称为“艺人之家”。

比巴提老人是在母亲的歌声里长大的。歌声让她来到了人世间，来到了草原上，后来又定居在这个村庄上。歌声就是她的生命，是她生活中的一切。

比巴提老人自己创作了《对朋友的劝说》《出生地》等7首歌。当我提出想听老人唱歌的时候，比巴提老人身体直直地坐在炕的边沿，双手握在一起，放在自己的膝盖上，用圆润的声音给我们唱了4首自己创作的歌曲。那歌声悠扬、深情，在草原上飘荡。恍惚之中，我看到一位美丽的哈萨克族姑娘正从远处走来……

吉木乃的哈萨克族著名诗人吾塔尔拜·对山毕在他的诗歌《驯马》里是这样赞美姑娘的美丽的：

姑娘看着我微笑，
盯着我，
腰很苗条，
悄悄地，

微妙地。

你的容貌好似天上的启明星，

牙齿像宝石一样洁白漂亮。

手指细长漂亮，

你的皮肤洁白如雪。

歌声给美丽的比巴提姑娘带来了幸福，歌声为比巴提演绎了冬不拉的故事。

在我的一再要求下，比巴提老人谈起了她和丈夫的故事。翻译把我的话跟老人说了以后，老人脸上显露出害羞的神色。那羞红的面颊在老人多皱的脸上泛出了青春的色彩，目光也突然明亮了起来。

比巴提老人没有马上说话，而是停顿了一会儿，目光越过我们，望着明亮的窗外，陷入了对往事的回忆。

比巴提绝没有想到，她会爱上达列力汗，她的歌声会和冬不拉紧紧地连在一起。她说，歌声给她带来了幸福和爱情。

比巴提的母亲会唱歌，比巴提自然也会唱歌。因为在她出生以后，母亲的歌声就把她包裹了起来，让她生活在美妙的歌声里。比巴提很小的时候就成了村里的小百灵鸟，她有一副天生的金嗓子，聪颖而又美丽。当她开始牙牙学语时，就能跟着母亲的歌声唱了。歌声让她学会了走路，歌声让她成为村里人见人爱的天使。尽管日子很艰苦，但歌声让她度过了童年。

到了上学的年龄，比巴提来到了老吉木乃学校（现农十师186团）上小学一年级。她看到了村里的达列力汗也在这个学校里，是小学四年级的学生。达列力汗比比巴提大6岁，是哥哥。在学校里，比巴提和达列力汗不在一个年级，又不是一个班，自然就接触得少了。达列力汗16岁那年参了军。比巴提听说后，跟着村里的人去送达列力汗。

那天，达列力汗很英俊，穿着新军装，胸前佩戴着大红花，在人们的赞扬声里满面红光。他不知道，在拥挤的欢送人群里，10岁的比巴提黑葡萄一样的眼睛久久地望着他，心里在奔腾着情感的潮水。那是一种敬慕和爱戴，还有一种恋恋不舍的情怀。达列力汗没有看到比巴提的目光，因为她太小，挤在大人们的缝隙里，就像一只麻雀一样不被人们注意。达列力汗坐车走了，去了很远很远的部队。后来，比巴提知道了达列力汗去的遥远地方就是乌鲁木齐。

达列力汗走了，但是他英俊的军人形象没有被汽车带走，而是深深地刻在了比巴提的脑海里，藏在了比巴提的心里。她当时很后悔，为什么不挤上去和达列力汗说一句祝福的话，或者唱一首平安的歌？比巴提会唱很多的歌，但是那一天，她没有机会唱，没有一个大人让她唱。平时，大人们见了她总是让她唱歌，她都有些烦了，不想唱。可是，她想唱歌的时候，大人们忘了她，忘了村里的这只百灵鸟。她心里愤愤地想：再也不唱歌了。不是不唱歌，是不给别人唱歌了，只给当上军人的达列力汗唱歌，唱心里的歌。

多少次太阳升起来，又落下山。多少次月亮高高地挂在夜空上，让比巴提梦到了军人达列力汗回来了，背着枪，带着奖章和光荣花。梦醒后，只有冷清的屋子、寂静的村庄，偶尔有一两声牧羊犬的叫声。一年年过去了，达列力汗没有回来。比巴提长大了，才16岁，就鲜艳得像一朵美丽的雪莲花。

那一年的夏天，比巴提听说达列力汗回来了。她按捺不住心里的激动和兴奋，换上了自己的新衣服，梳了头，对着镜子看了一遍又一遍。母亲看出了比巴提的心里秘密，在旁边说：我的美丽女儿，难道你去相亲？比巴提羞红了脸，双手捂着脸说：我去哥哥家。母亲笑了，明白了。她知道军人达列力汗回来了，今天去看他的姐姐。于是，母亲推着女儿比巴提说：去吧去吧，美丽是你的外装，歌声是你飞翔的翅膀。

探亲的达列力汗来到了姐姐家。达列力汗的姐姐是比巴提的嫂子。看到达列力汗穿着军装，英俊潇洒，比巴提心里的花儿陡然绽放了，嫩白的脸庞变成了熟透的红苹果，心里有只梅花鹿在舞蹈。她知道，自己已经悄悄地爱上了嫂子的弟弟达列力汗了。她不知道，当达列力汗第一眼看到比巴提的时候，他的心醉了，浑身酒醉般地摇晃起来。她看到了仙女下凡，不，是一只美丽的白天鹅飞落在自己的面前。他张着嘴，却说不出话来，话很多，全挤堵在嗓子眼，就像塞车一样。他的眼睛不会动了，目光凝固了，聚焦在面前的比巴提的身上和脸上。他的心里万马奔腾，如阿肯弹唱会上的赛马比赛。两人没有说话，但目光在碰撞、交流。在一旁的嫂子看到了比巴提目光中的爱意，同时也看到了弟弟达列力汗眼里对比巴提的钟情。于是，热心的比巴提的嫂子，达列力汗的姐姐就为自己的小姑子比巴提和自己的弟弟达列力汗当起了红娘，牵起了姻缘。

那天晚上，洁白的月亮很大、很圆。达列力汗弹起了冬不拉，比巴提唱起了歌。达列力汗弹着冬不拉，唱起了哈萨克族传统的《求婚对唱》。

达列力汗唱道：

我家的毡房缺半边，
我家的门窗缺半扇，
我家的木床空一半，
姑娘，你说我可怎么办？

比巴提唱道：

花儿香不香问蜜蜂，
羊儿肥不肥问青草，
美丽的姑娘有的是，

就怕你害羞不敢找。

达列力汗唱道：

你说找，我就找，
眼前的姑娘就很好，
有心请她答应我，
不知这颗心她要不要？

比巴提唱道：

太阳落山月儿圆，
冬天过去是春天，
就怕小伙子的心啊，
忽冷忽热也爱变。

达列力汗唱道：

天山积雪终年不化，
海水永远映着蓝天，
天和海不分界线，
我的心像黄金永远不变。

比巴提唱道：

说什么你的心真金不变？

求爱的呀向来比蜜甜，

要想人家答应呀，

你呀，还要再等三年。

　　达列力汗没有等3年，比巴提也没有等3年。在比巴提17岁那年，也就是1958年，两个相爱的年轻人走进了洞房。

　　比巴提老人笑着说，她和达列力汗谈恋爱的时候，总是以对歌来表达心中的爱恋。当时他们唱的是《小燕子》和《黑麻雀》，还有《同岁》《呼鲁布买》等歌曲。比巴提老人特意说，《呼鲁布买》是表达友谊和爱情的歌曲。达列力汗不在身边的时候，比巴提思念他晚上睡不着觉，就唱歌。月光下，比巴提站在门前的月色里，朝着达列力汗所在的乌鲁木齐的方向，一遍又一遍地唱歌，唱得泪水模糊了双眼。

　　后来，达列力汗转业回到了家乡，回到了比巴提的身边。夫妻两人参加了毛泽东思想宣传队，达列力汗弹冬不拉，比巴提唱歌，歌声和冬不拉弹奏的乐曲融合在了一起。他们夫妻两人经常同台演出，共同漫游在歌的海洋里。那个年月，宣传队走到哪个村庄，冬不拉就弹到哪个村庄，哪个村庄的天空就飘荡着比巴提的美妙歌声。比巴提老人骄傲地说，那些年，日子比现在苦多了，可歌声让他们幸福多了。甜蜜的歌声把黄连一般的苦日子盖住了，让他们不知道苦是什么。说到这里，老人的脸上荡漾着幸福和自豪。

　　老人家里的墙壁上挂着一幅刺绣的毛泽东主席的画像。比巴提老人告诉我，这是她1969年绣的，一直保存到今天。说着，老人唱起了那个年代的歌曲：

敬爱的毛主席，

你是我们心中的红太阳。

我们有多少心中的话儿要给你讲，

我们有多少热情的歌儿要给你唱……

比巴提老人不会说汉语，她唱起这首汉族歌曲却是字正腔圆，显得很娴熟，可见这首歌曲在她的唱歌生涯中留下了不可磨灭的记忆。

歌声是哈萨克人的翅膀，冬不拉是哈萨克人的灵魂。

从比巴提老人家告辞出来，我想起了哈萨克族著名诗人吾塔尔拜·对山毕。吾塔尔拜·对山毕出生在吉木乃县一个普通的牧民家庭。母亲玛尔江能歌善舞，在吾塔尔拜·对山毕幼小的心灵里种下了歌的种子。他从小就显露出艺术的才能，一边帮父母干活，一边吟诵自己创作的诗歌。13岁的那一年，他和一位阿肯姑娘进行了对唱比赛，并且取得了胜利，赢得了"小诗人"的名声。

我的耳边响起了他的诗歌，那是在《阿勒泰风景》里的歌唱：

额尔齐斯河两岸生活的人们，

额尔齐斯河滚滚流长。

你的君王不要太傲慢，

看不起别人，

就像草原上的野马。

不要看什么，

是什么，

不要像老鹰一样太贪婪。

应该像海洋里的鱼一样在人们中间，

找到自己的名字，

应该廉政，

对人民平等友爱。

……

　　歌者、歌声、冬不拉、草原、毡房、牛羊，还有那旖旎的风光，让每一个来到吉木乃县的朋友都有机会沐浴哈萨克族文化的春光，都会高唱："美丽的吉木乃，我的家乡，草原辽阔，牛羊肥，牧歌悠扬……吉木乃可爱的家乡，遍地宝藏，欢乐之乡……"

百灵鸟在福海歌唱

　　福海县是秀美的人杰地灵之地，乌伦古湖水滋润着千万亩绿色的草原，草原上生活着美丽的百灵鸟，百灵鸟的歌声在水草丰美的土地上飘荡。古丽旦·木里克就是草原上的百灵鸟，她的歌声让福海县的哈萨克族人引以为豪。当作家们来到福海县，要采访当地的阿肯时，宣传部的干部首先就推荐了古丽旦·木里克，因为她是福海县著名的女阿肯。在县文体局的图书馆见到她时，我眼睛一亮，她仿佛是碧蓝的天空中一片五彩的霞光。她一身黑裙，微笑着，雍容而典雅，美丽而大方，笑容里荡漾着安详和善良，浑身散发着热情的正能量，让人感受到美丽天使的突然降临。

　　图书馆人来人往，无法采访。她提议去她的家里，她用简单的汉语告诉我们，她的家不远，是一个安静而美丽的地方。

　　古丽旦·木里克的家干净、明亮，我们仿佛走进了草原音乐的殿堂。屋里的摆设表现了主人的富裕，醒目的冬不拉却是主人身份的象征。看到冬不拉，我的眼前就出现了辽阔的草原、洁白的毡房、袅袅升腾的淡蓝色的炊烟，还有那婉转、深情的冬不拉琴声。当我还沉浸在无限遐想中的时候，还沉醉在阿肯阿依特斯的美妙歌声里的时候，古丽旦·木里克一次又一次地拿出了她参加阿肯阿依特斯比赛获得的奖杯、奖章、奖状和荣誉证书，摆满了我面前的茶几，很高，就像一座金山。

　　很可惜，她只会简单的汉语。采访她遇到的天大的困难，就是双方的语言障碍，无法进行正常的语言交流和采访。送我们去她家的司机说：我来吧。可真正开始采访时，热情的司机师傅也只能翻译一些简单的话，对于深入一些采访的问话，司机师傅也只好笑了笑，表示出自己的无能为力、爱莫能助了。

简单的采访，也只能简单地记述了。古丽旦·木里克成为一位著名的阿肯阿依特斯艺术家，肯定有很多的故事。但因我们之间有一座语言高山不能逾越，也只好望山兴叹了。

古丽旦·木里克从小就受哈萨克族阿肯阿依特斯艺术的熏陶，这是别人无法比的，她确实被得天独厚的艺术滋润着。1966年4月20日，古丽旦·木里克出生在哈巴河县萨热塔木乡哈布尔哈塔勒村的一个阿肯之家。刚来到世上的古丽旦·木里克好像什么也不怕，哭声格外清脆、悦耳，宛如草原上的百灵鸟在歌唱。这美丽的哭声传出了毡房，很多人高兴了，有人说：这是百灵鸟嘛！草原上的牧民最喜欢百灵鸟的歌唱，古丽旦·木里克的第一声啼哭就像百灵鸟的歌唱一样动听，这让奶奶喜欢得脸像一朵鲜花在绽放，脸上跳动着满意的音符。奶奶很满意，是因为她看到了自己的丈夫——古丽旦·木里克的爷爷木斯塔代的阿肯艺术有了继承人，有了新的希望。爷爷去世了，假如爷爷还活着，听到古丽旦·木里克美妙的啼哭，他一定会摸着花白的胡须笑得浑身都舒畅，就像喝了醇香的马奶子酒一样。也许爷爷在天堂里听到了，他在保佑着自己的孙女古丽旦·木里克早日成为草原上的阿肯，成为草原牧民的百灵鸟。奶奶是真真切切地听到了，心里荡漾着蜂蜜一样的甜蜜。古丽旦·木里克告诉我，她从小听奶奶说，爷爷有很多的乐器，也会弹奏很多乐器。她很想听爷爷弹奏，哪怕一次也行，但这个愿望一直没有实现，因为她来到人间，就没见过爷爷，爷爷在另一个世界。但是爷爷留下的哈萨克族阿肯文化就像血液一样通过遗传流进了她的血管里。奶奶是有眼光的，她知道古丽旦·木里克将来一定成为一位优秀的阿肯，一定是家族的骄傲。古丽旦·木里克怀念奶奶的怀抱，那是她的艺术摇篮。她在黑萨的音乐中一天天长大，她在民间达斯坦

中汲取营养。奶奶教她学习达斯坦，她4岁就开始学唱黑萨。达斯坦是哈萨克族民间文学，主要由黑萨和叙事长诗两大部分构成。黑萨是哈萨克族民间长诗中一种比较特殊而且重要的作品，通过采用或借鉴外来神话、传说和故事而创作的，内容贴近本民族的生活。在奶奶的艺术熏陶下，古丽旦·木里克一天天长大，朝着艺术的理想目标起飞。

　　古丽旦·木里克喜欢读书，书读得多了，心里就有了想法，想把心里话写出来。她告诉我，14岁那年，她就开始写诗了。她怕自己写不好，又怕别人知道笑话她，就悄悄地写。白天上课，也没地方悄悄写，就等着晚上的到来。美丽的夜晚是她最幸福的时刻，也是她最兴奋的时刻。因为晚上是属于她自己的，只有晚上，她可以在遐想中飞翔；也只有晚上，她才能把自己积攒了一天的情感发泄出来，在情感的海洋里遨游，在情感的草原上歌唱。在农村，夜生活是很简单的，夕阳落在草原地平线下的时候，也是牧民们上床睡觉的时候。白天劳累了一天的人们，晚上的睡眠是香甜的。当父母进入梦乡，发出舒畅的鼾声时，古丽旦·木里克就躲在被窝里，打开了手电筒，拿出了铅笔和作业本。写什么呢？白天她想了很多，就像绵羊身上的毛一样。要想把羊毛变成美丽的毡子，就要有奇妙的构思和创意。捋顺了，思路就有了。父亲发出的鼾声，在古丽旦·木里克听来，是最美的草原旋律，那时起时伏的鼾声就像鼓点敲在达布勒（哈萨克族的一种手鼓）上，激励着古丽旦·木里克写呀，写呀，写得手电灯光暗淡，看不清写的是什么，才停了下来。那个年代不是只有课本，当然也有哈萨克文的文学期刊，可古丽旦·木里克不知道，在农村也没见到过，更不懂投稿的事情。如果她知道，并且投稿了，她可能早就成了著名的哈萨克诗人了。她不知道，也就失去了成为少年哈萨克诗人的机遇。课本是用来学习的，不是用来投稿的。她只有白天捧着课本读呀，读呀，晚上她就趴在被窝里写呀，写呀。她自己也记不清到底写了多少诗歌，可一篇也没寄出去，全成了她的秘密，不愿意让别人知道的秘密。她没想到，这些诗虽然没有变成铅字发表出去，但是为她后来成为阿肯奠定了坚实的基础。

后来，古丽旦·木里克不写诗歌了，喜欢上了冬不拉，那美妙的旋律让她痴迷，尤其阿肯的弹唱让她爱得疯狂。因为她不知道投稿，不会投稿，不知道写出来的诗歌发表在文学期刊上会有很多人阅读、欣赏并传诵。在草原上，在乡村，她只看到了阿肯的歌唱让人们敬仰，让人们疯狂。阿肯是智者，不是什么人都可以当的，是让人们佩服、尊敬的人。古丽旦·木里克想当阿肯，想当一个让人们尊敬、佩服的人。于是，她把自己的想法跟父亲说了。父亲很高兴，也很内疚。爷爷是阿肯，父亲不是阿肯。父亲也想当阿肯，可父亲心里明白，自己不具备条件。于是，父亲的愿望就是让自己的孩子当阿肯，继承爷爷的意志，实现奶奶的愿望。当古丽旦·木里克提出想学冬不拉弹唱的时候，父亲想也没想，就一口答应了。父亲这辈子最伟大事情，就是生了七个孩子，有三个阿肯，两个女儿都是阿肯，这是父亲引以为豪和骄傲的事情。

哈巴河县有个出名的阿肯巴提玛，古丽旦·木里克在父亲的带领下拜师学艺，每星期都去学习。她悟性好，学得快，得到了老师的鼓励和表扬。老师高兴地说：你去参加阿肯弹唱会吧，一定能拿奖！

古丽旦·木里克望着老师说：行吗？我行吗？

老师坚定地说：你行，一定行的！我看好你了！

于是，在老师的鼓励下，古丽旦·木里克在1985年，也就是她19岁的那一年，带着老师期望，带着父母的希望，第一次参加了阿肯弹唱会。这一届是哈巴河县第五届阿肯弹唱会，她获得了一等奖。

也许这只是个开始，但正是这个第一次，让古丽旦·木里克赢得了崇高的荣誉，她成了阿肯。当鲜花和赞誉被阳光带走的时候，温和的月光陪伴着她来到了静谧的夜晚。这一夜，她没有睡意，想了很多。而想得最多的是当一个走向世界的阿肯。她知道，要实现这个目标，还要走很长的

路，还要翻越很多的山，那山很高，也很陡峭，还有险峰。但是她很自信，因为她心里明白，她是可以做到的。她想了一夜，朝霞把草原染红的时候，她才有了睡意。她是抱着冬不拉睡的，灿烂的笑脸宛如盛开的雪莲花。

1991年，古丽旦·木里克离开了哈巴河县，被招到了福海县艺术团当演员。从此，她就像百灵鸟来到了丰美的草原上，在草原的舞台上尽情地歌唱。

1992年，阿勒泰地区第九届阿肯阿依特斯弹唱会在哈巴河县举办，古丽旦·木里克和哥哥、妹妹相约参加了比赛，而且都在比赛中获了奖。这次获奖对古丽旦·木里克家族来说是最大的荣誉，也是一种骄傲和自豪。

1998年，她在阿勒泰地区第十二届阿肯阿依特斯弹唱会中获得了"阿勒泰人民阿肯"称号。

1999年，在伊犁州第十届阿肯弹唱会上，古丽旦·木里克在阿肯对唱中击败所有的对手，荣获一等奖。

这些年来，古丽旦·木里克参加县、地区、自治州和自治区级阿肯阿依特斯弹唱演出共40余场次，并多次被评为特级、一级、二级阿肯称号。2007年在伊犁哈萨克自治州第15届阿肯阿依特斯弹唱会中荣获州级"功勋奖"。

古丽旦·木里克是新疆作协会员、新疆阿依特斯研究会成员，她不但在阿肯阿依特斯比赛中获得了优异的成绩，而且在阿肯写作上，她也发挥了自己的才能，梅开二度，创作了很多诗歌。她视野开阔了，开始将创作的诗歌向报刊投稿了。

1995年，古丽旦·木里克在伊犁州人民出版社出版发行了个人的处女诗集《青春的火焰》。2004年，她的第二本诗集《我永远呵护的恋人》由民族出版社出版发行。

这些年，她创作的300余首诗歌分别在国内外著名的报刊上发表，10首诗歌被编入《新时代阿肯阿依特斯》《金山欢歌》《欢歌笑语》《面对面》等阿肯阿依特斯诗集中。她在哈萨克斯坦出版的诗歌杂志上发表了《澎湃的心潮》《我不愿向你说再见》《山犬之声》等30多首诗歌。2011年，她代表中国哈萨克族参加了在哈萨克斯坦举行的世界哈萨克人第四次代表大会，在会上，她弹唱了自己创作的诗歌，赢得了全场热烈的掌声，获得了崇高的荣誉和奖杯。这一年，她被阿勒泰地区作家协会评为"优秀作者"。

采访中，谈到家事，古丽旦·木里克骄傲地说，她有两个儿子。大儿子阿尔曼·古丽旦今年21岁，在哈萨克斯坦唱歌；小儿子阿克周力·古丽旦今年14岁，在福海县上初三，喜欢弹冬不拉、写诗。两个儿子在她的艺术熏陶下，走上了文学创作的道路。

采访结束的时候，古丽旦·木里克拿起了冬不拉，唱起了自己创作的歌曲，独特、美妙的歌声把我们带到了辽阔的草原：

你追逐月亮跨骏马，
奔驰那银色夜光下。
澎湃的感觉牵引你，
是否会来到阿勒泰。
茫无边雪原会阻挡，
你来的路程风不断。
风雨交加的路途中，
是否会来到阿勒泰？
狂浪拍打的额河岸，
你是否歇脚洗洗脸？
为梦中情人跨艰险，
是否会来到阿勒泰？

伸手却无人能够到，

你像那白杨比山高。

你踏上白云顺风飘，

是否会来到阿勒泰？

（此歌名为《是否会来到阿勒泰》。作词：古丽旦·木里克；译词：扎曼别克·满朱汗）

马军武哨所

马军武哨所是闻名全国的红色旅游景点，也是祖国西部边境线上唯一的夫妻哨所，更是国内外游客喜爱的国防教育基地。

国内外游客们来到北屯的185团边境线上，渴望看到著名的模范守边人马军武，和他握一下手，合个影留念。因为习近平总书记曾经握过他的手，和他留过影。游客们希望聆听他20多年来的守边故事，体验一下国门守边、护边的生活，学习他"祖国在我心中"的精神。然而，马军武没有时间每天接待大量的国内外游客，他要巡逻，要完成每天的守边、护边任务。他让高高的哨塔去讲述兵团人守边、护边的故事，他让地窝子哨所去展示自身历史的风采，他让陈列馆去讲述哨所历史的风云变幻和兵团守边、护边人的无私奉献精神。

来到马军武哨所的游客们，可以看到遥远的眼睛山，这是兵团守边人明亮的眼睛，时刻注视着边境线上的风吹草动。在这里，可以听到国界河水流淌的声音，这是歌颂马军武夫妻20多年来守边、护边的英雄赞歌，可以感受马军武哨所的历史和现在，它是一座永不移动的界碑。

马军武是个守边的英雄模范，也是个红色革命传统的传扬人。因为有了马军武，新疆北屯185团的夫妻民兵哨所就成了西北边境线上唯一的也是第一个夫妻民兵哨所。因为有了马军武的夫妻哨所，这里成了红色旅游的经典景点，每天接待着络绎不绝的国内外各地的游客和参观者，人们在这里感受着兵团精神，倾听国境线上守边人感人肺腑的故事。

桑德克龙口位于中哈两国的界河畔，地理位置极其重要。马军武的夫妻民兵哨所就建在桑德克龙口。最初这里不叫"哨所"，是水利林业站，负责185团9连和10连的农业配水任务。1988年的那场洪水给团场连队造成了严重的损失。洪水过后的8月，185团党委决定在桑德克龙口建立一个林业水管站，于是马军武的父亲和母亲被调到这里工作，主要负责管水、看林木、守护边境线。父亲马保民有3个孩子，马军武是老大，1986年初中毕业后就参加了工作，在4连当农工。后来他的弟弟、妹妹长大了都离开了团场，现在在乌鲁木齐工作。1988年这里成立了民兵哨所，马军武就跟着父母来到了哨所工作。

1992年，经人介绍，马军武和张正美结婚。结婚后的张正美来到了民兵哨所，和丈夫、公公、婆婆一起守卫边境线。1994年和1995年，马军武的父母先后退休，搬到了团部居住，于是，守卫边防的重任就落在了第二代夫妻马军武和张正美的肩上，团场领导决定将桑德克水利林业站改名为"马军武夫妻哨所"。从此，"马军武夫妻哨所"的名字越来越响亮了。

团场流行这样一段顺口溜：一个哨所夫妻站，一段边关两人看。一份责任记在心，一个佳话传世间。

走进马军武夫妻民兵哨所，第一眼看到的就是两座瞭望塔：一座木制的瞭望塔和一座钢制的瞭望塔。两座瞭望塔一个比一个高，一个比一个新。两座瞭望塔记录了两段历史，也见证了兵团两代军垦人屯垦戍边的奉献精神。

夫妻哨所的木制瞭望塔下有一座石碑，形状如飘扬的旗帜，蓝色的旗面上雕刻着红字"1988年洪水过后，夫妻哨所成立，职责就是巡边、护林、护水。从这年起，夫妻俩伴随着每天的国旗升起，年复一年地忠实地履行着自己的使命"。

张正美结婚前没有来过这里，介绍人介绍说，马军武很老实，人很淳朴、厚道，和父母守在民兵哨所。后来见了面，两人都挺满意的，婚事就定了下来。结婚以后，张正美也就从9连调到了桑德克民兵边防哨所，因为和马军武一样，都是基干民兵，也就成了哨所的一员。来到荒凉、偏僻的民兵哨所以后，她才发现这里距离185团团部25公里，离最近的连队也有8公里，出门很不方便。以前在9连，张正美是个文艺骨干，对唱歌、跳舞很在行；到了哨所后，这样的活动就没有了，要唱歌也是自己唱，要跳舞也是自己跳，而且没有了过去那种集体生活，纯粹是家庭生活了。她开始有些不适应了，总是留恋过去连队的那种集体生活。留恋归留恋，她还是选择面对现实，毕竟丈夫和公婆对她好，人是要报恩的。再说了，她自己也是基干民兵，在边境团场，基干民兵就是兵，就是战士，一旦发生什么事，第一个冲在前面的就是基干民兵了。慢慢地，张正美适应了哨所的单调生活，也深深地感觉到了哨所的重要性。

马军武和妻子张正美一样，经历过这样一个适应过程。马军武以前在4连当农工，后来跟着父母来到了民兵哨所。来到民兵哨所，他才知道，与以往的工作相比，当好民兵哨所的守护者是多么艰难。这里依林傍水，草深树密，夏季蚊蠓铺天盖地，冬季滴水成冰，环境特别艰苦。尤其是白天和晚上，戈壁滩上中哈界河边上的独家独户没有人来串门，自己也没有出去的机会。作为一个正处在风华正茂的黄金年龄的年轻人，他渴望热闹，喜欢和朋友聊天，现在这些机会全没有了，每天就是独自一人沿着铁丝网、界河边巡视、检查。父母年龄大了，他让他们守在瞭望塔，守着电话，唯一陪伴自己的就是那条黄狗。开始的时候，他也很急，躁得很，想喊几句发泄一下，可一张开嘴，就喊不出来了。因为是边境的铁丝网、边境的界河，不能喊的，要是乱喊乱叫，就会惊动对方，扰乱了边境的安宁，会出大事的。不能喊，他就寻找发泄的地方，看到哪里铁丝网破了，就修好。修补铁丝网的时候，就把心里的气和劲儿全发泄出来了，把铁丝网修补得牢牢实实的；或者带着狗在界河边、铁丝网前多走几趟。发泄完了，心情就舒畅了。慢慢地，马军武适应了哨所的生活，如果不让他去巡逻，他会急死的。

父母退休以后，民兵哨所的工作就全落在了马军武和张正美夫妻身上。父母在哨所的时候，一大家人在一起，话说得多，事也多，每天也是热热闹闹的。尤其儿子出生后，儿子小马翔给哨所带来了欢乐和幸福。父母搬走了，也把小马翔带走了，他们住到了团部，哨所只有夫妻二人，突然就冷清了。有人说，二人世界多好呀！但是你如果尝试一下马军武夫妻的二人世界，还是与外界隔绝的二人世界，几十年如一日，你就会有一番很深的感慨了。

马军武夫妻的二人世界是很独特的。他们每天起来的第一件事就是升国旗，然后沿界河走一圈，观察河水，检查河堤，巡视林木，修补铁丝网。回到哨所，马军武爬上瞭望塔，巡视边境线的一切，张正美回到家里生火做饭。夜晚是最难熬的，没有电视，只有通过收音机才能知道外面的事情。电话是不能轻易打的，只有发生紧急的情况才能打电话。张正美想儿子，马军武也想儿子。白天忙碌没有时间想儿子，到了夜深人静的时候，两个人都不约而同地想儿子。电话不能打，就拿着照片看儿子。看着看着，张正美的泪水就流了下来。毕竟是母亲，活泼可爱的儿子不在身边，心里是很难受的。一年365天，20多年了，可儿子在他们身边不到300天。为了排解思念和夜晚的孤独，夫妻两人就看书、下跳棋，消磨一个个夜晚，就这样日复一日，年复一年。守水、巡边、护林成为他们生活的全部内容，连他们自己都想不到，这一守就是20多年。20多年里，在两代夫妻的忠诚守卫下，边境线上没有发生任何事情，就是牛羊也没有越境过，只有乌鸦在天空飞来飞去。那是没办法的，边境线上的鸟是没有国界意识的，也无法限制它们。这里野草茂密，森林郁葱，庄稼旺盛，是各种鸟儿的天堂，它们就飞来了。飞来了，就不走了，安家落户了。

到了夫妻民兵哨所，你会发现马军武夫妻不孤独，因为有界河陪伴着他们，有铁丝网陪伴着他们，有森林和野草陪伴着他们，有外国飞来的鸟儿陪伴着他们，还有他们身后的全国人民陪伴着他们。几十年来，各级领导先后来到哨所慰问他们、看望他们，给他们送来了组织的关怀、祖国的温暖，这让他们夫妻感到很幸福。同时，他们也深深地感到肩上的责任很重，使命很神圣。20多年来，他们用脚在边境线上一步步丈量着祖国的土地，不论春夏秋冬，都矢志不渝地守护着祖国的这片热土。

有人替他们算了一笔账。20多年来，马军武夫妇在蜿蜒的边界羊肠小道走了29万公里，相当于绕地球7圈，磨烂的600双军用胶鞋可以装满20个麻袋。这些数字让我们多了想象，多了感动。

每年的春季是马军武夫妻最忙也是最紧张的时候。冬季，这里受高山气候和西伯利亚冷空气的影响，降雪量平均在80厘米以上，形成了大量的积雪，每年的春天都要暴发洪水。于是每年春天气候刚开始变暖，积雪开始融化的时候，马军武夫妻就开始忙碌了。他们排好夫妻值班表，轮流巡视界河汛情。整整两个月的洪水期，他们日夜忙碌，熬红了眼睛，脸消瘦了一圈，经常不能按时吃饭和睡觉，始终关注着界河一丝一毫的变化。每次险情都是在他们的及时报告下被遏制。他们比边防部队的官兵还忙碌，被边防部队和武警部队赞扬为部队的一个"编外哨所"。

每年的夏天是蚊虫肆虐的季节。他们每次出门巡逻，都要带着特制的面纱，罩着脸和脖子，抵抗蚊虫的一次次疯狂的攻击。有三次他们不幸坠入界河，差点丢了性命。他们从界河里爬上来，穿着湿淋淋的滴着水的衣服和裤子，继续巡逻。

冬天的刺骨寒冷更是难忘。寒风呼啸，雪花飞扬，夫妻两人相伴顶风冒雪一步步走在巡逻线上。大雪停了，阳光出来了，他们踏着没膝的积雪继续艰难地走着，一不留神就会滑入沟里，满身雪花。夫妻两人相互取笑，然后站起来再继续往前走。

无数次脸、手、脚被荆棘刺破、划伤，无数次摔倒了再爬起来。20

多年来，他们没后悔过，没有动摇过，唯有更加坚定信念和意志。20多年来，他们的脸变粗糙了、变黑了，但是他们誓言无声，守土如金，甘于奉献，戍边为国的赤胆忠心闪耀着美丽的光华。

马军武自己有一笔账：20多年来，儿子已经是20多岁的大小伙子了，可和他们在一起生活还不到300天。父母搬到团部后，他们夫妻没有和父母过一个团圆年。父母没有怪罪他们，没有埋怨他们，毕竟父母曾经也是夫妻哨兵。1998年的春节，马军武的父母带着马军武的弟弟、妹妹来到了哨所，全家在哨所过了一个团圆年。

20多年来，马军武没有参加过一次朋友聚会。张正美自从嫁给马军武，没有去过一次大城市。张正美爱美，也想像城市姑娘那样穿着高跟鞋和美丽的裙子逛街，哪怕一次也行。但是在哨所，她没有机会。不是马军武不让她穿，而是蚊虫不让她穿、野草不让她穿，哨所的巡逻工作让她无法穿裙子。张正美有一条蓝花裙子，是她的心爱之物。每次想穿裙子的欲望强烈的时候，她就把门窗关好，不是怕人看，没有人来，是怕蚊虫看到，飞进来叮咬。关好门窗后，她就拿着蓝花裙子在身上来回比试，享受穿裙子的幸福，幻想着穿裙子走路的样子，心里乐得溢出了蜜，开心极了。女人一生没有穿过一次裙子，是一种遗憾。张正美领略了很多女人的遗憾，但是她和丈夫的这些付出，换来的是边境的安宁。

如今，这个西北边境的第一夫妻哨所感动了无数人，吸引了众多的游客，成了红色旅游景点和爱国教育基地。马军武多次受到了表彰和奖励。2008年被评为兵团"敬业奉献道德模范"，2009年被评为"兵团劳动模范"，2010年被评为"全国劳动模范"，2011年获"新中国（中华人民共和国成立后）屯垦戍边100位感动兵团人物""全国敬业奉献道德模范"称号。

2014年4月29日，习近平总书记来到新疆生产建设兵团6师，参加了在五家渠市召开的兵团座谈会。一身戎装的民兵马军武向习近平总书记汇报了在中哈边境桑德克哨所屯垦戍边26年、建设夫妻哨所的工作。

习近平总书记听完马军武的汇报，由衷地感叹："真了不起，我非常敬佩你们！"

马军武郑重地行了个军礼，坚定地说："请总书记放心，我会一生一世在桑德克哨所守护下去，一生只做一件事——我为祖国当卫士！"

习近平总书记带头鼓掌，全场响起了热烈的掌声。

掌声为马军武赢得了荣誉，掌声更加坚定了马军武守边保国的信心和信念。

荣誉和表彰是对马军武夫妻哨所的肯定和赞扬，同时也是一种激励。如今，他们工作的哨所条件改善了，有了农家小院，种了自己喜欢吃的各种蔬菜和玉米，还有十几只绵羊，没时间放牧，让别人代替放。生活好了，责任更重了，护边守边的征途任重而道远。可他们夫妻每天依然乐呵呵的，幸福、快乐的笑容在他们的脸上荡漾着，就像绽放在边境线上的红玫瑰。

古树·老人

　　父亲已退休多年。退休以后的父亲没有什么爱好，唯一的爱好就是每天坐在古老的胡杨树下看风景。胡杨树很老，是团场机关大门前唯一的一棵百年老树。

　　父亲看风景是很专注的，坐在那里一动不动，像一座凝固的雕像。他的身后是一棵高高的胡杨树。胡杨树很老，也很粗，树皮粗糙，上面的龟裂之处像一张张很大的嘴，也像父亲历经沧桑，满是皱纹的脸。父亲背靠在古老的胡杨树身上，看着东方天际的一抹红，看着圆圆的太阳从地平线上跃上来，在一片红彤彤的霞光中升起来。这时候父亲的脸上浮现出一丝微笑，这微笑在红色的阳光里格外灿烂，犹如一朵牡丹花在慢慢地绽开。父亲满脸的皱纹里跳荡着青春的涟漪，在朝霞里闪烁着美丽的光芒。我知道每当这个时候，父亲的心里都是最幸福的，因为父亲的眼睛眯成了一条细细的月牙，沟沟壑壑的纹路拥挤在一起，织成了一张甜蜜的网。

　　红红的太阳站在半空中的时候，父亲才恋恋不舍地离开了古老的胡杨树，迈着蹒跚的步子回家吃饭。临走时，父亲仍不忘看一眼古老的胡杨树和树下的宽阔广场，这一眼看得深情，看得细腻，那目光像一股泉水，清澈而又深远，饱含着永恒的虔诚和久久的眷恋。

　　父亲对看风景很执着，而且很痴迷。只要是晴天，他天天去看，像上班一样准时，谁也无法劝阻他。每天除了吃饭、睡觉，他的时间都是在古老的胡杨树下度过的。我常想，父亲是不是在怀念故去的妈妈？问他，他摇了摇头，又点了点头。父亲的举动，对我这个做儿子的来说，就是一个难解的谜。

有一天，我领着3岁的女儿来找父亲。女儿看到坐在古树下的爷爷，挣脱了我的手，欢叫着："爷爷！"一路小跑，像花蝴蝶一样地飞落在了爷爷的怀里。

我看到父亲的脸上瞬间爬满了笑纹，笑纹在欢唱着幸福和满足。他的眼睛又眯成了月牙，乐呵呵地亲吻着小孙女粉嘟嘟的圆脸。女儿用两只小胖手费力地抵挡着爷爷长满胡子的脸，扭动着小圆脸叫道："爷爷胡子扎，爷爷胡子扎！"父亲开心地笑了。父亲的笑声宛如古铜钟声在古树下荡漾。

这时候，父亲抬起了头，把孙女抱在怀里，目光投向远方，嘴里喃喃呢语，好像在跟孙女说着什么。孙女似懂非懂地仰着小圆脸，像探讨古老的奥秘一样闪动着两颗黑葡萄，依偎在爷爷的胸前静静地听着，那神色就像在听一个动人的古老的故事，满脸的专注。我不知道父亲在对自己的孙女讲些什么，但我隐隐约约地听到父亲说戈壁、黄羊、开荒一类的词语。

我心里一动，顺着父亲的目光看到了远处繁华的市场，看到了鳞次栉比的楼群，看到了平坦、宽阔的街道，看到了浓荫下玩耍、闲游的人们，耳边荡漾着流行歌曲。于是，我心里一阵惊喜，突然找到了父亲看风景的答案。

父亲是359旅的老战士，跟着王震将军蹚过延河水，告别了宝塔山，远离了南泥湾，几经转战，来到了这片亘古的荒原。父亲在回忆那段早已流逝的历史画面，重温那令人热血沸腾的战场，抚摸那段坎坷、蹉跎的生活。父亲的目光是坚定的，闪耀着青春的光芒；父亲的脸上流淌着兴奋和激动，散发着朝气蓬勃的气息。我看到父亲又回到了那远逝的岁月，沉浸在当年的拓荒日月里，陶醉在那丰收的喜悦之中。

父亲不讲话的时候，就抱着自己的小孙女在摇。他摇动身体的姿势，就像一座古钟在摆动。他那花白如霜的头发上快乐在舞蹈，沧桑如铜的脸

膛上荡漾着幸福，没有烦恼，没有忧愁，满身心的愉悦和迷醉，甜蜜和幸福的网纹在爬动着，传达着心中的歌声。

父亲不摇的时候，就拉着小孙女围着古树转圈，一圈又一圈，像一道彩色的光环在旋转。光环里飘出爷孙俩的欢笑声，沧桑得似古钟声，清脆得如百灵音，在古树粗老的树身上环绕，在古树浓密的树枝间闪动，在蓝天白云间萦绕。

我看着看着，泪眼蒙眬。面前浮现出挺立的王震将军挥手指挥千军万马屯垦戍边的雕塑，那座不朽的雕塑愈来愈高，像一座永恒的丰碑，巍然耸立在天地之间，同日月争辉，与山河相伴。

胡筱龙，你走好

妻子猴丽虹哭着说：筱龙，你走好……

战友们深情地呼喊：胡筱龙，你走好……

我无法抑制心中翻腾的潮水，我无法阻挡眼中流淌的泪水。我跟着大家的声音在轻轻呼喊：胡筱龙，你走好。这从心底发出的声音在天地间回响：胡筱龙，你走好……

我看到你朝我们走来，满脸的微笑和自信，迈着军人特有的步伐，坚强地走来，走得是那样的扎实、那样的豪迈。19年的军旅路程，你就是这样坚定地走着，走得顽强而有力，走得信心百倍。近了，近了。突然，你转身离去，走得那样匆忙，脚步踉跄，失去了往日的稳健和雄壮。我凝视着你的背影，瘦削的背影在天地间晃荡，似一幅摇动的剪影，蹒跚地一步步走向远方。远了，远了。你的身影在遥远的天际慢慢升起，凝固成了一座西部军人的丰碑，在苍茫的荒原上闪烁着耀眼的光辉。

我寻觅你走过的路程，留恋你留下的足迹，它们是那样的刻骨铭心，犹如荒漠戈壁上的音符，奏着英雄的旋律，在西部荒原上传扬。

15年前，你恋恋不舍地告别了4年的西安陆军学院的军校生活，来到了西部荒漠上的新疆军区某部队。当你看到血染的胡杨在秋风中耸立，塔克拉玛干沙漠在阳光下裸露着宽阔的胸膛，散发着巨大的热情，你的心如潮水般涌动。你知道，也意识到了，自己的阵地就在这里，自己的岗位就在这里，这里就是你军人生涯的起点，也是锻造你的理想的火炉。你异常兴奋，兴奋得难以控制自己潮水般奔涌的情感。你是男人，男人就要干出一番大事业，塑造辉煌的人生。你有男人的性格，更拥有军人的性格。因为你崇拜军人，向往当一名现代科技型的军人。于是，你报考了军校。当你穿上崭新的军装时，你为自己铺设了一条理想之路，自信地一步步走向心中的目标。少尉军装让你爱不释手，让你无法掩饰心中的激动和兴奋。那一夜，你失眠了。躺在新军床上，你辗转反侧，无法入睡。你想了很多，想得最多的就是把自己所学的知识奉献给国防军事科学事业。也就是从那一天开始，你在心里暗暗使劲儿：当一名优秀的军事人才，打好未来的信息化战争。

你说，谁要玩彩头，谁就栽跟头。

你的军人性格赋予了你顽强拼搏的精神。战争来不得半点虚假。为了打好未来的战争，你一点一滴地从自我做起。对信念的坚定、对事业的执着、对使命的忠诚，决定了你使命重于生命的品格。你用实际行动实践着"宁可让生命透支，也不能让使命欠账"的诺言。你是指挥员，但你更是一名战士。死亡之海塔克拉玛干沙漠让无数的人望而生畏，但是也让有志男儿锻造了辉煌。你选择了穿越死亡之海，把它作为对自己、对部队的一种生命的洗礼和考验。你和战士们行进在滚烫的沙漠深处，摸爬滚打，用坚定的信念、坚强的意志征服死亡，用心血在西部的荒漠上铸造着一支钢铁部队。你成功了，当部队准时到达目的地时，你笑了，笑得很欣慰、很满足。大规模的军事演习中，你病重了，却没有倒下。部队首长没有想到，你忍着高烧和剧痛，打着吊针指挥部队严格训练、实战演习。你顽强地支撑着病重的身体，通过一声声电波准确无误地汇报着自己的位置。你晃动着病重的身体，徒步跋涉13公里，用脚一步步量着距离，带着部队走完了艰难的路程。到达指定位置时，你昏倒在阵地，手还指着前方。

你倒下了，倒下的是病弱的身躯；你又站起来了，站起来的是西部军人的雕像。

你对自己说：明天打仗，你准备好了吗？

是呀，作为一名西部军人，作为一名从排长一步步成长为团长的军事指挥官，你牢记着自己的军人使命。多少个白天和夜晚，你全身心地扑在了现代化的军事训练上，义无反顾而又忘记了一切。没有电脑，你拿出了家中的积蓄配备了电脑；没有时间，你像挤海绵里的水一样挤出时间。妻子缑丽虹埋怨你职务越来越高，回家的时间越来越少。多少个节假日、多少个夜晚，妻子和女儿在家中眼巴巴地盼望你回来团聚。每当女儿在梦中喊着爸爸，每当妻子孤独地躺在床上，守望着不熄的灯光，你都在办公室工作着。你心里很愧疚，对不起妻子和女儿，欠她们的太多太多。你也想回家过温馨的日子。可是，你是军人。军人的人生坐标凝聚在现代化的战争线上。战友们经常看到你办公室的灯光从傍晚亮到了黎明，送走了夕阳，迎来了朝霞；战友们经常看到你埋没在军事书籍的海洋里，寻找新的军事训练发展点。你没有头悬梁，锥刺股，而是嚼着辣椒驱赶疲劳和困乏。你在刻苦地读书，冥思苦想设计训练方案，废寝忘食，忘了一切，用铅笔搅动着方便面在研究、探索。你在不断地充电，在时刻准备着。

你是军人，拥有军人特有的情怀。

你爱兵如亲人，每次战友们的家属来部队探亲，你都会从训练场上把他们叫回来，看着他们擦亮皮鞋，穿戴整齐后才放他们去见亲人。你说，媳妇来了，就要好好地接待，因为她们是贵宾，是我们生命的一部分。你亲自派车去接送战友家属，让他们享受家庭的温暖。你得到的回报是敬礼，一个军人的敬礼。军礼是最高的谢意。

妻子缑丽虹出了车祸，双腿骨折，生命垂危，你闻讯赶来，日夜守护在她的身边。缑丽虹醒来后提出分手。你的眼窝湿润了。你明白妻子的心，怕给你带来工作不便。但是，军人的责任感使你毫不犹豫地拒绝了她的请求。你给她讲故事，用一颗军人滚烫的心温暖着她，用一腔火热的情怀激起了她生活的信心和力量。在你的精心照顾下，她看到了生活的曙光、生命的亮点、幸福的希望。9个月后，緱丽虹迈出了痊愈后的第一步，在你的鼓励下，走上了新的生命历程。

你很忙，再忙也牵挂着妻子和女儿。因为她们是你生命中不可缺少的一部分。每次你出门，妻子緱丽虹总能发现屋里的每个地方都有很多小纸条，上面写满了你对她和孩子的关爱，流淌着亲情。

中秋佳节，你给妻子写了情诗，制作成MTV诗盘。当緱丽虹拿着饱含着你的深情的诗盘，泪水止不住地流了下来。谁说军人不浪漫？军人的浪漫能激活孤独的心，能点燃爱情的火焰，能稳固家庭，成为铁打的营盘。

战友们知道，你的情怀倾注在国防事业上，融化在军事科学技术上。你的身体一天天瘦弱，你的体重一天天减轻，你的病情一天天加重。领导督促你，战友们埋怨你，可你就是不离开部队，不离开训练场一步。当你再一次昏倒在训练场的时候，当你被送往医院进行抢救的时候，你的心里还是工作。在病床上，你强忍着剧烈的病痛，把笔记本电脑放在腿上，敲击着生命的键盘，书写着人生乐章。你知道，你的时间不多了，虽然只有37岁，还是生命之花绽开的季节，但是你患了癌症，这是一个不可抗拒的事实。

你一次次昏迷，又一次次顽强地醒来。

你对守护在身边的女儿说：爸爸要是没醒来，你就喊爸爸一百声，爸爸就可以醒来。爸爸还有很多事要做。

幼小的女儿流着泪水点了点头。看到你闭上了眼睛，女儿就哭着喊：爸爸，爸爸……

女儿坚信，喊一百遍"爸爸"，爸爸就不会离开我们。因为女儿是爱爸爸的，爸爸是不会离开女儿的。女儿不能没有爸爸。

女儿喊了，喊得撕心裂肺。你终于又一次被女儿从死神身边拉了回来。

你睁开了眼，望着妻子和女儿，望着守护在身边的战友们，又谈起了训练工作。妻子几次想阻止你，但看你很认真，就含泪把要说的话又一次次地咽了下去。

病魔就是恶魔，它残酷得没有人性，一次次地摧残着这个年轻的生命。

2006年4月26日，你最后一次从昏迷中醒来。你有很多的话要说，但你说不出来，只能嚅动嘴唇。你用顽强的毅力支撑着生命，眼睛分外明亮地望着每一个人。妻子猴丽虹明白你有话要说，这可能就是临终的嘱咐。她含着满眼的泪水趴在你的脸上，听到你费力地低声喃喃："备份，拷贝……"

4个字，还是工作！

妻子明白了，你怕电脑里的文件丢失，嘱咐保存下来。弥留之际，你所想的还是工作。

你走了，走得不安心。因为你还惦记着没完成的工作。

19年的军旅生涯，你走得如此匆忙；短暂的37岁生命之花，你却开得如此灿烂。

1只，100只，1000只，10000只……战友们在悼念你的时候，含着泪水叠纸鹤。

在你的灵堂，我看到几万只洁白的纸鹤纷纷飞起，伴随着你飞向远方，飞向天国。

战友们说：胡筱龙，你走好，放心地走吧，你留下的工作我们会做好，会努力做好。

妻子猴丽虹说：筱龙，你走好，放心地走吧，我会抚养女儿长大。

荒原上的胡杨林在说：胡筱龙，你走好。

辽阔的塔克拉玛干沙漠在说：胡筱龙，你走好。

多情的塔里木河在说：胡筱龙，你走好。

胡筱龙，你走好，你走好 …… 天地间回荡着一个声音，震撼着荒漠、戈壁、原野。

2006年9月14日上午，我坐在座无虚席的奎屯市政府礼堂里，被一片哭泣声淹没。此时此刻，在胡筱龙同志先进事迹报告会上，胡筱龙的战友和妻子声情并茂、满含思念之情地讲述新疆军区某部团长胡筱龙的平凡人生故事。我在演讲人高亢、激昂、抑扬顿挫的语调中看到了一条河流，一条充满了生命的朝气的河流，在西部的荒原上奔腾！

纺车摇月光

每当夜深人静的时候，我的耳边就会飘荡着一支美妙的小夜曲。它伴随着我度过童年的寂静夜晚，慢慢地步入中年。我思念这支小夜曲，因为它是我家的纺车的吟唱。

那是我童年的时候，在月光如水的夜晚，母亲总是坐在纺车前，聚精会神地摇着小纺车。于是我在嗡嗡的旋律声中进入梦乡，睡得很香甜。

母亲一生很简朴，也很辛劳。她1957年带着我和两个哥哥从河南来新疆后，在连队当农工。那时候，我家是没有纺车的，自然也听不到纺车的歌唱。后来我的弟弟、妹妹相继出生，父亲也当上了干部。当上干部的父亲和原来不一样了，他渐渐开始从另一个角度考虑问题，并开始决定我家的事情。母亲在父亲的果断决定后退职回家当了家属。母亲原本是不愿意当家属的，因为她们家祖祖辈辈都是农民，农民是热爱土地的，更热爱劳动。作为农家女，母亲脱离了集体劳动，她的心里很难受，有一种从来没有过的失落感。但是，父亲不顾母亲的想法和感受，因为他是党员，又是干部。作为党员干部的父亲就要积极带头响应组织的号召，给组织减少麻烦，减轻单位的经济负担，就像现在的下岗一样。母亲"下岗"的理由是子女太多，给父亲的工作带来了不便。母亲想和父亲大吵一架，因为父亲一个人的工资是难以维持我们全家7口人的生活的。但每次看到父亲回家以后，黑红的脸绷得像铁板，母亲就把嗓子眼里的话又咽了下去，急忙端上热腾腾的饭菜。父亲什么也不说，坐下就大口吃了起来。父亲显得很

饿，又很累，因而吃得很香。父亲吃过饭，就坐在一边吸烟。父亲吸烟就像吃饭一样，只几口，一支烟就从手上消失了。父亲吸完烟，就出了门。母亲知道，父亲又去了猪场、鸡场。父亲是场长，管的人不多，不到10个人，但猪和鸡很多，加工厂的职工食堂和职工家饭桌上的肉和蛋，全靠父亲管理的猪场、鸡场来供应。因而父亲觉得自己责任重大，除了吃饭和睡觉，他把时间全部献给了工作。父亲不顾家，家里的一切就全靠母亲了，这就是父亲让母亲退职回家的目的。开始母亲不理解，后来在家一段时间后，母亲就无奈地接受了。

母亲是个闲不住的女人，总想找点事情来做。那个年代是不能做生意的，父亲一个月50多元的收入，在我们这个子女多的家庭里，就很拮据了。于是，母亲千方百计地想点子节约。有一天，我放学回家，看到家里多了个纺车。乘母亲在外面棚子里做饭的空档，我玩起了纺车。纺车很好玩，我左摇摇，右摇摇，没一会儿，纺车就散了架。我害怕了，丢下纺车就趴在桌子上写作业。母亲端饭回来，看到散架的纺车，脸阴阴的，什么也没说，放下饭菜，来到我的面前。于是，我的锅盖头上就响了两声清脆的巴掌。我无话可说，只有低着头，眼泪汪汪的。母亲打过我，就收拾纺车。我看着母亲只几下，纺车就又恢复了原样。母亲试了试，当纺车重新发出低吟，脸上才出现了温和的颜色，又忙着端饭去了。哥哥和弟弟、妹妹回来了，全都围着纺车看。弟弟伸出了手，我就大喊一声：谁动谁挨打！他们吓得全看着我。这时母亲进了门：说，谁动谁挨打，不信你们问他。母亲说着，目光盯着我，很严厉。我不由自主地摸着头，头上还隐隐地疼。大家相信了母亲的话，因为谁都挨过母亲的打，全在头上。纺车不让动，看看总可以的。白天看不到母亲纺线，因为要上学。再说母亲白天也没有时间摇纺车，她要忙家务，还要喂鸡。母亲原来在养鸡场工作，退职后就在家里养几只鸡。纺线母亲就在夜深人静的时候进行，因为这个时候，我们的作业已经做完，父亲晚上值班还没有回来。现在回忆起来，母亲虽没有文化，但纺线还是很讲究意境的。

　　后来我看到过电视上演的南泥湾大生产的画面，上面有纺线的镜头。现在想一想，还真有点儿异曲同工之妙。唯一不同的是南泥湾的纺线是在白天，有很多的人，而母亲是在月光下的夜晚，独自一人。在阳光下纺线的感觉我不知道，在月光下纺线的画面我永远铭记。母亲选择在晚上纺线，大概有她的理由。明亮的月光犹如透明的轻纱，从开启的窗户飘进来，在暗红的油灯中慢慢起舞，母亲端坐在地上，随着纺车的嗡嗡旋律，双臂舞蹈着，右手画着圆，左手拉着线，身体在前后、左右晃动着，显得很投入。母亲是小脚女人，会不会跳舞我不知道，因为从来没有见过。但我看到母亲纺线的姿势非常优美，犹如一个舞者在诉说着、表达着无法用语言来表达的舞蹈词汇。她不坐凳子，而是双腿盘绕在一起，腰板直直地坐在一个布垫子上，右手摇动着纺车旋转，左手握着像油条一样粗的洁白棉花，"喂"着旋转的铁捻子。铁捻子像一只饿急了的蚕，喂一次，就吐一次丝。棉丝细细的、长长的，总也见不到头，看得我发困。几只棉条"喂"完，铁捻子的"肚子"就鼓了起来，白白的像只蚕茧。于是母亲就又换上一根铁捻子，纺车又婉转、悠扬地唱了起来。纺车的低吟如催眠曲，伴随着我们兄妹们渐渐入睡，在梦乡里遨游、闯荡。可父亲还没有回来。猪场是狼的袭击目标，狐狸不断入侵鸡场，父亲就在自己管辖的区域内防范侵略者，巡回检查。父亲回家的时候也就是纺车谢幕的时候，母亲为了等父亲，就摇动着纺车，度过一个又一个月光皎洁的夜晚。

　　那些年的秋天，我们家的纺车一直在唱着。母亲不会编织活儿，纺出来的棉线和以后纺出来的毛线，就拜托邻居和朋友们帮忙编织，于是，我们家便有了棉线和毛线的编织衣，旧的绒衣、绒裤就没有人穿了。后来，随着两个哥哥先后参加了工作，我家的经济情况慢慢地好起来，纺车就逐渐被遗忘了，冷落在了棚子里。

　　纺车不唱了，但纺车低吟的旋律让我难以忘怀。毕竟那是一个艰苦的

岁月，又是我童年里的一段美好的回忆。现在坐在办公室里，听着隔壁电梯升降的嗡嗡声，我的眼前就会出现月光下母亲纺线的身影。虽然母亲已去世多年，但母亲的音容笑貌常常让我激动，让我感到亲切。那纺车的吟唱让我怀念，让我留恋，让我想起很多过去的事情。

过去的事情，它已经过去了，成为一段历史。但过去的历史是无法磨灭的，因为有一种很朴实的精神在激励、鼓舞着我，让我珍惜现在的生活。

菊花，在秋天开放

邻居老人开始种花了。

看到邻居老人开始种花是在一天下班后。老人退休以前在团场偏僻的水管所工作。退休以后，儿女们商量，在城里给他买了楼房，恰巧和我成了邻居，于是知道了他的一些事情。

老人和他的老伴是从湖南来支边的，乡音很重，每每打招呼，他们说什么，我听不懂，就点头说"是"。因为老两口都是80多岁的老人了，树老根多，人老话多。每次下班回来，就能看到老太太坐在门前或者在门前走来走去，看到人们下班回来就打招呼；老头儿却话不多，站在门前看着回来的人走进自家的门。前几年，老两口在楼前楼后种菜，遭到了他们的子女的反对，我们也不好说什么。种菜是老人们的习惯。但是在我们的阳台底下种菜，毕竟对楼房是一种损害。大概子女们竭力地反对，也可能出于他们的身体原因，这两年老人不种菜了。不种菜的老人也闲不住，就在门前的草坪上种树、种花，经常拿着铁锹在草坪上挖坑，今年种这个树，明年又换了另外的树。大家看了，谁也没说什么，因为他们年纪大，种什么也不妨碍大家的事，所以也就看看而已。但是，老太太和老头儿于是就有了事干，那就是吵架。老太太劝老头儿不要干；老头儿倔强，非要干。因此，每天都吵架。他的儿女劝不了，也就不劝了，听之任之。

半个月前的一天晚上，老太太出门了。老太太出门，谁也不知道。后来大家知道了，是因为派出所的警察来了。原来，老太太晚上睡不着觉，

就出门散心，谁知道，她的心脏病犯了，栽倒在路边的水渠里。晚上没人发现，失去了抢救的机会。老头儿和老太太分房间睡觉，老太太出门，他一点儿也不知道。水渠里有水，下游在浇地，看到水突然小了，就来巡渠，发现了水里的老太太，就报了警。

送走了老太太，老晚上坐在门前不说话，就像一尊雕塑。邻居们有陪他坐的，也有陪他说话的。老人孤独，大家看着可怜。以前虽总是吵架，但毕竟是老伴。现在连吵架的人都没有，大家看着他就心里不是滋味，酸酸的。

几天以后，我下班回来，看到老人在草坪上摆了很多白色的塑料小花盆，根据我的经验和判断，老人开始种花了。果然，妻子回家，我谈起这事，妻子告诉我，老人买了30个花盆，要种菊花。我问，为什么非要种菊花？妻子说，老太太的名字里有"菊"字。哦，我明白了。种菊花，30盆菊花，是在寄托他对老伴的怀念。

于是，老人每天就像一个花匠，在花盆旁忙碌。

我想，他在种花，也在表达心中的哀思和怀念。

晚上看电视，电视剧《关中男人》的片尾曲很有意味：我把你放在碗里，热了想你，凉了也想你。我把你放进枕头里，醒了想你，梦中也想你。我把你埋进黄土里，活着想你，死了也想你（歌词很好，但记得不准确，意思就是这样的）。

秋天来了，我想看到老人的菊花开放。

那片菊花在秋天的阳光里一定很好看，因为老人是用心血在栽培，这些花凝聚了他的思念。

落叶

窗户外面有棵杨树。躺在沙发上看电视的我，不经意地一瞥，看到了一片橘黄的树叶离开了树枝，慢慢地飘落下去，像一片羽毛。满树的落叶如金黄的鹅毛纷纷扬扬地落下，吸引了我的目光，使我的目光离开了电视机的屏幕，凝视着窗外，久久注视着那棵杨树，盯着飘落的翩翩金叶。

杨树是3年前栽下的，现在已经有手臂那么粗了。杨树叫大叶杨，叶子大得像馒头，一片片挂在细细的枝条上，在秋天的阳光里随着微弱的风摇曳，闪动着金黄的光斑。我望着杨树，树枝上的叶子已经很少，屈指可数。

我离开了沙发，站了起来，来到窗户前，望着外面的杨树和杨树下的草坪。金黄的树叶落满了树的底部，天女散花般点缀着绿色的草坪，格外醒目。

一个老人蹒跚地走了过来，又一个老人慢慢地跟着走了过来。两位老人头发已经花白，弯着腰，蹑手蹑脚，踏在草坪上，仿佛怕惊醒睡熟的草坪和在梦中的落叶。他俩来到了杨树前，丈夫伸出颤抖的手，在树身上系着什么，妻子站在那里默默地望着比她高半头的丈夫，泥塑般地一动不动。

丈夫的手落下了，我看到了一根红丝带，窄窄的、细细的，垂落下来，在阳光下格外耀眼。丈夫转头看妻子，妻子抖抖索索地递上了一朵红花，是纸花，很粗糙的那种手工做的大红纸花。丈夫虔诚地把纸花绑在了

树身上，我看到鲜艳的红花绽开在红丝带的上面。丈夫抬起头，阳光在他花白头发间跳跃着，闪动着粼粼光点。他一动不动地望着红花，望着红丝带。妻子站在他的身边，低垂着花白的头，用手在抹着眼睛。

我突然想起什么来了：今天是他儿子遇难的日子。两位老人是在祭奠因车祸离他们而去的儿子，思念远在天国的儿子。

我什么也没有说，什么也不想说，只是在屋里凝望着窗外的一切，望着秋色的阳光下、绿色的草坪上，两位老人所做的一切。

丈夫弯下了腰，捡拾草坪上的落叶。妻子愣了一下，好像明白了丈夫所做的一切，也可能不明白，但因为是自己的男人，与自己相濡以沫的男人，所以什么话也没说，也弯下了腰，拾起了一片片落叶。

我看着两位老人，思绪飞扬了起来，整理着脑海里的碎片，慢慢地将它们组合、叠放在一起。

丈夫叫江淼，生在湖南的一个鱼米之乡。妻子叫什么我不知道，也没有打听过。我只知道，那年来新疆，他们刚结婚不久。来新疆的原因很简单，就是3年自然灾害肆虐的时候，年轻的江淼吃不饱，在新疆的姐姐在信上对他说，新疆人少地多，吃饭不成问题。姐姐是20世纪50年代初期参军来到新疆的。为了能吃饱，江淼就辞别了父母，带着妻子万里迢迢来到了新疆。当他们来到姐姐的连队渴望见姐姐时候，姐姐已经不在了，被深埋在戈壁荒原上。姐姐是在抢修大渠的时候被凶烈的山洪冲走了。事情发生得很偶然，姐姐出事就在他们坐上火车以后，快到乌鲁木齐的那一刻。

他带着妻子来到了荒原上的坟群，在连队领导的指认下，他和妻子哭跪在了一座新坟前。坟是空坟，只有姐姐的衣物。姐姐被洪水冲走以后，尽管全连的人们顺着水流一路寻找，但是最终没有见到姐姐的遗体。

因为是姐姐的弟弟，因为姐姐是因公去世，他和妻子被留了下来，留在了水利建筑队。他曾提出了姐姐为什么不是烈士的问题，领导告诉他，荒原上的一座座坟墓下面，全是为了开发这片土地而牺牲的人，整整一个连。他缄默了。

大渠建好以后，配建了很多的分水点。一个闸门，一间房子，一家人。他思念姐姐，怀念照片上的姐姐。为了这份思念，为了这份手足之情，他拒绝了在连队当干部的安排，放弃了连队业务的舒适工作，要求到分水点工作。连长望了他很长时间，说了一句话：是不是你的名字带水，非要和水打交道？他没说，他心里在想，姐姐是为了修这条泄洪渠走的，守着这条渠，就是守着姐姐。每天看着渠里流淌的水，就是看着姐姐。于是，他离开了热闹的连队，来到了荒无人烟的戈壁滩上，带着怀孕的妻子，住进了渠边的一间房里，孤零零的一间房，开闸分水，关闸停水。四十年单调而又枯燥，一直到退休，他和妻子守望着渠水、闸门，没离开过半步。

后来，儿子大学毕业进城工作，在城里给他们买了楼房。他执意不离开那片伴随着他们四十年的世外桃源。儿子的执着、妻子的唠叨，使他恋恋不舍地离开了分水点，住进了宽敞明亮的新楼房。

他是闲不住的老人。刚住楼房的时候，我看到了他的苦闷和彷徨。他每天站在门前，望着院子的空地长久地发愣，不说一句话。后来，我看到他每天都很忙碌，用车拉来了土和砖块，在自己的楼房窗下垒起了菜园子，种上了豆角、茄子、辣椒、丝瓜。蔬菜熟了，他留下自己吃的，剩余的分送给了邻居。门前的草坪上，他种上了从分水点带来的白蜡树、李子树、香椿树和月季、玫瑰、美人蕉等植物。树和花在他的精心照顾下一天天长大，小区居民享受了别的小区没有的独特风景。

儿子看父亲喜欢种树，就特意到农科所给他买了一棵新品种大叶杨树。他像养儿子一样为这棵杨树忙碌，精心浇水、施肥。儿子很忙，很少回家，他每天站在门前，望着越来越粗的杨树久久不动，也不说话。我知道，他在想儿子了。没几天，我就见到了他儿子的身影。

　　一年又一年，时间像流动的渠水，默默地流向远方。就在大叶杨的树叶被阳光染成金黄色的时候，灾难降临了。一天晚上传来噩耗，儿子在出差回来的路上，乘坐的轿车翻下了路基车毁人亡。

　　第二天出门，我看到草坪上的白蜡树、李子树、香椿树、大叶杨树上挂满了白花和黑布条。门前静死一片，来往的人们全是急匆匆地默默低着头走路。即使是邻居碰面，也是点下头，慌忙离开此地进屋或出门。那几天，小区被悲哀笼罩着，气氛很压抑。

　　以后的日子，老人很少出门，没了踪影。偶尔见到，也是看到他在自家门前望着草坪上的树，雕塑般地站着，默默地不说一句话。

　　窗外传来了老人压抑而悲哀的低泣声。我收回了远飞的思绪，朝窗外望去。妻子扶着身体抖动的丈夫离开了草坪，离开了大叶杨树，朝自己家走去。他们的身后，绿色的草坪上、大叶杨树下，很多落叶组成了一个偌大的"奠"字。那字在绿色的草坪上格外醒目，让人心情十分沉重。

　　残阳照射在那些落叶上，片片金黄的落叶流淌着一条条血红的细小的光溪……

雕塑街的激情画廊

富蕴县的可可托海镇有一条街道，宽阔而又洁净、平展而又流畅，是可可托海镇的主要街道，贯穿可可托海镇的中心，足有几公里长。这条主要街道有一个特别的名字，叫"文化路"。

文化路上有文化，是激情岁月的历史文化画廊。踏入文化路街道，首先映入眼帘的是街道两旁的桦树林中坐落着一座座雕塑，形象逼真的36座雕塑栩栩如生，宛如一条充满激情的雕塑街。

文化路很长，徒步是很累的。路边停着一辆马车，是苏式贵族敞篷四轮马车，你可以上去。车上不但有位置，还有一个俄罗斯汉子拉着手风琴，他的身后站着一位美丽的俄罗斯姑娘，看神态不像在唱歌，倒像在聆听如泣如诉的美妙旋律。当你上了马车，你会突然发现，拉车的骏马不知去了哪里。骏马走了，马车就停了下来。马车停下不动了，手风琴的旋律仍然在飞扬，沿着文化路的街道流淌。

俄罗斯汉子演奏的一定是俄罗斯歌曲，你凝望着他认真、快乐的样子，仿佛听出了歌曲的名字，像《莫斯科郊外的晚上》，又像《红莓花儿开》，又像《喀秋莎》……你可以想到很多俄罗斯民歌，慢慢地就会沉醉在奇幻的梦境之中。

20世纪的50年代，俄罗斯文化传到了我国，俄罗斯民歌飘荡在祖国各地。苏联专家来到了可可托海工作，便留下了历史的印记。街道白桦林中的一座座雕塑，就是那个年代的真实写照。

　　既然马车因为没有马而停下，那就下车漫步吧。沿着桦树林边的人行道细细地端详每一座雕塑，犹如翻开了尘封的历史档案，恍惚在追忆历史的瞬间。

　　望着"中苏合作"的浮雕，中苏专家亲密合作的身影在眼前浮现。循着他们的足迹，你会来到"露天采矿"浮雕前，来到工作现场，看着工人们紧张而有序地劳动着。他们的脸上流淌着汗水，在阳光下闪动着耀眼的光泽。他们的脸上荡漾着光荣的笑容，因为他们是在为祖国采宝，感到无比自豪。在"党旗下"的浮雕上，你会看到他们举着宣誓的拳头，神圣而又庄严地凝望着党旗，他们在宣誓：为祖国奋斗，为党献出生命！豪迈的誓言在天地之间激荡。

　　浮雕"机器齿轮"展示的是机器轰鸣的车间厂房的缩影，两幅"维修工具"浮雕描绘着工人们的劳动场面。"搭建井架"浮雕传来了劳动的号子：战天地呀，开矿山哟，多出矿石呀，做贡献哟 …… 高高的井架在天寒地冻的艰苦环境中站立起来，像巨人一样。"井下作业""井下装岩""吊车直升机""打风钻""收集矿石""修筑围墙""破土动工""奠定基石""认真细致""定位测绘""中苏友好"等一幅幅青铜色的浮雕，就像一个个向导，牵着我们的手来到了工作现场，使我们感受可可托海人艰苦创业、无私奉献的精神。

　　"矿工"雕塑彰显着"咱们工人有力量"的英雄气概，"钢钎手"雕塑表现了矿工奋勇向前的工作神态，"搬石"雕塑记录了矿工不辞劳累的劳动干劲儿，还有表现劳动的群雕，挑担子的矿工和装矿石的工人让我们看到了沸腾的劳动画面。每一幅浮雕和每一座雕塑都带我们走入那个年代，亲临热火朝天的劳动现场。

　　我停留在堆砌的矿物砖块前，每一块四方形的砖块上都写着可可托海出产的稀有金属铍、锂、钽、铌、铯，有色金属铜、镍、铅、锌、钨、锰、铋、锡，黑色金属铁，非金属矿物云母、长石、石英、重晶石、兰晶石、石灰石、煤、盐、碱等，珠宝石矿海兰石、紫罗兰、石榴子石、芙蓉石等共计86种矿物的名称。奇特的积木似的造型，仿佛在向世界宣布：中国的可可托海镇有世界著名的"三号"矿脉，是世界公认的稀有金属"天然陈列馆"。

可可托海的工人不但努力拼搏，他们还会享受生活。雕塑"手风琴手"表现的是一位俄罗斯工人在白桦林中拉着手风琴，抒发着自己对家乡的思念之情；而它的对面是一位中国大学生读书的雕塑。晚风轻拂，满月皎洁，年轻的大学生在白桦林中阅读，琅琅的读书声在林间回荡。

我停留在浮雕"秧歌舞"前，久久不愿离开。看着喜气洋洋的欢庆场面的群体浮雕，我的眼前浮现了喜庆的节日景象。那是多么的让人热血沸腾、精神振奋呀！耍龙灯、舞狮子、踩高跷、倒骑驴、划旱船……丰富多彩的文艺节目，让可可托海矿区沸腾了，让矿区的群山沸腾了。

文化路街道旁白桦林中的每一座雕塑，都是一段流金岁月里的故事。漫步在文化路上，凝望着每一座雕塑，就如在激情的岁月里体验并回味，犹如翻阅一本书，一本记载着可可托海人为共和国无私奉献的可歌可泣的历史画册。当你看完这些雕塑，你的心灵会被强烈地震撼；你会被可可托海人的精神感动，心潮澎湃，久久难以平静下来；你会铭记激情燃烧的岁月；你更会发自内心地敬礼：可可托海人，你们是共和国的英雄！

功勋桥的见证

富蕴县可可托海镇有一座古老的木桥，当地人敬佩地称呼它为"功勋桥"。

桥上有牌子，牌子上有文记载：可可托海苏式老木桥20世纪50年代由苏联设计并参与建造，采用的是苏联豪式木桁架桥梁设计方案。1958年引进苏联标准图纸，由原新疆有色冶金设计研究院进行设计，50年代末、60年代初由原新疆可可托海第一矿务局工程大队施工建造。南桥20米跨径，长55米；北桥15米跨径，长45米。木桥设计精美，以原木巧妙搭建，桥身以条钢和螺栓固定方木拼装而成……多少年来，这两座老木桥一直默默地依偎在三号矿脉旁，静静地聆听着额尔齐斯河的奔腾欢歌，承载着不计其数的车辙碾压和过往脚步，不离不弃地陪伴着可可托海人走过无数个春秋往事。如果说三号脉是功勋矿，那么这座老木桥当之无愧就是一座功勋桥。它不仅承载着可可托海闪光的历史，还承载着可可托海人深厚的情感。

这座功勋桥横跨在额尔齐斯河的两条支流间，是可可托海镇前往三号矿脉的必经之路。它经历了60多年风霜雪雨的侵蚀，如今只留下了斑驳、沧桑的桥身，以及老矿工们念念不忘的那段峥嵘岁月。几十年来，它默默无声地见证了昔日可可托海国家级矿区的辉煌历程，也见证了这座矿区小镇曾经的繁华和如今的兴旺。可可托海人对它有着难以磨灭的历史情结，它也是可可托海镇发展、变迁的见证人。

走在历经风雨沧桑，桥身斑驳、灰黑的老木桥上，凝望着奔腾不息的额尔齐斯河水在夕阳下闪动着粼粼光斑，遥远的回忆浮现在眼前。恍惚中看到一群背着书包的孩子在桥上蹦蹦跳跳，追逐、嬉闹；响着车铃飞快掠过桥面的一队下班的青年工人；并排站在桥栏杆旁说话的一对恋人，他们说话的神态很甜蜜；在哗哗的流水声中，几条鱼儿闪动着鳞光活蹦乱跳地映入了眼帘；几个少年光着身子，一头扎进河的怀抱，溅起了一连串的水花，却惹怒了在一旁垂钓的老人……多么精美的一幅永恒的画面。

走过很多桥，到达过很多彼岸。而对在可可托海出生、长大的人来说，此生走过的第一座桥却是可可托海老木桥。这座老木桥横跨于额尔齐斯河的两条支流间，贯通额尔齐斯河南北，是将可可托海人送达人生彼岸的第一座桥。

一位作者曾写道：记得我上高中的时候，这座木桥因不堪重负，禁止车辆通过，只允许行人行走。只是，少了车辆的碾压，却无法阻止风霜雨雪对它的侵蚀。在来来去去行人的脚步中，老木桥的身躯不再挺拔、不再健壮，犹如一个迟暮的百岁老人在岁月的流逝中日见苍老。桥面变得千疮百孔，桥栏也出现了松动。后来，小镇人拆除了边缘松动的栏杆和桥面，没有了人行道的桥身变得狭窄了，斑斑驳驳，布满大洞、小洞的桥面上被铆上了铁板。再后来，出于为行人的安全着想，这座老木桥南北两侧的桥头被封住了，挂上了"禁止通行"的牌子。然而"禁止通行"的牌子依然阻挡不住可可托海人的脚步。尽管下游还有一座更结实的水泥桥，但念旧的可可托海人仍然对这座老木桥有一种挥之不去的情感。孩子们依然喜欢在桥下的河中戏耍；傍晚后，散步的人们依然喜欢踱步于两桥之间，听着额尔齐斯河水的哗哗声，任由晚风轻拂着脸颊；回归的游子依然喜欢来到桥边，看一看老桥，摸一摸它苍老的身躯。

一种情感，是永远也忘却不了的情感；一种思念，是铭刻在心灵的思念。

20世纪80年代，可可托海修建了一座水泥桥，被人们称为"新桥"；这座木桥则被人们叫作"老木桥"。一个"老"字，装载着多少记忆，沉淀着多少情感，深藏着多少故事，只有可可托海人知道。一个"老"，蕴藏着的是尊敬，是感激，是亲近。

如今的老木桥成为一座历史遗址，成为红色教育的见证者。老木桥是功勋桥，成了一个特殊的景观，引来了很多参观者和怀旧者的脚步，被升华为一种纪念。严冬的深雪中，依然可见行人的脚印穿过木桥。可可托海人不舍得拆除这座破败不堪的老木桥，不舍得丢弃关于它的情感和记忆。对可可托海人来说，它永远都是小镇上一道特殊的风景，它永远是可可托海人心中的功勋桥。他们引以为豪和骄傲，对它充满了思念和眷恋。

漫步在功勋桥上，夕阳晚照中，桥下的河水静静地流淌，瞬间弥漫着温馨而甜蜜的氛围。美丽的额尔齐斯河闪动着晚霞送的红装，含情脉脉；而功勋桥神采奕奕，似乎在与河水诉说着缠绵的情话。没有人能听清它们说的是什么，但见河边的杨柳、白桦随风摇动，仿佛在为这天长地久的功勋桥欢呼雀跃，放声歌唱。

随着时光的流逝，可可托海人告别了被隔绝的纯真和平淡，迎来了改革开放后的繁荣和发展。如今，可可托海人离开了简陋的土房子，搬进了舒适、干净的楼房，过着现代化的时尚生活。但是在清晨、傍晚与闲暇之时，人们仍然喜欢来到功勋桥，或漫步，或抚摸沧桑的桥身，或驻足凝望远处的三号矿脉功勋矿，瞭望着阳光下的可可托海小镇的天空，霞光把湛蓝的天空抹上了一片金红色。那刻骨铭心的年代虽然已经成为回忆，但在他们的心里，是永久的思念和爱恋。

军歌在西部飞扬

一棵呀小白杨，

长在哨所旁。

根儿深，干儿壮，

守卫着北疆。

微风吹，

吹得绿叶沙沙响喽喂，

太阳照的绿叶闪银光。

来来来……

程敬东虽然嗓子不好，但他喜欢唱歌。他会唱很多的歌曲，但是他最喜欢的歌曲就是这首《小白杨》。第一次听到这首歌的时候，他的心里瞬间铺满了灿烂的阳光。他知道这首歌是写给一个边防哨所的，但他心里总是认为，这首《小白杨》是给他写的，写得真实，写得情浓，写到他的心里去了。于是，这首《小白杨》的歌曲，住在了他的心里，让他铭刻难忘，成为程敬东的最爱。

早晨7点刚过，程敬东放下饭碗，就急匆匆出了门。一出家门，乌鲁木齐温暖的阳光就包围了他，他的心情就快乐起来，不由自主地就哼起了《小白杨》。他很想高声唱，但是在街道上，如果一个人边走边唱歌，路人会对你翻白眼。程敬东是军人，军人是受人们敬仰的人。程敬东在大庭

广众面前，只能悄悄地哼着《小白杨》的旋律，在美好的深情旋律下，迈动着军人的步伐，奔向公交车站。

从家里出来，到单位王家沟储备油库，程敬东每天乘公交车要倒换3次车，路上要花费两个小时。同样，每天下班，他仍然要这样倒车，还要花费时间。如果碰到加班，没有了公交车，程敬东只有坐出租车回家了。

程敬东到了王家沟储备油库附近的居民小区，还不到北京时间10点。新疆的冬季上班时间是10点，夏季上班时间是9点半。程敬东的新家在市区，距离他上班的工作地点王家沟储备油库20多公里，按规定没有给他配备车，他只有坐公交车。公交车早晨第一班车是8点发车，他必须坐第一班公交车，转换3次公交车到办公室，接近10点。虽然比夏季上班时间晚了十几分钟，但程敬东没办法，也很无奈，这是特殊情况，他也只能内疚加忍受。多亏领导知道了这个特殊情况，照顾他自己掌握上班的时间，可他是军人，没办法改变的这个时间，他也尽自己的最大努力降低和缩短路途上的时间，下了公交车，就大步流星或者一路奔跑去办公室。

程敬东气喘吁吁地上了二楼，来到自己的办公室。这间在居民小区的办公室，只有60多平方米，还是租用的旧民房。房子很小，很简陋，一间卧室里摆放着一张小床和一张办公桌，还有一台电脑。客厅里摆放着旧沙发和电视机，程敬东很少看电视，没有时间看电视，就是偶尔看电视，也是加班结束不能回家的时候，打开电视，看看新闻，音量还开得很小，怕影响邻居的休息。程敬东刚搬来的时候，是租用的一楼，这是他第三次搬家。他的对门是一家维吾尔族老人，他的儿媳妇是个孕妇。孕妇需要休息，可他家的楼上是施工队的人租住，几个年轻人每天回来很晚，吵闹得楼下的这家维吾尔族老人无法正常休息。于是，居委会找到了程敬东，和他商量调换一下房间，让程敬东的办公室搬到二楼。程敬东当时一口就答应了，搬到了二楼，住在了这家维吾尔族老人的楼上。自从他搬到二楼以后，程敬东进门出门都是蹑手蹑脚，尽量不发出任何声音。后来，楼下的维吾尔族老人逢人就说，楼上的解放军好。

程敬东拍了一下屋里的自行车车把，对着自行车说，老弟，咱们该上班了。

1994年，程敬东作为军代表来到王家沟储备油库上班，每天骑着自行车到处联系工作，他已经骑坏了两辆自行车，这是程敬东新买不久的第三辆自行车了。抚摸着自行车，程敬东心潮起伏，感慨万千。刚来王家沟储备油库的时候，他每天骑着自行车去油库，然后又从王家沟储备油库去火车北站、八钢、火车西站等地，每天往返2—3次，一次往返路程就是13公里多。那些年，没有柏油路，全是坑坑洼洼的土路，来往的又都是载重卡车，土路被压得高低不平，骑着自行车走在路上，摇摇晃晃就像醉汉。更要命的是卡车过后，卷起漫天的土雾，就像沙尘暴。一天跑下来，程敬东就成了土猴子，满脸全身都是土，回到办公室宿舍，第一件事就是洗脸、洗澡。用程敬东自嘲的话说，晴天是土猴，雨天是泥猴。他的军装都舍不得穿，每天穿的不是军制工作服，就是便服。

他说，20年了，已经习惯了。

程敬东搬起自行车下楼了。从2007年搬来，上班，他搬着自行车下楼，下班，他搬着自行车上楼，每天往返几次，7年中，除了星期天、节假日，他就是这样搬来搬去，自己都不知道搬了多少次。我估算了一下，一年365天，一天按最少的两次计算，7年中，他至少搬自行车上下楼5110次。可以说，他上下楼一直是负重的，很少有轻松的时刻。

当我坐在程敬东的办公室旧沙发上，看着他的办公室和宿舍合为一体的60多平方米的旧民用楼房时，我突然意识到，史培将总代表跟我开了一个很幽默的玩笑。也可能他不是在开玩笑，他认为和过去相比这就是很好的办公室了。但是，和我心里想的办公室却是天壤之别，让我大失所望，没有富丽堂皇，没有现代化的办公设施，只有发灰的旧墙壁、旧沙发、旧办公桌、旧电视机，还有一台不能上网的旧电脑和打印机。在我看

来，这是相当的落后和简陋，可在程敬东心里，他已经相当满足了。

据程敬东回忆，1994年5月份，他来这里工作时，当时这里的军代表有四个人。三个干部，一个战士。他们负责中转发运军用油料。那一年他才22岁，还是个没有女朋友的小伙子，四个军代表没有专门的办公室，他和战友们挤在王家沟储备油库的生产厂区的一栋20世纪80年代建的老楼里，只有50多平方米面积的办公室兼宿舍。只有一张办公桌和一部手摇旧式电话，每次打电话必须通过当地的总机中转，每次接通对方的电话，最少也要等待30分钟甚至1个小时。

1999年，三个军代表先后调走和转业了，这里再没有增加人，原来的四人工作重担一下就压在了年轻的程敬东肩上，他这里变成了一个人的军用油中转车站了。

当我问道，你做饭吗？

程敬东说，以前做，有家了，从家里带饭热一下就行了。

我后来了解到，程敬东没时间做饭。一个人，没结婚时，任务下来时，他是马不停蹄地连轴转，没有白天和黑夜。要联系火车油罐，要联系发运火车批次，要联系装油等等一系列具体问题，都要靠他打电话，几公里路程的单位，他是骑着自行车上门协调。如果十几公里的路程，他只好挤公交车，要是时间紧张的情况，他就坐出租车。为了协调，为了落实，他必须亲自去看一下，当面谈一谈。他常常是忘了吃饭，到了晚上，才想起吃饭。他经常从这个单位出来，赶到另一个单位。到了下班时间，人家回家吃午饭休息了，他就在附近小饭馆随便吃一下，不讲质量，骗骗肚子不提意见就行了。更多的时候，他没有时间吃午饭，一直坚持到了晚上，才吃上饭。

1999年春节前几天，部队来了通知，需要一批油料，原来计划春节后发油。程敬东就按照部队需要的各型号军用油积极筹备，还联系好了火车批次、清洗过的油罐等一切前期准备工作。他想，这个春节他可以和父母一起好好团聚了。没想到，大年三十晚上吃年夜饭的时候，他接到了部队通知，马上发油。他急忙吃了几口年夜饭，接过母亲拿来的棉大衣，就大步出了门。他身后的母亲想说什么，见父亲摆摆手，就咽下了要说的话，眼睛里有了滚动的泪光。20年的多少个春节，他都没有在家和父母吃过年夜饭，不是在王家沟值班，就是在独山子值班。好不容易这一次在家吃上了年夜饭，还没有吃饱，就又急匆匆出门了。母亲心疼儿子，可没办法，谁让他是个军人呢。

除夕夜的晚上，家家都在团聚欢乐，公交车早已经下班停车了，冷清的街道上，雪花飘飞，行人稀少，偶尔有出租车如流星一般快速飞去，噼里啪啦的鞭炮声在夜空中飞扬。程敬东刚从温暖的家里出来，来到街道上，400度的近视眼镜上顿时就蒙上了一层寒雾，什么也看不清楚。他取下眼镜擦了一下，然后戴上，在寒风凛冽的街道上寻找零星的出租车。好不容易等来了一辆出租车，他说去王家沟，就坐进了车里。

司机说，我不去，太远了，我要回家过年。

程敬东很老实，就下了出租车。

第二辆是这样，第三辆还是这样，一连几辆出租车，听他说去20多公里的郊区王家沟，马上就找出各种理由拒绝了程敬东。年轻气盛的程敬东心里窝火了，军令如山，他心急如焚。他换了方式，再拦到一辆出租车的时候，他没有说话，先坐进去，不说话。司机看他不说话，边开车边问去哪里？

程敬东说，去王家沟。

司机一下就停下了车，说，深更半夜的我不去。再说了，回来是空车，拉不上人。

程敬东这次不像前几次那样下车，而是稳坐车里一丝不动，告诉司机，自己是军人，是去王家沟执行任务。司机是中年人，不相信他的话，程敬东没穿军装，虽然穿着军大衣，但里面是便装工作服。程敬东把自己

的军官证交给司机看，并说可以多给钱，只要把他送到王家沟储备油库就行了。他要到王家沟给部队发油。司机把军官证还给程敬东，什么也没说，开起车就奔向王家沟。

坐在车里，程敬东给油库打电话，联系装油工人，又给火车站调度室打电话，联系发运时间。20多公里路，他打了一路的电话，让司机感动地把车开稳，开快，让程敬东早一点到王家沟储备油库。

程敬东第一个到了工作现场，马上清点油罐数字，等装油工人到来。等一切都准备完毕，已经是大年初一的凌晨三点了。

装油，装油。

当时是栈桥装油，装油栈桥是露天的，十几米的钢结构站台，程敬东穿着军大衣站在没有任何遮挡物的栈桥上，夜晚的寒风猛烈地吹打着他，浑身骨头就像贴着冰块一样，冰冷刺骨。寒风中，他清一个油罐，验收一个油罐，达到标准的油罐，他才通知装油。装完一个油罐，他又计量油料容积是否合格。500立升的油罐，一个敞篷卡车拉30桶军用油，一桶有180立升，把一桶一桶油料装进油罐里，需要多少时间，谁也没计算过。

第一批油罐装完油，天蒙蒙亮，是早上6点钟了。工人们回家休息了，程敬东没走，他在寒风里站在油罐上计量，计量完了，把发运的手续办完，他离开了现场。

回到宿舍，程敬东感觉到自己要冻僵了，浑身没有一点温度，他蹲在暖气包旁急忙喝开水，一杯又一杯大口喝开水。开水很烫，他边吹着边喝。两杯开水喝下去，身上才渐渐有了温度，暖和起来。短暂休息的时候，他就打电话，落实第一批军用油发运的时间和到达地点，然后又联系第二批装油。等一切联系完后，他有些瞌睡，很想躺在床上大睡一下，哪怕只睡五分钟也行。可是他没有躺下，而是用冷水洗了一下脸。冰凉的冷水驱走了他的瞌睡，他出门了，顶着阵阵寒风去了装油现场，站在寒风包围的装油栈桥上，指挥着工人们装第二批油。

大年初二，第二批军用油顺利发运离开王家沟专运线，程敬东才筋疲力尽地回到父母身边，陪老人家过年。

在采访中，我了解到，程敬东就是这样工作的：装油罐是没有固定时间的，部队来通知了，就要马上装油。新疆是没有春天和秋天的地方，不是没有春天和秋天，而是时间很短，春天和秋天，你刚闻到春天的味道，还没品尝完，它就快速地进入了夏天。秋天的阳光刚把树叶染成金黄，雪花就急匆匆地来凑热闹。20年里，不论是夏天装油罐，还是冬天装油罐，工作环境是异常的艰苦。露天人工装油罐，程敬东不是装油工人，但他是军代表，必须到现场监督着。不是他不相信，而是他不放心。他不想让自己的工作出差错，领导放心让他在这里独立工作，他就要对得起领导，对得起军装。假如他稍有失误，那将给部队造成严重的损失。

在采访史培将总代表的时候，他告诉我，我们做的工作就是给部队输送"血液"。一旦"血液"出现了问题，后果不堪设想。人的血液出现了问题，就会出现各种疾病，甚至导致死亡。部队的油料出现了问题，飞机就可能飞不上天，坦克就可能走不成路。尤其是现代化的战争中，假如油料出现问题，会让整个部队瘫痪，就会被消灭，输了战争。

史培将总代表告诉我，让程敬东一个人在那里坚守20年，就因为他是一个军人。我放心，他会做好任何工作，他会完成上级下达的任何任务，而且会做好。

是的。程敬东是一个军人，是一个合格的军人。尽管看外表他不像一个军人，戴着近视眼镜，一副白面书生的文人模样，但是他的骨子里是军人的钢筋铁骨，他的血液里流淌着军人的血脉。

程敬东的父亲是四川乐山人。1951年当兵，是南京工程兵学院毕业的学生。当时在家里只有兄弟俩人，是壮劳力，爷爷不让他当兵，父亲瞒着爷爷去当兵的。父亲当时毕业后就到了新疆叶城、拜城、喀什、库车等地，后来到乌鲁木齐南山矿区兵工厂当军代表，3年后到军事办事处当主任，一直到退休。父亲退休前是部队的师级干部。程敬东1972年出生在拜城，1980年他跟随父亲来到了乌鲁木齐市的南山矿区兵工厂。1983年家搬到了乌鲁木齐市。程敬东高中前在乌鲁木齐市八一中学上学。1990年，程敬东考上解放军重庆后勤工程学院，当时是中专。1992年分配到部队乌鲁木齐油料仓库工作。1994年调到中国人民解放军驻中石油独山子石油分公司军代室。在独山子炼油厂培训两个月后，5月份就来到了王家沟储备油库，一直坚守到现在，没有离开一步。

程敬东从小就在父亲的军人教育下茁壮地成长，在家里，父亲的军人风采，父亲的军人精神，父亲的军人性格，每时每刻都在潜移默化地熏陶他，每时每刻都把军人的气质融化在他的血液里。在学校里，他上高中是八一中学（原新疆军区子弟学校），上大学又是军事院校，毕业分配又在部队工作。用同事桂结胜军代表的话说，程敬东一直生活、学习、工作在部队上，又是高干子弟，还是城市人，但工作起来，不像是高干子弟，不像城市人，就是一个军人。

程敬东说，他的父亲曾经对他说过一句话：明明白白做人，踏踏实实干事。这句话，让他牢记在心间，融化在血液里。

父亲是看着自己儿子成长的，是相信自己儿子的。程敬东军事院校毕业后，分配到油库工作。父亲一直不过问程敬东的工作，一年半后，父亲有一天才问他工作的情况。他很高兴，也有些激动，给父亲详细说了自己一年多工作的情况。他满心等着父亲给他说很多的话，鼓励呀，批评呀什么的。可他没想到，父亲很冷静，也很镇定，望着程敬东期盼的脸，只说了一句话，好好干吧。

父亲简单的一句话，意味深长又充满了希望和要求。好好干吧。是的，这句话程敬东深深刻在了心里，好好干吧。

装油是一种艰苦的工作。露天装油，环境艰苦，条件恶劣。油库在偏僻的戈壁滩上，夏天装油时，白天气温高达30多度，钢架栈桥被烈日烧烤，就像烧红的烙铁，程敬东站在上面，穿着鞋子都感觉像站在火炭上。他穿着作训服和劳保鞋，半个小时不到，衣服里面全是汗水。晚上，蚊虫飞舞，不断地叮咬程敬东的面部。一个批次油罐，经常是晚上12点开始，装到凌晨六七点才结束。冬天装油，一个批次下来，程敬东就成了冰棒，膝盖以下湿透的裤腿硬邦邦的，迈步走路腿僵硬得无法打弯，每一步都走得那么艰难。

2010年以前，装运军用油都是油库操作，开票、验收，一批油罐装多长时间，程敬东比工人心里清楚，因为每一步程序，他都参与进去。

采访中石油西北销售公司新疆分公司党委书记钱炳峰时，他回忆当时的工作情景，说，俗话说，火车不是推的，可那时候火车就要推。火车不到位，就要人来推。程敬东是军代表，他完全可以站在旁边看着工人们干。可他没有，和工人们一起推火车，一步一步把火车油罐推到位。冬天推车最艰苦，大家推完车，膝盖以下全是冰，走路都走不成。

程敬东就是这样工作的。他远离单位250多公里，长年累月一个人，没有放松自己休闲玩乐，而是用军队纪律要求自己，用任务约束自己，不分昼夜玩命工作。

1995年发军油，夏天最忙的是7—8月。有一次装油遇到天气突变，瓢泼大雨从天而降。按照规定，下雨油罐顶口要用遮雨布遮盖。没有遮雨布，程敬东就迅速脱下雨衣，盖在油罐顶口上。装一个油罐，他盖一个油罐口，浑身被雨浇得成了落汤鸡。有人和他商量，等雨停了再装罐。他说，部队等不及。大家听了程敬东的话，什么也不说了，积极配合程敬东，在暴雨中装油。

程敬东告诉我，那次装油罐，他和工人们积极配合，雨水一点儿没流进油罐里，完成了任务，保证了装油的质量。雨中组织装罐5—6小时，油装完后，他回到宿舍发高烧，大病了一场。

夏天的一个月里，部队演习训练多，用的油料也多，程敬东接到的任务经常比平时增加两三倍。他一个人去火车西站盯车源，再把东送到专用线。他每天盯回空车，还要盯着装车，每天三四个小时，经常是精神状态半睡半醒，这样要维持一个月，不能好好休息。一个月发运98车批次，超王家沟发运油料历史单月最高的一次。

那个月，程敬东完成发运军用油任务后，身体出现了虚脱，浑身没劲，他就给总代表请假，回到父母家休息一下。他回到家倒头就睡，睡了一天一夜。母亲看着儿子睡得香甜的样子，什么也不做，就坐在儿子的床头，静静地望着儿子黑瘦的脸，泪水在眼眶里打转，流下来了，扭身抹去，害怕儿子醒来看到她在哭。父亲认为很正常，给母亲说，当兵就要吃苦。父亲是军代表出身，深知部队的军代表工作艰苦。母亲心疼儿子，几次想叫醒儿子起来吃饭，来到了儿子床前，听着程敬东香甜的呼声，就忍住了，舍不得叫醒儿子。

程敬东告诉我，父母已退休在家，那次请假回家给父母打个招呼，简单洗一下，上床倒头就睡，没想到自己竟睡了一天一夜。当他醒来后，第一眼就看到了母亲做的一碗回锅肉，笑眯眯地端到了他的面前。他当时心里一热，想说一句：谢谢妈！可他什么也说不出来，像饿狼一样吃了起来。母亲看着儿子狼吞虎咽的吃相，笑了，随着泪水而出的是：敬东，我的儿，你不要噎着啦，慢点儿！

一碗回锅肉，程敬东吃得香甜，吃得幸福。它倾满了母亲的爱，深藏着父辈的情。他多想每天这样吃呀，可他的确没有时间。虽然他后来也吃过多次回锅肉，但是就没有母亲那碗回锅肉香，让他终生难忘。

2001年9月，有一天上级来了紧急通知，命令程敬东在72小时内发送3千吨航油。这样的命令在他20年的发运油料生涯中，很少见到。命令如山倒，时间紧，任务重，没有什么条件可讲，作为军人就要完全服从命令。他拼命了，完全是一副拼命三郎的姿态。他只用了48小时就完成了任务，提前了24小时。

2012年4月14日，青海省玉树藏族自治州玉树县（今玉树市）发生了地震。玉树地震了，程敬东听到新闻后，当时他的任务已经完成。但是，他有一种预感，感到要有新任务下来，就联系了一批油源。没过几天，任务果然就下来了，需要几千吨油料，而且必须24小时内发走。因为程敬东提前做了准备，接到通知后，他立即组织人力物力，抢运军油，不到12小时就全部发走了。

程敬东在王家沟储备库发运军用油主要靠铁路运输，铁路运输油品靠的是油罐车。部队没有专用的铁路军用油罐车，每次发运军用油，都要和铁路上协调油罐车。铁路上运行的有两种油罐车，一种是自备油罐车，是企业自己买的，也是企业专用的油罐车；一种是路用油罐车，是铁道部的公用油罐车，也就是计划使用的油罐车。路用油罐车的车源少，这就需要计划使用油罐车的单位经常去铁路局申请，然后铁路局再往上面打报告申请车次。每次申请批下来的车次少，大家都抢计划指标。做石油生意的油老板争，没有自备油罐车的企业争，程敬东发运军用油需要油罐车，也要去争。个别油老板和企业来争计划指标，通过关系和钱搞到车次。程敬东是军人，没有钱，也没有关系，程敬东就和他们讲政治，讲国防意识，讲国家的大安全，军队的需要，提供一线部队军用油的重要性。他不怕磨破嘴皮子，不怕跑断腿肚子，在市场经济中，他放下架子，迈开步子，去和铁路有关部门讲协调，在"协调"二字上下功夫。用心，用力，努力把话说好，坚决把车要到。

铁路有些调度不理解他，说你们公家的事情你费那个劲干啥？你那么认真，那么耗神，是不是自己有什么好处。

程敬东说，我是军人，就要为部队服务。这是我的职责，什么好处，我自己没有。虽然现在是和平年代，但国防意识不能淡薄。

有人又说程敬东，又不打仗，你急啥，给别人让一让不就行了。

程敬东听不得这样的话，就有些较真。他说，让一让？打仗能让一让

吗？部队是什么？是保家卫国的军队，让部队让一让，你想什么呢？毁我长城呀？现在是和平年代，不打仗，可不能不演习。部队进行军事演习，就是为了战争准备。没有油料，部队怎么进行演习。

程敬东的一番话，说得这些说怪话的人哑口无言。

程敬东告诉我，部队的情况经常千变万化，本来计划在兰州演习，忽然又变化到了沈阳。计划变到哪里，油品就要送到哪里。我们的计划变化，引起铁路上的不满，所以有时会被刁难。个别地方老板用钱和铁路上打交道，请吃饭，然后计划拿到手。程敬东是军人，部队做不到，要用车就不容易了。

程敬东不怕苦和累，工作环境艰苦，他可以忍受。工作辛苦，他可以坚持。他就怕协调，协调就是和各类人打交道，通过谈话交往，达到自己的目的。在同事的印象中，程敬东是一个不善言谈的人。在我的采访中，我也感觉到程敬东是一个寡言少语的人，问一句，他说一句。但是他的工作，最大的难度就是和有关部门协调。他苦恼过，他气馁过，也曾经后退过。在一次次的犹豫彷徨中，他逐渐把自己变得坚强起来。唯一让他坚强的支撑点，就是军人的精神。想到自己是军人，是为部队做事情，他就感到责任重大，肩上的责任沉甸甸的。是军人，只能冲锋，没有后退。这是一个没有硝烟的战场，他要完成上级交给的任务，就要冲锋陷阵，必须攻占一个个山头，夺取最后的胜利。

在我的采访中，我发现要是谈他个人的事情，他的话语简单得不能再简单了，显得很简练，不愿意多说。只要是谈工作，他就口若悬河，滔滔不绝地说很多，尤其是谈到具体的工作细节，他心中有数，娓娓道来。

他告诉我，军队和地方企业考虑的角度不同，比如拿清罐来说吧，这项工作几经转换单位，每换一个单位，他就要去协调。现在是交到西北销售公司，他就要经常去西北销售公司协调。部队用的油罐是20世纪70年代产的，年久老化，必须每年都清罐。如果发现油罐罐底下有水，他就要去协调，一直达到标准为止。有几次，为了清罐，他要跑几个月才能协调好。有时候，他刚协调好，没想到管理单位换了，前面的协调没用了，他就要重新再去新的管理单位协调。有时候，单位没换，但单位里的管业务的人换了，他又要去协调。对于这样的事情，他可以理解。俗话说，铁打的营盘，流水的兵。部队每年还有复员转业的，还有新兵来呢，更何况是企业，人事变动大，人员经常调换。每调换一次人员，程敬东就要去认识，去联络，去协调。每次清罐他都要去新的管理单位找新的业务管理人员协调。清罐是企业的事情，费用由企业负担，所以就增加了工作难度。每次清罐，都要做计划，由企业的业务人员做好计划，申报到上面有关部门审批。有时上面的业务审批部门不了解情况，没有当作一回事，拖延时间，不能及时审批下来。审批不下来，清罐就不能进行。遇到这样的情况，程敬东就不停地跑去催问，协调。路程近的，他骑着自行车去找人家。路程远的，他就坐公交车，没有公交车，他就坐出租车。他不怕去说，宁肯把嘴说破。他不怕去跑，情愿把腿跑断。只要把事情办好，办利索，不影响他发运油料，他心甘情愿吃苦受累、受委屈。程敬东是极认真的人，也就是别人说的"一根筋"。只要认准的事情，他非要干成，还要干好。他去督促，去说服，去协调，遇到办业务的人心情好的时候，人家会和他说几句话；遇到办事的人心情不好的时候，人家就不搭不理的，把他晾在一边很尴尬。程敬东感慨万千地说：没办法，我还要办事，所以只好不停地跑，进行协调。

程敬东说，工作上我也红过脸。有一次，因为清罐不合格，我让他们返工，当时有个工人不愿意，和我争吵了。我是原则上不让步的，不论和我怎么吵，不能违反我的原则。没办法，他就返工了。他返工，我陪着他干。干完后，我俩和好了。当时已经下班了，到了吃晚饭的时候，我就拉着他来到生活区的市场内，坐在烧烤摊上，我俩喝了啤酒，吃了烤肉。后来，我俩还成了好朋友。我就想，自己单独在外，工作上不能让组织上担心。

程敬东喜欢太极拳。太极讲究的是一种内外兼修、刚柔相济。闲暇之余，程敬东就读太极拳的书，练习打太极拳。同事们说，程敬东打太极拳是为了锻炼身体。可我经过深入采访后，发现程敬东把太极拳的精髓应用到自己的工作中去，来协调繁杂的工作，如鱼得水，游刃有余。20年来，他不知和多少个部门打交道，每天都要面对众多的单位部门，面对各类不一样的人。为了工作，他就运用太极拳的打法，周旋于各个部门和各种人，说好每一句话，办好每一件事。

钱炳峰是中石油西北销售公司新疆分公司的党委书记，也是和程敬东业务工作交往最多、相处时间最长的人。在采访他的时候，他跟我说，我和程敬东是1994年认识的。当时我在王家沟担任调度，也就是原来的新疆石油管理局销售总公司。我在联合办公楼里办公。我们是经常沟通的，也是互相了解的。他刚来时很谦虚，爱学习。当时工作环境条件很艰苦，装车、送车，从铁路到专用线，都是他自己干。他是军代表，自己联系自己干，提前到位，然后和我联系供油。他工作认真负责做得好，虽说他是年轻人，我从他的身上学到了很多优点。

那个时候，车到了他就亲自验罐，不合格的他就让清罐。他的一套程序执行得好。工作有热情，还有激情。我们下面的员工，干的时间长了，有时就没有了激情和热情，而他是激情不变。

成品油"四统一"，资源统一管理、货款统一决算、价格统一制定、运输统一管理。1999年6月1日执行后，国家改革成品油销售，我们也不适应，变化过程中，程敬东来沟通，对接协调由他来做。他业务上认真，做了很多沟通协调工作，理解支持。

2005年到2006年之间，库区进行改造，一些油罐老了，南库区调整，进行中转。从克拉玛依到乌鲁木齐几百公里路程，一路上由军代表程敬东负责押运。他想了很多的办法，联系进库卸油，然后再组织铁路发送出去。

当时钱炳峰是调度，面对很多客户，需要考虑如何平衡。每次程敬东来办业务，就会把详细情况说给钱炳峰，部队训练什么情况，什么时候需要、要多少。军用油运输时，程敬东一个人来回跑着监督。

我问钱炳峰：你有没有给程敬东出过难题？

钱炳峰说：他的情况特殊，一般的情况我是满足他的。但有时也很为难，困难的时候，摆不平的时候，我就对程敬东说，你用枪架到我脖子上，我也没办法给你安排。

钱炳峰当过业务员、科长、副经理、经理，现在是党委书记。他和程敬东认识了20年。他佩服程敬东干了20年，工作激情和热情一直高涨。钱炳峰赞叹地说，程敬东干了20年的军需品保障供应，企业人都像他这样工作认真、负责，不打折扣，就好了。

我问钱炳峰：你们认识了20年，工作交往了20年，你们坐在一起吃过饭没有？

钱炳峰想了一会儿，说：好像没有。

后来，我又在程敬东那里落实这件小事，问程敬东同样问题，他想了一下，也说没有。

我真的不敢相信，他们交往了20年，他俩竟没有在一起吃过饭。但这确实是事实，不得不让我相信，不得不让我深思：谁说金钱能使鬼推磨？20年中，程敬东和钱炳峰不但没有金钱关系，连朋友最起码交往的一顿饭都没有在一起吃过。是什么能让他们工作互相配合得这么和谐，除了程敬东的军人气质、军人精神和人格魅力之外，还能有什么让钱炳峰这位企业的党委书记敬佩的呢？

钱炳峰说：程敬东是在正确的时间里，干正确的事情。组织上要求你干的事情，就是正确的事情。怎么去完成，你可以去吵，去打拼，但也可以坐下来协商。我们沟通得好，有困难说困难，目标一致，就能达成共识。20多年了，没有听到有人说他的不好。人心是杆秤。

闫志琴是中国石油西部管道乌鲁木齐输油气分公司运销科的科长，也是和程敬东工作业务往来最多和时间较长的人。在采访她的时候，提到程敬东，她赞叹不已。

她告诉我，她和程敬东是2003年认识的。她以前是克拉玛依石化公司技术处工程师，负责生产军用油。2003年，闫志琴调到当时的克拉玛依石化销售总公司乌鲁木齐分公司，负责油品质量，中转发运，是同军代表程敬东接触最多的人了。她和程敬东业务接触的11年中，看到了程敬东的工作作风过硬。在军用油发运、验收中，他一丝不苟，认真负责。从克拉玛拉回来的军用油，他用玻璃管器皿一车一车验收。闫志琴所在的企业对部队的军用油运输是义务中转，没有费用的。没有费用，就没有效益。每年从克拉玛依汽车上货，再到王家沟储备油库验油，请车、运输，每一次都必须完全合格，不能有半点马虎。多少年来，不分白天黑夜，节假日，只要有军用油发运任务，她都看到程敬东在场。从克拉玛依炼油厂到王家沟储备油库300多公里，他是先进行质量验证，然后再装入油罐，然后再装车，做到了层层把关。

2009年，王家沟储备油库改造，北库区搬到南库区，输油系统进行改造。军代表程敬东都在工艺改造现场，参与研究。当时军用固定罐要搬迁，要拆系统，还要重新建立一套新系统。军代表程敬东参与系统改造，不但作风硬，而且业务娴熟，保障有力，真值得企业学习。

闫志琴说：我们每月都联系，每月都有发运。我虽然到现场，只是指挥，不干具体活，都是工人干，而军代表程敬东就和我不一样，他亲自干，又当官又当兵。

清罐，按规定油罐半年擦洗一次。2003年闫志琴刚来王家沟储备油库，就目睹了程敬东参加清罐的感人场面。库区内500立方4个罐，8米的高度，程敬东领人进去干活。她看到程敬东在罐里面先用锯末打扫，然后用白布擦,最后用面团沾细微的杂质。4个大立式油罐清洗完要用一个月的时间。每年的4—5月清罐,罐内油漆味很大,刺鼻辣眼睛,让人流泪不止。清罐工作是一项高难度而又危险的工作。清罐时,罐内是绝对不能通风的,下到罐里面工作的人,必须戴着防毒面罩。5月份,新疆已经进入夏季,戈壁滩被阳光强烈照射,气温高达30多度。如果罐外气温是30度,那么罐内气温就是60度。人在高温下的油罐里工作,是何等的艰难,何等的苦和累,还可能出现危险。每次清完一个油罐,人从油罐里面出来,就像从水里出来一样,浑身没有一片干的地方,衣服啪嗒啪嗒滴着水。

闫志琴谈到2005年和2006年的装车,每次发运60多个车罐,程敬东每个油罐检查,上下爬了一百多遍。闫志琴看到程敬东一天干下来,走路都费劲,腿都挪不动。她说,当时容不得他慢下来,装油、量油等具体工作他都要做,没有时间休息。

在采访程敬东时,我问他,你当时想到奉献了吗?

他说:当时我想的就是工作,没有想到奉献。

没有想到奉献的人,却在默默地奉献。程敬东就是这样的人,22岁的他,刚从军事院校毕业的年轻小伙子,在这片杂草丛生的戈壁滩油库,一个人的小站上,奉献了自己最珍贵的20年青春年华,还在继续默默奉献着,这就是精神,强大的奉献精神,无私奉献的军人精神!

我在采访史培将总代表的时候,他很敬佩程敬东的军人精神。他跟我说,他和程敬东一起在1994年调到了独山子军代室,当时办公室简陋,他们两人一个办公室。在实习的一个月里,他们经常下到炼油厂的车间,了解炼油工艺、生产控制、原油进厂评估分析、标准质量要求和熟悉炼油装置以及工艺流程。他俩深入化验室,了解油品取样过程,检查化验仪器,同师傅们检验仪器是否准确。他们去原料车间,学习调和航油。当年工艺简单落后,操作时必须有人盯着。这种添加剂异常气味特别大,呛鼻

子辣眼睛，而且腐蚀性强，对人体危害大。夏天气温高，又通风，人对异味反应不是很强烈，可是在冬季，室内温度低，工作室又简陋，强烈的气味对人体的危害很大。在这样艰苦危险的工作环境里，程敬东没有一点退缩的意思，反而经常和工人师傅一起进行调试，保证质量合格和调试合格。他特别认真仔细检查出入库，分析检验单子，查看油品是否在有效期。冬天气温零下30多度，工作室寒冷如冰，他是军代表，仍然同工人们一起调试。

史培将总代表说，程敬东有"三不容易"：工作不容易、生活不容易、环境不容易。

俗话说，将在外不由帅。有的人离开了领导，离开了单位，便自由飞翔，就如脱缰的野马，没人管得了。单位领导不知道他在外面干什么，不知道他会干什么，更不知道他会出什么事情。而程敬东自律性很强，在戈壁滩上，寂寞孤独的艰苦环境里，同艰苦做斗争，同寂寞做斗争。他工作能力强，吃苦能力强，富有奉献精神。把自己的青春年华奉献给了国防油料事业。不要看有些人坐什么车，谁上了天，他们不清楚用了什么油，没有这些油，再好的车也开不走，再好的飞机也飞不上天。我们是幕后英雄。无怨无悔，没有什么要求，只是默默工作，完成组织交给的各项任务。

他说，程敬东完成任务后，就来独山子参加学习。程敬东是副总代表，回到单位后，他就帮助总代表出谋划策，协调工作，承上启下，同大家打成一片，其乐融融，是大家公认的好人、大家喜欢的一个人。

他说，程敬东一个人在王家沟储备油库工作，任务重，时间紧，干了很多具体的工作，做出了很多成绩。可20年来他从来没有表功，也没有叫苦、叫累，更没有伸手要荣誉。

我曾经问过程敬东：你在这里工作了20年，立功受奖没有？

程敬东显得有些羞涩，红了脸，不好意思地说：在2008年，记过一次三等功。

我后来了解到军人在部队立功受奖很不容易。战场上，立功很容易。在和平年代，抢险救灾也容易立功受奖。程敬东干的不是轰轰烈烈的英雄壮举，而是普通得不能再普通、简单得不能再简单的平凡工作，用他的同事桂结胜的话说，他就是一个"发油官"。

我曾经和程敬东开过玩笑。我说：你没有立功机会。你所做的工作，不能出现问题，一旦出现问题，就是严重问题，你个人就要受到严肃处理。你所在的环境也不能出现问题，油库是特级安全保卫单位，一旦出现问题就会让很多人失去工作，可能还会有人进监狱。你也不可能去外面立功，因为你必须坚守这里。我觉得，你坚守这里20年，就是最大的立功。

程敬东笑了，说：我从来没有想到立功受奖什么的，我就想干好工作，让领导放心，不给组织添麻烦。合格完成上级下达的任务，是我的心愿。

多么朴实的语言，多么实际的工作标准。他唯一想的还是父亲的那句话：好好工作。他把父亲那句话"明明白白做人，踏踏实实干事"当作自己的座右铭，每时每刻要求自己，鞭策自己。

采访军代表桂结胜时，他给我说，他给程敬东总结了两个字：慎独。

慎，就是谨慎小心，独，就是独自一人。这个词对于程敬东来说，实在是最合适恰当不过了。一个人谨慎小心地工作，这就是他的真实写照。

一个人的车站，程敬东是孤独的。但有的时候，程敬东会在孤独的工作中寻找快乐。他最快乐兴奋的就是栈桥点兵：火车来了，程敬东站在高高的钢架栈桥上，望着一个个排成行的大油罐，他觉得自己就是将军，站在检阅台上，就如将军检阅、沙场点兵一样，看看来了多少，还缺哪个。每当这个时候，他就会高喊一声：我的兵来了。随着他的喊声，他仿佛听到一片嘹亮的军歌响起，在辽阔的蓝天白云间回荡：

......

咱当兵的人，就是不一样，

头枕着边关的明月，

身披着雨雪风霜。

咱当兵的人，就是不一样，

为了国家的安宁，

我们紧握手中枪。

说不一样，其实也一样，

都在渴望辉煌，

都在赢得荣光。

说不一样，其实也一样。

一样的风采在共和国的旗帜上飞扬。

......

坐在程敬东旧楼房里的新办公室，目睹面前的简陋，我顿时理解了什么是军人以苦为荣，什么是艰苦环境，什么是坚守阵地，什么是独守寂寞。

当年，没有娱乐设施，只有电视机，节目只有两个频道，一个是中央电视台1套新闻频道，还有一个是新疆石油管理局内部电视频道。那个时候，虽然环境艰苦，工作辛苦，但不寂寞，看电视，和战友聊天。但也就只有5年美好光景，后来，战友们走了，这里只留下了他一个人。后来，电视频道多了，节目也丰富多彩了，可他没时间看。再后来，有了手机，有了网络、电脑，有了微信，他依然无暇消遣。忙碌奔波的时候，程敬东不怕累，就怕完成任务休息的时候，没有人和他说话，一个人守在电话前值班，望着电话，等待着电话铃声响起。铃声响起来的时候，程敬东是兴奋的、激动的，他可以和人说话了。哪怕几句话，在他的孤独的内心就是一种温暖，就是一种安慰，让他可以快乐很久，回味很久。

程敬东在王家沟储备油库工作了20年，在孤独的艰苦环境中，坚守了20年，从一个朝气蓬勃的22岁年轻人，变成了42岁的中年人。20年里，有15年5400多天，程敬东都是在寂寞宁静的办公室里度过的。

人，最怕的就是寂寞孤独。在办公室，程敬东20年来享受着寂寞和孤独。他有自己的绝招，用看书、唱歌、练太极拳、练书法、写作等业余生活来排解寂寞孤独。他是个闲不住的人，喜欢琢磨，办公室的窗台上就是他组装的收音机。他办公室虽然有电脑，但不能上网。他只有看书，看的书很杂，文史、管理、经济、计算机、军用油品等类的书籍，他都看。有时半小时看书、看报纸，排解寂寞。有时他办理凭证，一天发几百辆车，就要填几百个数字表格。2004年给他配备了电脑，但是没有相应的工作软件，他只能用电脑写材料，以打印为主。他一直手工填写表格，速度慢，还容易出差错。于是，他开始琢磨，学习编了一套电子软件，用于填表。没想到，自编的软件使用后，不但代替了过去的手工作业，还有效地降低了出错率。这套软件从2004年到2007年他一直使用，后来上级配发了统一的软件后，他自编的计算机软件才不使用了。

喜欢读书的程敬东看得多了，又琢磨着写点东西。写什么呢？读书笔记。他看什么书，就写什么读书笔记。有的笔记很长，有的笔记很短。一年陆陆续续写下来，竟有两万多字。要是累积下来计算，可能有几十万字吧。最让他欣慰自豪的是，他和同事一起写的论文，每年都有发表的。2007年，程敬东、桂结胜、葛锐三人写的论文《军用油料铁路运输中数量短少问题分析与对策》发表在《军用航油》杂志第4期上，2008年程敬东、桂结胜、史雨龙三人写的论文《从一起人为"超耗"现象谈油品计量的要点》发表在《军用航油》第3期上，2009年史培将、葛锐、程敬东三人写的《关于加强罐车清洗验收工作的几点思考》发表在《军用航油》第3期上，程新、程敬东、葛锐三人写的论文《军队油料保障道路网最短路

径分析研究》发表在2009年第6期《军用航油》上。

在采访中，我问程敬东：你一个人在这里，又每天和油料打交道，和铁路、石油单位打交道，没有人找你做生意？

程敬东告诉我，他的中学同学和朋友都曾经问过他："你在王家沟这么多年，也没捞外快？"他告诉他们说："拿人家的手短，吃人家的嘴软。我要让领导放心。得到历任领导的信任，我很自豪。我个人守得住这个阵地。"他交朋友很慎重，性格随和，只要是带着目的来的人，他会敬而远之，保持一定的距离。他每年要清洗四个油罐，每个油罐都有底油。有人就打上了底油的主意，托人来找他买罐底油。他很耿直，见了面也不客气，一口就拒绝了，把每年清洗的油罐底油交给地方企业处理。他说：我没有想搞计划外的油品。如果想搞，还是可以搞到的，但从来没想过。我是军代表，不是商人。

20年了，经他的手发运了无数吨军用油，可他从没有以权谋私，借机发财，始终像一棵纯洁的小白杨那样，坚守在哨兵的岗位上，不被金钱所诱惑，从来没有失过手，也没有跌过跟头。真应了那句话：出淤泥而不染。

出了楼道门的程敬东，放下自行车，稍微休息了一下，心里就滋生了唱歌的念头。在办公室里，他想唱歌，怕影响了楼下维吾尔族老人的休息，不敢唱，有时憋不住了，就低声吟唱。到了外面，到了人烟稀少的公路上，程敬东骑着自行车，就放开声音，当然不是引吭高歌，而是自己习惯的男中音，唱起了《小白杨》。

　　一棵呀小白杨，
　　长在哨所旁
　　……

唱着这首歌，程敬东就想，自己就是这棵小白杨，不是长在哨所旁，而是坚守在偏僻的王家沟储备油库旁。这条路，他走了20年，这里的一切，他看了20年。他这棵小白杨，如今长成了大白杨，说不定哪一天，他会成为这里的老白杨。可他，不后悔。

由此，我想到了军人的一个人的海岛、一个人的哨所，还有我看过的苏联电影《一个人的车站》。电影《一个人的车站》讲的是中年男女的一段美好的爱情故事。而我面前的程敬东，他坚守20年"一个人的车站"，战胜了艰苦，战胜了劳累，战胜了孤独寂寞，用一颗军人的赤胆忠心，铸就了一座军人的灵魂丰碑。

程敬东是一个不善言谈的人，我的采访很艰难。为了完成采访任务，他没话我找话说，用各种话题引诱他和我闲聊，谈他的婚姻，谈他的爱情，谈他的家庭。

我说：你一个人在这里，每天忙于工作，接触的人都是你要协调的人，怎么谈恋爱，怎么结婚的呢？

提到谈恋爱，提到结婚，程敬东的脸上就荡漾着幸福甜蜜的笑容。他低下头，好像沉浸在回忆之中。

1995年的中秋节，4个军代表在王家沟储备油库附近的办公室兼宿舍里搞会餐。4个男人搞会餐，附近没有饭馆，只有自己做饭菜。总代表规定，每个人做一道拿手菜。大家忙乎的时候，总代表的妻子来了。总代表的妻子是铁路局学校的自然课老师，她来了，后面跟着一个美丽的姑娘。她叫李奕，和总代表妻子是同事，学校的会计。

每个人拿手的菜端上了桌子，大家围聚在四周，开始会餐联欢。总代表的妻子带来一个美丽的姑娘，话不说，大家心里明亮。在座的4个军代表，当时单身的只有程敬东，其他的不是有家，就是有女朋友。程敬东心里很明白，毕竟是23岁的年轻小伙子，春心萌动，对年轻的美丽姑娘心生爱慕。他感激总代表，更感激总代表的妻子，这位大姐，给他带来了福

音。他是近视眼，看人有些专注。美丽的姑娘文静地坐在那里，很文雅。他心里像突然跑进了一只兔子，上下乱跳。程敬东跟我说，他不知道怎么形容才好，就是一下子被姑娘吸引了。

后来，程敬东才知道，姑娘不知道是来相亲的。来之前，总代表的妻子和她商量，丈夫不能回家过中秋节，让她去王家沟。她想让李奕陪她去，就是吃个饭，玩一会儿就回来。李奕看着总代表妻子期待的眼色和热情的请求，想想自己也没有什么事，也没有男朋友牵挂，于是就答应了，心想着只是跟着来玩。

一顿欢乐的晚餐，谁也没说相亲的事情，就像一层窗户纸，谁都看得到，但谁也没有捅破。吃过饭后，姑娘走了，和总代表的妻子一起走了。

李奕走了，她不知道自己带走了程敬东的一颗心。总代表问程敬东，姑娘咋样？程敬东老实地回答，漂亮。旁边的两个军代表急了，一个说，喜欢就追呀。还有一个学着电影《冰山上的来客》排长的话，说，阿米尔，冲！

不是阿米尔冲，而是程敬东冲！程敬东是个认死理的人，认准的人，他决不放弃。他就拼命地追呀。那个年代，有了手机，他就给李奕打电话、发短信，邀请看电影。没想到，一开始李奕根本不理他。程敬东不死心，也不气馁，采用死缠烂打的战术，下定了不到长城非好汉的决心。一段时间后，总代表的妻子也做劝说的工作，李奕终于接受了程敬东的邀请，两人开始来往了。

5年后，经过爱情的考验，2000年，程敬东和李奕结婚了。程敬东没有自己的房子，考虑到李奕在铁路局学校工作，他们结婚后就住在乌鲁木齐火车西站，岳母60多平方米的房子，挤住在一起。

后来，李奕调到了乌鲁木齐市委网络信息管理中心工作。程敬东和李奕在市区按揭贷款购买了一套房子，2005年夫妻俩搬进了新家。

程敬东和妻子李奕都是出生在20世纪70年代的人，李奕比程敬东小两岁。程敬东23岁谈恋爱，28岁结婚，又是改革开放的好时代，应该有许多浪漫的故事，没想到，他让我很失望。

我问程敬东：你和李奕最浪漫的是哪件事？

程敬东望着我，好像一头雾水，不知如何回答。他沉思了一会儿，说：最浪漫的事？没好好浪漫过。他可能认为他和李奕谈恋爱的5年里，见个面，吃个饭，看场电影，这是很正常的事情，不是浪漫的事情。

我只有启发他，问道："你们没出去旅游？"

程敬东又想了一会儿才说：我们只出去两次，第一次是结婚旅行。结婚那年的八一建军节，我们去了四川乐山、成都、云南、九寨沟，在黄龙看熔岩、九寨沟看海子。当时领导给20天假，我们没有超假，按时归队了。第二次是去西安。西安我去过，李奕没去过，她提出去西安，我也就陪她去了。

程敬东说这些话，就像汇报工作一样，干巴巴的没有一点浪漫的色彩。他还补充说，妻子没少埋怨他。他只有劝她，工作嘛，没办法。以后会有机会的。原来任务重在夏天，现在一年四季都有任务，旅游也就无法计划，搁浅了。

我问程敬东：你妻子对你的评价怎么样？

没想到程敬东回答得很利索：我妻子对我评价不好，不合格。

为了证实程敬东说的话，我提出要求采访他的妻子李奕。他答应了，说回家和他妻子商量好，定好时间再给我打电话。他说，他妻子也很忙，等她休息了。

程敬东的妻子李奕一直没有时间，她很忙。程敬东答应了我的事情，到底是军人，说出去的话算数的，板上钉钉的。经过他和妻子商量，利用吃午饭和午休的时间，李奕接受了我的采访。

见到李奕，我相信了程敬东说的话，李奕不但漂亮，而且精巧。虽然瘦一些，个子不太高，但是一个有女人味的魅力女人。她口才好，说起程敬东来，滔滔不绝，程敬东坐在旁边，倒像个观众，沉默无语，一言不发。

李奕说，嫁给军人，首先要理解军人，否则就难成婚姻。

她一开口，我心里一喜：有水平！不愧是机关下到社区做群众工作的干部，说出的话听着舒畅。没想到，后面的话就让我听着心里难受了，可以说，全是怨气。

李奕看着旁边坐着不说话的程敬东，怨气十足地说：他对得起身上的军装，但他对不起我。

别人都想调动离家近一点，可他就喜欢现在的工作。他就喜欢独山子，喜欢新疆。他就不喜欢换单位。20年来一直在王家沟工作，待到不跟人交流，工作单调，回家不讲话，人很木讷。我心疼他，让他读书，读出声音来。他这个年龄应该是很有生机，活泼的年龄，可他不爱表达，不是表，就是车。和我说几句话就是部队的建设，部队给他的影响太大了。只想部队。我想到他不可能一辈子当兵吧，总要转业吧，以后要自主择业吧。我问他有什么想法。他说，车到山前必有路，我不想这些，不用考虑。我现在考虑的是如何完成任务。他没有小算盘，个人品质好。这些年来，他啥也没有。人家说，军功章有你的一半，也有我的一半。他的军功章在哪里呀？

程敬东急了，插嘴说：我不是立过三等功吗？

李奕看了程敬东一眼，对我说军功章发下来时，他特兴奋，给我说到外面去吃饭庆贺。我表示不理解：有啥呢，不就是一个三等功吗？我真的没把它当回事。他却欢天喜地。我心里不服气，他一个人在那么艰苦的环境里，干着那么累的工作，为什么不去要军功章呢？我觉得他应该去要，他不要不抢，只是默默工作。每年年底评优，我让他去争取。可他不去争取。他说：一次就行了，我要了别人就要不上了。他不去争，不去要。就有一次立了三等功，他高兴得跟小孩子过年一样，高兴了很长时间。

他的思路就是和别人不一样。他立功了，觉得自己的工作得到了认可。他不认为自己该拿，而是认为自己做到了，达到了要求。对军功章，他一是兴奋，二是珍惜。军功章是一个促进。他对荣誉的理解和珍惜与别人不一样。从20多岁到40多岁，他最美的年华都放在了艰苦的环境里。想想这些，作为他的妻子，我心里就酸楚楚的不是滋味。

我和他结婚14年了，按揭贷款购买了一套房子，还10年贷款，现在家里没有积蓄，要不是部队上这几年工资高了，不知道哪一年才能还清房贷。他的工作，没有额外收入，买房子也不好意思问老人要钱，只能我们自己想办法。

我看了一眼程敬东，程敬东的头低得更狠了，一句话也不说。

李奕继续数落程敬东：作为军属，我应该支持他，尽我的所能支持他。我也希望他有所建树，能创造业绩，给我们这个家庭带来收入，可他除了每月的工资交给我，其他的什么也没有给这个家带来。他一天忙，很忙。他年轻时不管妻子，不管家。有段时间他特别忙，坐别人的车经过家门不回家。不回家就不要给我说，我不知道心里不难受。可他是个老实人，老实给我说了。他说，我回来了，但没回家。我当时就火冒三丈，问他，你是大禹治水吗？你路过家门不回家。大禹治水，路过家门三次不进门，那是历史故事。他倒好，真的路过家门不回家。他的思想境界让我敬佩。

她说：程敬东，你应该对我好，最对不起的是我。煤气罐找人扛，灯泡找人安。李奕对我说，他回来，偶尔做顿饭。他心中的一亩三分地，就是油、车，不是家，不是妻子。

程敬东心无旁骛。他是城市孩子，城市兵，上了大学，在一个地方很不容易。他执行力很强，任务来了不睡觉。昨晚就有37个电话来。他接电话把我吵醒，声音很大，就像在栈桥上同人讲话一样。我问他：是不是你们当兵的都这样？他说：我们当兵的都这样。

他白天工作累，晚上睡觉就打呼噜，吵得我无法睡觉，只好到另一间卧室去睡觉。

逢年过节他在办公室值班，就给我打电话说，对不起。我听了，不舒服。他经常给我说，军人要忠诚，对得起党。他没有大话、空话，这些全是从内心发出来的。他从没有认为自己扎实，就应该受到表扬。

李奕说：他值班时，我想他了，就给他打电话。过去是专机，他不让打，害怕占线，部队的电话打不进来。现在有手机了，他还不让打。过去他给我打电话是千言万语，现在打电话是三言两语。他给我打电话，话不多，可给别人打电话，语言天分充分发挥了，话很多，时间很长，油是什么油，发到哪里，不厌其烦一遍一遍啰唆，很细致。婆婆做甲状腺手术，他没回来，只打了电话，说，好着呢吧？我有工作，有时间回去看你。婆婆想说什么，听了儿子的话，啥也不说了。

李奕说着，眼睛里闪动着明亮的泪花。

我在采访程敬东时，谈到过节夫妻不能在一起团聚，互相思念时，程敬东的眼睛里滚动着泪光，鼻子一抽一抽的，怕我看到，去了洗手间。

程敬东过年值班有时在王家沟，有时在独山子。只要是他值班，他在哪里，妻子李奕就去哪里陪他。李奕不愿意独自在家。以前过年了，李奕是儿媳妇，程敬东值班不能回家过年，李奕就自己去婆家，在婆家住到初一，然后再回娘家。她觉得在婆家住、在娘家住都不习惯，就独自回家。回到家里，她心里害怕，就把家里的灯全部打开，一直亮到天明。现在回家，只要是她自己在家，她还是把家里的灯全部打开，灯火辉煌的，不是害怕，是习惯了。

因为当过会计，李奕说她过去喜欢算账，心里有个小算盘。她给我说，她给程敬东算过一笔账：一年365天，一个人20年就是7300天。一个人的一生也就是3万多天，他在一个地方待了7300天，还能待多久？

程敬东就说她：老婆你活得累，一天想那么多。我很简单，每次把工资领回来，拿回家交给你，对得起工资，对得起军装。

妻子李奕说，你是一根筋。

程敬东乐呵呵地说：我就当一辈子的兵。

李奕对我说：现在年龄大了，小算盘也不打了，什么也不想了，指望他挣大钱太难了，只能把工资拿回来吧。环境造就人，性格造就人。受他的影响，现在我也什么都不想了，踏踏实实做好自己的工作。我现在也单纯一点了，快乐一点了。本来都是普通人，做好普通事，也是一种伟大。毕竟是一个锅里吃饭的人，单纯并快乐着，对一个人很重要。尤其在当今社会，都需要扎扎实实的人。我认为这个社会假如都这样，能创造更大的活力。

说心里话，我对他开始是反感的。过年去婆家，儿子值班不去，去女方家，女婿不去，不是偶然，而是经常。婆婆七十大寿，全家都在，他不在。照全家福，他不在，全家人的心里就觉得少一个人。你想想，我心里是啥滋味，全家人心里是啥滋味，那滋味好受吗？

现在我已经习惯了，他不在家，我在家吃完饭就走了。我也很忙，要考一级建造师。复习时，他鼓励说，你考上了，能给家里多挣些钱。我就说，你挣不上钱，那我就挣钱吧。

妻子李奕下社区工作，很忙，回家吃完饭就走，有事忙起来，不能回家吃饭，只能在外面随便吃一点。有了这种感受，她自然就体谅了丈夫，现在理解丈夫程敬东了。由反感走向不理解，不理解走向听之任之，听之任之上升为理解。大环境要服从，小家做到了，大家都好了。李奕对我说：我能承担多少，就承担多少。对他的支持，也是对他工作的支持。程敬东把自己的青春年华奉献给了部队，20年坚守一个艰苦的地方，挺不容易的。我除了敬佩，也就是骄傲了。最年轻有活力、能闯的时候，他却待在一个地方，他很单纯，没有任何想法。他工作上是快乐的，挺阳光的。他从来没说过累，从没有说过干不了烦躁了。他这么快乐，挺不容易的。

那天，程敬东很高兴地对妻子说：作家张老师采访我，要把我写一下。

妻子李奕开玩笑地说：你这点儿事，还要写吗？

程敬东认真想了一下，说：我的这点儿事，是不值得一写。

妻子李奕听了程敬东的话，心想不好，这个傻子，开玩笑都听不出来。于是，急忙安慰他说：你品质好，可以写。作家写你，这是你的光荣。

程敬东听了妻子李奕的话，心里美滋滋的。他知道，虽然李奕对他意见大，可在她的心里，他是她的最爱。因为他能给家庭安全感，给妻子李奕心灵上的安全感。

李奕说：我对他的要求，就是穿一天军装，对得起军装。

程敬东说，他也很喜欢《说句心里话》这首歌。多少次，他都想把这首歌唱给妻子李奕听，可他嗓子不好，又怕唱不好，只能在心里默默地给妻子唱：

说句心里话，我也想家。
家中的老妈妈，已是满头白发。
说句那实在话，我也有爱。
常思念那个梦中的她，
梦中的她……

采访结束后，回家的路上，我不由自主地哼起了军歌《咱当兵的人》：

咱当兵的人，
就是不一样

……

回到家里，打开电视，恰巧电视节目正播放着解放军的陆海空军事演习，我激动了。看着战鹰在碧空中飞翔，军舰在海洋上劈波斩浪，坦克在山地上洪流奔涌，指挥车的雷达在旋转着，一发发炮弹击中海上目标，一枚枚导弹在山坡的靶位上轰响。

我在想，如果没有程敬东这样的千万个军代表给我们的部队输送血液——军油，就没有陆海空部队在演习战场上，包括未来的现代化战争中的胜利辉煌。是他们在全国各地为我军默默地奉献着自己的心血，用军魂在塑造着一座座灿烂的丰碑。

我听到了嘹亮的军歌。我看到了军旗在蓝天上飘扬。